中公文庫

十一郎会事件

梅崎春生ミステリ短篇集

梅崎春生

中央公論新社

十一郎会事件　目次

Ⅲ

十一郎会事件

梅崎春生ミステリ短篇集

I

芝という兵隊と三浦という兵隊のことを、ぼくは書いておこうと思う。この二人の兵隊の印象は、その当時はそうでもなかったけれども、月日が経るにしたがってますますぼくの胸の中で鮮烈なものとなって行くようである。それが何故であるか、ぼくにはっきりは判らない。ただこのふたりの兵隊のことを思い出すと、あるやりきれない感じが、たとえば身体の内側で何かがぎゅっと収縮するような気分が、いまでもぼくをおそってくる。当時この両人をぼくは冷静に眺めているつもりであったけれども、あるいはぼくは自分の胸の底にあったもやもやしたものを、無意識のうちに自分の盲点におしやっていたのかも知れないのだ。もっともこのような盲点を利用することで、ぼくは苦しかったあの軍隊生活を、さほど傷つきもせず通りぬけてきたのではあったけれども。

ぼくがこの二人と一緒にいたのは、ある海沿いのちいさな町の外れにあった海軍警備隊である。戦争も末期のころであったから、この部隊も応召の国民兵が相当な数をしめていて、芝も三浦も応召の老兵であった。もちろんぼくも応召兵で、いい加減歳をくった兵隊であったのだが、芝にしても三浦にしても年齢からいえば、ぼくよりも確か三つ四つ上であったと思う。二人とも体力のおとろえが、すでに姿勢や動作にあらわれはじめている年頃であったので、軍隊の勤務がぼくなどよりもずっとこたえていたことは間違いない。そうでなくてもこの部隊は、兵隊にとっては他処《よそ》よりも遥かにつらい勤務の部隊といわれていた位なのだから。

ぼくたち三人は大層親しかった。しかし親しかったというのは、お互いが好意をもち合って仲良くしていたという意味ではない。他に話し合う相手がいなかったので、いわば余儀なく親しんでいるという形であった。何故というとこの警備隊でも、ぼくの分隊だけは特別で、応召の老兵というのはぼくら三人だけであったのだから。あとはすべて志願や徴募のわかわかしい兵隊で、その間に伍してぼくらが人並みにやってゆくということは、並たいていのことではなかったのだ。親しかったといっても、しょっちゅう話し合ったり行動を共にしていたという訳では絶対にないので、だいいちそんな余裕や閑暇《ひま》のあるようなゆっくりした勤務なら、後に述べるような事件は起きなかっただろうと思う。ぼくら三人はもっとも下級の兵隊であったから、朝の起床時から夜の就寝ラッパまで、文字通り寸秒を惜しんで、勤務に食事当番に甲板掃除に追い廻されていたのである。ぼくら三人がゆっくり顔を合せられる時間というのは、ほとんど巡検後のひとときであって、そのひとときですら三日に一度は整列のために乱されてしまうのであった。

人間がその生活に、わずかの自由の時間をすらもたないということは、こんなにも辛いことなのか。きたない話だけれど厠《かわや》にしゃがんでいる時などに、ぼくはよくそんなことを考え、溜息をついたりすることがしばしばであった。忙しいなかの厠というものは、ふしぎにそんな鮮明な反省をぼくにうながしてくるのが常で、その反省を急いで断ち切るようにして、ぼくはいつも厠を飛びだすのであったが、すると次の仕事がすぐ待っていて、血相かえてぼくはそれに立ち向わねばならぬという具合であった。つまり厠に入ることすらも、時間を最大限にやりくりしないと不可能な位であったので、顔を洗ったり歯を磨いたり、まして時間時間に莨《たばこ》を自由に喫《す》うことなどは、ぼくらにとってはもはや夢の彼方であった。うっかりすると一日中莨を喫うひまがなくて、夜の巡検が終ってからやっと一本喫いつけるような日もあった程だから、三人のうちで最も莨好きの三浦などは、この点だけでもやり切れなくなっていたに違いない。つねづね巡検後の莨盆〔喫煙所〕に、三浦と芝とぼくの三人がおちあうことがあると、そんなときにその辛さを先ず口に出すのはきまって三浦であった。ぼくらが何時もおちあうのは兵舎の蔭の小さな莨盆で、入口の近くの大きな莨盆には下士官や兵長が莨をすいながら雑談しているから、自然とぼくらは吹きよせられる落葉みたいに兵舎の蔭にあつまって、ほそぼそと莨をすいつけるという訳であった。寒い北風に星群がまたたくのを眺めながら、ぼくらはいつも低い声で話をかわすのだ。ぼくらに共通の話題はおおむね今の境遇なので、話も自然とそこに落ちるが、ふと話がそれて、故郷や過去や知っている女のことなどに走ることもある。そんな時いちばん熱心なのは三浦で、芝はおおむね黙っている。黙って莨ばかりふかしている。やがて莨を喫いたいだけ喫ってしまうと、三人ともへんに興ざめたような表情になって、事業服の袖をかき合せながら、風のなかを小走りに薄暗い兵舎の甲板にもどってくるのである。

三浦は背が低く、痩せて蒼白い顔の男であった。目鼻立ちはととのっていたが、額が抜けるようにはげ上って、身体つきもなにか不具じみたぎくしゃくした感じであった。もっとも三浦は身体がちいさなくせに、身にあまる事業服をあてがわれて着こんでいたから、なおのことその印象を深めていたのかも知れない。彼はすべての作業に、他人におくれをとることがしばしばであった。ことに身体がちいさいということは、ハンモック吊りには致命的なことなので、その点でも彼はひとかたならぬ労苦を忍んでいたようである。彼はそれをカヴァするために、短い手足を水車のように動かすことで、それをおぎなおうとしているらしかったが、それは必ずしも成功しているとは言い難かった。彼が吊床《つりどこ》と組打ちしているところは、まるで水に溺れかかった人間が必死にもがいているようで、その瞳にもやはりすさまじい真剣ないろを浮べているのである。そういう点では彼は三人のうちでもっとも勤務に熱心であるといって良かった。しかし熱心だといっても、それは立派な兵隊になろうと念願しているわけではなくて、実をいうと、彼はただ自らの失態によって打たれたり殴られたりすることが一番恐かったのである。そのことをぼくは、彼と同じ分隊になってから程なくして感知したのだが、彼にしてみれば自分のそんな気持の動揺を、他人の眼からひたかくしにさえぎろうとしていたようであった。ぼくは彼ほど肉体的な苦痛にたいして敏感な男を、今までにあまり見たことがない。しかし苦痛といっても、たとえば腹痛とか頭痛のような痛さなら、彼は人並みにじっと堪え得るのである。彼がおそれるのは、外部から加えられる苦痛であった。いや、苦痛そのものというよりは、苦痛の予感に自分の身をおくことなのである。苦痛の瞬間が近づいてくるあのじりじりした時間が、彼にはもはや神経的に堪えられぬものらしかった。丁度注射などのときに、注射そのものの痛さより、それを待つ間の時間を辛いと、誰もが感じることがあるように――。彼はことにその傾向がひどかったのだ。

たとえば巡検後に総員整列がかかって、兵舎の蔭にならんで制裁の順序を待っているときなど、三浦はもともと血の気のうすい顔色をなおさら真蒼にして、伸ばした手の指をぶるぶるふるわせている。時には肩の辺までが、がたがた慄えだしたりするのだ。三浦の手の指は細くて、すんなりしている。掌は四十に手が届こうというのに、若い女のようにしなやかな皮膚である。戦争前は地方の小都会で、株屋の手代かなにかをやっていたというのだが、それにふさわしい小さな掌であった。その掌も毎夜の吊床訓練で、いつもひびわれたり血が流れたりしているのである。整列の時の三浦の姿をみていると、まるでこの掌だけが三浦の身体から分離してどこかに脱出したいともがいているように見えた。そんなときの三浦の眼はしろっぽく見開かれて、ほとんどなにも眺めていないように見えた。この掌がかつては味わった、軟かい女の体や紙幣や株券の感触の世界の記憶が、その時三浦の全身を緊迫的な衝動とともにみたしているのかも知れなかった。いわば彼は苦痛の予感と嫌悪にはらわたをまっくろにさせて、尻を棒で打たれる順番を指をがくがくさせながら待っているらしかった。しかし彼がどんなに力んだとしても、この順番の制裁は逃れるわけに行かなかったのだ。もしほかのものを代償としてこの場をのがれることができるなら、彼はほとんどどんなものでも代償としてさし出しただろう。彼の慄える指や空白の瞳は、無言のうちにそんなことを語っているように見えた。どんなにか彼はこのような苦痛の予感から逃げだしたかっただろう！

先にかいたようにこの性格の弱味を、しかし彼は充分弱味として意識していて、それを他人に知られまいとして極度に努力していたのである。そして制裁が済んでしまうと、ひとつの苦痛が完了したというある解放感が、それゆえ俄《にわ》かに彼の身内をいっぱいにして来るらしく、そのあとでぼくらが夜寒の莨盆に落ちあうと、三浦の口調は一種の虚脱したようなはれやかさを帯びていて、それはぼくらにもすぐ感じられた。しかし彼はそれをまたぼくらから隠すためか、そんな時彼の声調は、へんに詠嘆をまじえた感傷的な調子になっていて、自分の故郷の小邑《しょうゆう》や過去の生活を語りはじめたりするのも、そんな時が多かった。

三浦の声は早口で、細く金属的である。しゃべっているうちに、彼はすぐ自分のつくった気分にはいってしまうらしく、最初のわざとらしい詠嘆の口調がぴったりと身についてきて、彼はもはや本気で過去の生活をまざまざとしのぶ風で、そこにふたたび帰って行けない自分を嘆き始めたりするのだ。彼がそんな時口に出すのは、牧江という女の名前で、その女と彼は恋仲になったまま、召集されてきたというのである。こんな年齢のこんな貧寒な男に、恋人が出来るなどとは、一寸《ちょっと》ぼくも信用しかねるのだが、事実はいざ知らず、三浦の心の中に定着された牧江の存在は、三浦にとってはうごかすべからざる真実であるらしかった。そして、そうしているうちに、突然彼は自分の現在の状態への嫌悪を押えきれなくなってしまうのだ。早口の声が妙に不きげんに濁ってくるのである。そして彼の語調には変な強がりがまじってくる。ぼくは何時でもこんな時、逆に三浦の弱さを嗅ぎとったような気持になり、何故か舌が重くなって不興げに相槌《あいづち》をうったりするのだが、芝にしてもぼくと同じ気分になるのか、いつものぼそぼそした低い声をつぐんで、横をむいて莨ばかりふかしているのが普通のようであった。二、三本莨を喫いちらすと、ぼくらはいつもより一層しらけた気持になって、莨をそれぞれ踏み消すと、小走りで兵舎の甲板に戻ってくるのであった。ぼくらの吊床は甲板のすみに三本ならんで吊ってある。そんな夜はいつもより身体が冷えているから、なかなか寝つけない。事業服の上衣をたたんで枕にしたのに耳をつけていると、耳の底で暗い幽《かす》かな海鳴りのような冷えた血管の響きすら聞えてくるのである。そんな夜に寝つけないのはぼくばかりではない。芝や三浦の吊床などもときどき微かにゆらいで、いらだたしそうな溜息がぼくの耳まで伝わってきたりするのである。三浦の吊床はきちんと整頓されているが、芝の吊床はいつも曲っていたり吊縄がよじれたりしている。ちょっと調整すれば寝心地よくなるのだが、彼はそんなことをしないのだ。よじれてもよじれたままで放っておく。芝という男は、そんな風な男なのである。

芝のくぼんだ眼は気の弱そうな暗い色を常にたたえている。軀《からだ》は先ず先ず均勢がとれているが、動作が変に間延びしたようなところがあって、それがわざとやっているようにもとれるのだ。何かやっていても、それは手足や身体だけのことで、頭では別のことを考えているように見える。ぼくら三人のうちではまず一番身体は丈夫だし、三浦あたりよりもずっと兵隊としての仕事はうまくやれるのである。それにもかかわらず、彼は兵長や下士官から一番憎まれている。もっとも仕事が出来ない三浦よりも、何とか理由をつけて殴られたりする回数は、芝の方がずっと多いのである。やる気がないなら、やるようにしてやる。こんな言葉が芝をなぐる時いつも使われる言葉であった。

この部隊は兵隊にとって、他処よりもずっと難儀な部隊であったが、ことにぼくらは辛かった。何故というとこの部隊では、年齢に対する顧慮やいたわりは微塵《みじん》もなかったからだ。しかしそれは、ぼくらが年長であることに皆が無関心であったということでは全然ない。むしろ逆であった。年長であるからには若年の兵隊より仕事がうまく出来る筈だというような、そんなもっともらしいような理窟が皆を支配していて、何かといえばそんな言い方で、一番新しい兵隊であるぼくらは小姑《こじゅうと》みたいないびり方をされていたのである。今思えば彼等は、新しい兵隊だからという訳で追い廻していたにすぎないのだろうが、当時のぼくにしてみれば、年長であるが故に憎まれているのではないかという錯覚におち入るほどであった。年齢というものを、おそらく志願で入った兵隊などは、現実的な感覚でぼくらの上に眺めていたのではないのだろうと思う。その一例にぼくと芝が、ある若い上水から何かの理由で、兵舎の蔭で殴られそうになったことがある。その時その頬ぺたの赤い上水〔上等水兵〕は殴ろうとする手をちょっと休め、芝の顔をまじまじと眺めながら突然、お前は歳いくつになる、と訊ねた。それはまことに少年らしい好奇の問いであったけれども、芝は自分の歳をあかすことになにか屈辱を感じたらしかった。暫く口ごもった揚句、絞るような低い声で芝が答えた時、若い上水はとんきょうな叫び声をあげた。

「それじゃおれの親爺とひとつ違いじゃねえか」

そのせいかどうか知らないが、ぼくらはその時ひとつずつ殴られただけで済んだ。これでも判るように、ぼくらの年齢というものは、実感として彼等にはなくて、彼等の眼の前には、老いぼれた現象としてぼくらが立っているという訳であった。この上水ですら次の日は、年齢についての現実的な感覚は忘れてしまったに違いないのだ。年齢のもつ意味にこだわっているのはむしろぼくたちだけで、ことに芝にいたっては、それをひしひしと意識するらしかった。作業や訓練の場合なら、幾分気持のごまかしもつくけれども、あの嘲弄的な制裁、たとえば鶯《うぐいす》の谷渡りとか蜂の巣などという屈辱的な芸当をやらされるときは、気持を盲点におくことに慣れているぼくですら、ときに顔が感情的にこわばるのを禁じ得ないほどであったから、芝などにいたってはことのほか惨めな気持のどん底を味わっていたに違いないのだ。空の衣嚢棚《いのうだな》のなかに入って、ブーンブーンと蜂の鳴声のまねをさせられているときなど、ぼくは隣の芝が顔を紅潮させ、燃えるような眼つきになって、それでも命ぜられた通りにやろうとしているのを、ついちらりとぬすみ見てしまう。芝のそうした姿をみると、現在の辱をかむような屈辱的な気分が、ふしぎに和らいできて、嘲弄されている自分というものが、何故かさほど苦にならなくなるので、ぼくはいつもこの種の制裁のときは、意識的に芝の挙動に注意をはらっていたのである。三浦にいたっては、これらの制裁は肉体的な苦痛を伴わないのだから、棒を尻で受けるよりは、気持が楽だったのだろうと思う。しかしそれも三浦の身になってみなければ判らないことだ。実のところは、その体軀《たいく》や挙動の滑稽さのゆえに、三浦がもっとも嘲弄の対象になっていたのだけれども。

しかし芝は巡検後の莨盆でも、自分の気持の苦しさについては、一言も口に出したことはなかった。低いぼそぼそとした声で、その日の出来事を話し合う程度で、話が愚痴におちてくると、黙りこくって莨ばかりをふかしているか、そっぽむいて星を眺めていたりするのだ。その態度はへんにかたくなな感じでもあったが、また妙に淋しげでもあった。芝は気質的に愚痴をこぼせないたちであるらしかった。彼は気が弱いくせにそんなところは妙に頑固であった。そのような人間的な甘さのないことが、自然と彼の姿勢や動作にあらわれていて、下士官や兵長から彼がにくまれるのも、あるいはそんなところからかも知れなかった。だから例えばちょっとした落度――卓の上に誰のものとも判らない手箱が置き忘れてあったりすると、すぐ芝のせいになって、彼は他の兵隊のぶんまで殴られてしまうのだ。息子ほどの年頃の兵長から殴られるとき、彼はその瞬間言いようのない苦渋《くじゅう》の色を顔いっぱいにたたえている。そしてぎらぎらした眼を見開き、殴ろうとする相手から視線をそらして、どこか遠くの方を一心に見詰めているのである。それは恐怖の表情ではなくて、やるすべのない悲しみの色であった。しかし見た感じから言えば、彼は殴られる自分に悲しみを感じているのではなくて、なにか他の形のないものにぎりぎりの憤怒を燃していているように思われた。それがなおのこと殴り手の気持を刺激するものらしかった。一つで済むところを三つも四つも殴られる。だから三浦の言葉を借りれば、芝は殴られる要領を知らない、という訳になるのだが、この説にはぼくもほぼ同感してもいいと思う。

先にも書いたように、ここはおそろしく忙しい分隊で、加えて下士官や兵長の小姑的な監視があったから、仕事がとぎれてもぼんやりしているという訳にはゆかないので、ぼくらがゆっくり話し合う機会も昼の間にはあろうわけがなく、自然と巡検後の莨盆に落ちあうことになるのだが、そんな時莨をふかしながら、だまってお互いの姿を感じあっているだけで、ぼくの心はなぐさめられるような気がした。しかしこの気分は、ある一面で不快なものを含んでいることを、同時にぼくははっきりと感じていたのである。それは丁度傷ついた獣同士が、黙ってお互いの傷口を舐《な》めあうような、そのような親近感であったけれども、それだけにお互いの惨めさを認め合うことは、その底にあるやりきれない安易さをぼくに感じさせるのであった。そのことは芝もはっきり感じていたのではないかと思う。そのくせやはり巡検が済むと、睡眠を犠牲にしてまでふらふらと兵舎の蔭にあつまってくるのも、この労苦をひとりでおさめているということが、どうにも耐えられないからであった。莨盆にあつまっても、本当のところは何も話し合うことはない。言葉にすれば嘘になってしまうから、やむなくぼくらはその日の出来事などをぼそぼそ話し合うだけに止《とど》めてしまう。ただ三浦の場合は、その気持の芯に妙に弱いところがあって、黙って気持だけをよりそわせているだけでは不安になるらしく、時に言葉でその隙を埋めようとあせったりするのだ。だから夜の莨盆では、三浦がいちばん饒舌である。細い声で早口にたたみかけるようにしゃべる。しかしぼくらに共通したぎりぎりの惨めな気持は、それを埋め得る言葉などあろう筈はないので、彼は仕方なく故郷のことや自分の過去を、聞きもしないのにしゃべり出したりするのである。そのことで自分の気持がなおのこと惨めになってゆくことも意に介せずに。そんな時、舌重く相槌《あいづち》うつのはぼくだけで、芝はすぐ黙りこんでしまう。

故郷の町の牧江という女が重い病気にかかったということを、三浦が話して聞かせたのは、やはりそんな夜の莨盆でのことであった。その朝の手紙で彼はそれを知ったらしく、その手紙も牧江が重態の床で自らかいたということであった。その手紙を彼は事業服の内ポケットから出して、ぼくに見せてくれたのである。もちろん暗がりで内容が読めるわけはなかったが、月明りで表書きの「三浦嘉一様江」と記したみだれた筆文字だけはかすかに読めた。こんな場所で見る女の筆文字というものは、変に鮮かなもどかしいような、ふしぎな印象を与えたことをぼくは今でも覚えている。いつもならそんな話題は生返事で散らしてしまうのだが、その印象のためにぼくはふと好奇心をおこして、その女はひとりなのか、と聞いてみた。すると三浦はしょんぼりした声になって、うったえるようにぼくにこたえた。

「そうなんや。誰もみとる奴がいないんや。おれだけをたよりにしていたんだからな」

月の光が三浦の広い額におちていて、彼は面をそむけてうつむくような姿勢になった。三浦は今朝からへまばかりやって、さっぱり元気がなかったことをぼくはその時、ある忌々しさと共に思い出していたのである。そして三浦の感傷的な細い声と、それを裏切るような身体に合わないぶざまな事業服の姿とに、へんにとげとげしい反撥が咽喉《のど》までこみ上げてくるのを感じて、ぼくはそっけない声で言った。

「――お前が行って、看病してやればいいじゃないか」

　昼間の作業で三浦がへまをやったため、その連帯でぼくらも殴られ、痛みが頬骨にまだ残っていたのだ。そのようなへまをやった原因がこんな手紙にあって、しかもその手紙を材料に三浦がぼくによりそおうとしていることを感じると、自然とぼくはつっぱねるような口調にならざるを得なかったのである。三浦はちょっとひるんだ風に身じろいだが、しばらくして自嘲するように、

「行くったって、行けるわけないやないかよ」

「病人が出来たといえば、休暇をくれるさ」

「しかし看護休暇は、肉親にかぎるんだろ」

「そうさ。だからさ」ぼくはちょっとつまったが「そりゃどうにでもなるさ。よそに縁づいた妹とか何とか、ごまかせそうなもんじゃないか」

　ぼくが言ったのは勿論、この場の思い付きで、実現の可能性があるなどとは夢にも思っていなかったのである。可能性のないでたらめをいうことで、ぼくはこの話題をうち切ろうという心算《つもり》であった。それにも拘《かかわ》らず、ぼくのつっぱねた口調がぼくの確信のゆえと受取ったせいか、三浦はぼくの言葉に突然すくなからぬ衝撃を感じたらしかった。はっと上げた顔が夜目にも真剣な色をたたえて、その視線はまっすぐにぼくにそそがれていたので

ある。ある切迫したものが、ひよわな三浦の体から流れてくるようで、ぼくは思わず背中を兵舎の壁にこすりつけながらたじろいだ。そして黙って見詰めあったまま、暫く経った。

ふと沈黙を破って、芝の低い声がした。

「帰れるわけがないじゃないか。色気をだすのはよせよ」

莨を手にもったまま、その時芝の眼は立ちすくんだ三浦の姿を、なぜか舐め廻すように眺めていたのである。その声はいつもの芝のぼそぼそした口調とちがって、なにか哀れみと憎しみの抑揚がそこにこめられているようであった。その声で三浦はふと我にかえったらしかった。そして夢から醒めたように身ぶるいすると手にもっていた手紙を折りたたんで、内ポケットに押しこもうとした。月明りのなかで手紙を握った掌は、なにか浮上るようにひらめいて、彼の内側にかくれた。暫く莨を喫い終えるまで、ぼくらはそれぞれの姿勢でふたたび黙りこくったまま立っていた。

牧江という女から来た手紙を、その夜ぼくは表書だけ月明りの下で一瞥《いちべつ》しただけで、とうとう内容は読まずじまいであった。しかしこの手紙が三浦の気持を、決定的なものへ傾けたことは、おそらく確かである。あの夜看護休暇の件について、三浦がぼくの言葉にすがってふと錯乱をおこしたのも、彼がなにか思い詰めていたからに相違なかった。あの瞬間、たんに詠嘆の対象であった彼のはるかな現実が、一挙に距離をとびこえて三浦のそばまで近づいていたのであろう。長いこと禁煙していた男が、いっぽんの莨に手をふれることで、一挙に堰《せき》をはずしてしまうように、もはやひとつの欲望が実感的な形として彼の心をぎゅっと摑んでしまったらしかった。その翌日からの彼の動作や態度に、それを裏書きするような微妙な変化を、ぼくははっきり感じていたのである。

そしてあの夜の会話で一応けりがついていたにもかかわらず、三浦がその手紙を分隊士のところに持って行って、看護休暇を願いでたということも、わらを摑む気持であったのかも知れないが、思い詰めたことから出た放心状態のせいではなかったかとぼくは思うのだ。勿論これは分隊士によって却下された。看護休暇というものは、原住地の市町村長からの書類でなければ貰えないので、そのことは三浦にしても知らない筈はないのである。そしてそれは単に却下されただけでなく、分隊士から叱責されたらしいことも、ぼくは三浦の口ぶりから推察できた。それよりもなお悪かったのは、そのような手続きを班長を経ずして、直接分隊士にもって行ったということで、二、三日後の夜の整列のとき、彼ひとり呼び出されて、ひどく制裁をうけたことであった。制裁をうける前、彼への叱責はずいぶん長かったから、その点なおのこと彼は辛かっただろうと思う。頭を垂れて聞いている彼の後姿は、ぶかぶかの服のなかで硬直しているらしく、掌はぴったり腿にくっつけていても、むざんにがくがくと慄えていた。そして毛をむしられた鶏のように惨めに、彼は太い棒片《ぼうぎれ》で尻を打たれたのである。

その夜の莨盆で三人がおちあったとき、三浦は兵舎の壁によりかかって、身ぶるいを時々しながら、莨を喫っていたが、やはりこたえたと見えて口数は極めて少なかった。ぼくもなんとなく責任を感じるような気持もあるので、なにか慰めたいと思うのだが、うまい言葉がどうしても出なかった。それで国許へそっと手紙を出して、市長から電報打ってもらえばいいではないかと気安めみたいな言葉を三浦にむかって言いかけたら、三浦は顔をあげてさえぎるように口を開いた。

「そんなことしたって、間に合うもんかよ。逢いたければ、脱走するまでや」

そばで莨をふみ消していた芝が、その時何故かぎょっと三浦の方を振りむいた。そして暗い眼の奥から、するどく三浦をみつめるらしかった。白けたような緊張がきて、三浦はふてくされたような仕草で莨を投げすてた。その時芝がいつもの低い声で、押しつけられたような調子で言った。

「脱走だって、脱走できるものか、お前に」

「やろうと思えばやるさ。何でもない」

「じゃ、どうやって逃げるんだ」

三浦は返事をしなかった。黙ってかすかに身ぶるいをした。その姿に芝はじっと視線を定めたまま暫く経った。芝はふと視線を外《そ》らすと、今度はすこし早口になって突然口を開いた。それは三浦に言っているとも、ぼくに言っているともつかぬ、中途半端な切りだしかたであった。しかしその語調はおそろしく切迫した響きをふくんでいた。

「――もし俺が逃げるんだったらな、俺はこんな具合にやる。砲術科倉庫のわきから赤土の登り道があるだろう。あれを伝って裏山に入っちまうんだ。山は一本道だ――」

芝はそこまで一気に言ってしまうと、そして一寸言葉を止めてためらうように首を振ったが、また思いなおしたように肩をそびやかして、今度は非常に綿密に考察された脱走の経路を、たまっているものを一遍にはきだしてしまうような口調でしゃべりだしたのである。それはぼくを驚かせるに充分であった。いつも無口な彼が、こんなに勢《いきおい》こんでしゃべることがあるなどとは、夢にも想像できなかったからである。そしてその内容も、行きあたりばったりの思い付きでなく、かねてから心の中で整理されているらしいことが、ぼくをおどろかせると同時に、ぼくの心をはげしくひっぱたいたのだ。芝が説明するその経路は、山のどの道をどう越えて向う側の町に行くとか、もちろん服装は途中のどこのあたりの農家あたりで変えてしまうとか、そしてその服装で何時何分の汽車の切符を買う、といった具合で、その駅の汽車の時間まで詳しく予定されていたのである。芝の口調はそしてだんだん憑《つ》かれたように熱を帯びてきはじめた。ぼくはそれを聞いているうちに、胸をしめつけられるような息苦しさがつのってきて、思わず顔を芝の方に近づけて行った。近づけると芝の眼は燃えるような光を帯びていて、それはあの殴られるときの眼付とすっかり同じであった。戦慄のようなものがぼくの背中をはしりぬけた。気がつくと、三浦も身体をのりだして、薄暗がりで動く芝の唇に見入っているのであった。三浦の体は服のなかで、絶えず小刻みにふるえているらしかった。そして芝はふいに言葉を途切らせて、ぼくらの顔をじっと見廻した。

「――で、おれならそういう具合だ」暫くして芝はそう言いながら事業服の袖でしきりに額をこするようにしながら、またもとの低い声になって沈痛に言いそえた。「しかし――俺は、逃げないんだ」

「お、おれも逃げやせんで」

三浦もしばらくしてかすれた声でそう言った。その声はなにか脅えたような響きをもっていた。――

その夜の吊床のなかでぼくは眠れないまま、いろいろなことを考えていた。看護休暇の件はもはや全然望みがないことを、三浦は今日ではっきり思い知った筈であった。そうだとすれば、地球に一度だけ近づいてまた永遠に飛び離れる彗星のように、彼の気持は実感として一度だけ故郷の方に傾き、そしてまた無理矢理に遠く隔てられたような形である。しかし人間の気持がそのように割切れたものであるかどうか。そう思うとぼくは、おれも逃げない、といった三浦の言葉がすぐに頭に浮んできた。あの声の脅えた調子の意味するものが、いま三浦の胸の中でどのような屈折を遂げているのだろう。そしてそれに対応して、芝にあの計画を組立てさせた情熱とは何だろう。脱走という言葉に刺戟されて、芝が心に秘めておくべきことを口に出してしまったというのも、かねてから計画だけは立ててみたものの、自分に実行する勇気がないことを、芝自身が歴然と知ったからではないのか。ぼくはそして、それをしゃべっている時の芝の、悲しみに燃えるような眼付を思いうかべた。そしてすぐ次に芝の声の調子を。それは甘く誘惑的なひびきに変って、ぼくの耳によみがえってきた。ぼくは意識の中に探りあてられる核のようなものを、ひとつひとつ潰して行きながら、脱走の経路をかねてから黙々と思いめぐらしていた芝よりも、それをはき出すようにしゃべってしまった芝の方が、もっとかなしいあり方なんだと考えた。あるいは脱走の欲望を自分ひとりの胸のうちで処理しきれなくなって、しゃべってしまうことでその欲望を散らそうと、芝の頭でその時そんな無意識の計画がはたらいたのかも知れなかった。しかしそうだと考えてみても、芝という男のかなしさがぼくの胸にひびいてくることとは同じであった。この脱走の意図は芝の胸のなかで、何時はっきりした形をとり始めたのか。この分隊での今までの日々のことが、継続してぼくの頭をかすめた。そしてこうした日々が未来へずっと灰色に伸びていることが、確かな実感としてぼくにその時重くのしかかってきた。その想念からのがれようとしてぼくが、吊床をきしませて寝がえりを打とうとした瞬間、ぼくは自分の胸の中に、芝がはき出した欲望の破片が、するどく突きささっていることを突然自覚した。ぼくはそのとき銀色の月明りの下で裏山へのぼって逃れて行く自分の姿を、はっきりと瞼のうらに思い描いていたのである。ぼくは思わず両掌で顔をおおって幽かな呻《うめ》き声を立てていた。——

それから暫くしてぼくはとろとろ眠ったらしかった。もやもやした悪夢がきれたりつながったりして、夜がしんしんと更けて行くようであった。耳のすぐそばで何か物がすれあうような微かな物音がして、その音でぼくはぼんやり眼をひらいたらしかった。夢をみていたせいで背筋にいっぱい汗をかいていて、気味わるく肌着がくっついていた。兵舎の硝子窓《ガラスど》からつめたい月の光がななめにさし入っていた。ぼんやり暗い甲板に、となりの吊床から今三浦がすべり降りたところであった。空になった吊床がそのあおりでふらふらと揺れた。ぼくはそれを見ていた。そして頭の片すみでかんがえた。

(便所に行くのかな?)

しかしぼくはふしぎな力で摑まれたように、ぼんやり眼を見開いて三浦の影から視線をはなさないでいた。吊床がずらりとならんだ甲板はしんと静かで、夢のつづきを見ているような錯覚をぼくに起させた。半醒半眠《はんせいはんみん》のぼくの視野のなかで、三浦の影がひっそりとうごいて、跫音《あしおと》のしないように衣嚢棚の方にゆくらしい。月の光のなかに突然三浦の顔がうかび上った。そしてそれでぼくははっきりと眼が覚めた。浮び上ったその顔は硬く歪んでいて、月の光のせいかまっしろに見えたのだ。ふだんの三浦のかおとは少しちがっていた。ぼくはぼくの全意識が俄かにするどく冴えわたるのを覚えながら、凝然《ぎょうぜん》と身体をかたくした。

――衣嚢棚に何の用事があるのか？

三浦の姿は窓で四角にきりとられた月光のなかから、ふと暗がりの方に消えた。三浦はそこにしゃがんだらしかった。その暗がりの底を白い事業服の背中が、音もなくくず折れるように低くなった。そして衣嚢を引き出す音がかすかに聞えた。ぼくはぼくの心臓が烈しい音をたてて鳴り出すのを感じながら、引き寄せられるように視線をそこにそそいでいた。やがてほの白い姿がゆらいで、三浦はそっと立ち上ったらしかった。

広い兵舎の甲板は、すべて眠りに入っていて、死んだように静かであった。そこにずらりと吊られた吊床の下をくぐって、三浦の姿が通路の方にでてゆくらしい。名状しがたい不安がぼくをぎゅっとしめつけてきて、ぼくは上半身を思わず起した。骨がぽきぽきと鳴るのがわかった。声を出そうと思うのだが、切なく心臓がひびくので、ぼくは咽喉の奥でわずかにあえいだだけであった。火のようにあつい頭の一部分で、しかしぼくはこんなことも考えていたのだ。

（衣嚢のなかから紙を出して、それで便所に行ったのかも知れない）

突然背後で荒い呼吸《いき》遣いの音が、ふとぼくの耳をかすめたのだ。ぼくはぎくっとして頭をねじむけた。反対側の芝の吊床で、芝は毛布の中から首だけを立ててじっとしていた。蒼然とくらい吊床のなかで、芝の眼窩《がんか》はふかい陰影をつくっていて、どこを眺めているのか判らなかった。ただぜいぜいという呼吸音だけが、次第に早くなるらしかった。そしてその時通路をこっそり出てゆく三浦の靴音が、すこし乱れをみせながら、ぼくらの耳から遠ざかって行った。それはぼくらのひそかに保ちつづけていたひとつの欲望が、ぼくらの身辺から確実に遠ざかって行く音のように耳から消えて行った。

翌朝になってやはり三浦がいないことが明かになって、部隊は大さわぎになった。ぼくと芝は隣り合せに寝ていたというわけで、分隊士などからいろいろ訊問されたけれども、ぼくらは全然知らなかったという一点ばりで押し通した。芝の顔は蒼くふくれていて、それもあきらかに寝不足のためであった。ぼくの顔もそんな風になっているらしかった。

朝食がすんで食器を烹炊所《ほうすいじょ》に収めに行くとき、ぼくは芝と一緒になった。ぼくらは変にだまりこくって、重い食器を下げながら道をいそいだ。食器を収めるとすぐ課業整列のため兵舎に戻らねばならなかった。砲術科倉庫のそばを通りぬけるとき、ぼくはふとあることを思いついて、頭をそちらに向けた。倉庫のそばから赤土の上り道となり、その道はすぐ群れ立つ樹々の間に消えていたのである。ぼくは突然そこまで行ってみたい欲望に猛然とかられて、芝を呼びとめた。

「ちょっとあそこまで行ってみよう」

芝はぎくりとしたようにぼくの指さす方を見たが、その眼は暗くきらきらと光った。そしてぼくらは建物の狭い間隙《かんげき》を通りぬけて、そこまで小走りに走って行った。

道は山から流れる水のためにじとじと濡れていて、少し登ったところで迂回して山ふところに入るらしかった。ぼくらは道の入口のところに立ち止った。そこには申し訳みたいな門柱が立っていて、それがこの部隊と山とを隔てているわけであった。この山がいまひとりの三浦を呑んでいるのかも知れないことが、妙に実感としてぼくに来た。山がささやかな秘密を蔵している感じであった。赤土の道はその秘密のなかに濛然《もうぜん》と消えていた。

（しかし三浦は果してこの道をたどったのだろうか？）

三浦が昨夜通路を出て行ってからも、ぼくは長い間眠らずに、彼が戻ってくるかも知れないという漠然たる期待で、全身の感覚を緊張させていたのだ。そしてその期待のうらに、三浦がこのまま逃げ終《おお》せてくれればいいという気持がするどく動いていたのを、ぼくは今判然と思い起していたのである。

「あ！」

その時そばに佇立《ちょりつ》していた芝が、呼吸を引くような声を立てた。ぼくは芝の視線がそそがれている箇所に、はっと眼を走らせた。そこは道が一部分高まっていて、そこの濡れた赤土に靴のすべった痕がはっきりのこっていた。赤土がそこだけ滑らかに濡れていた。芝が見つめているのは、それではなかった。そこから二尺ほど離れたところに、軟かい赤土の上に、滑った男が印したのであろう、はっきりした掌の型がそのままの形で残っていたのである。五本の指が力をこめて開かれていて、指の先のところで土が凹みをつけてえぐられていた。それは本当の掌をみるより、もっと掌というものを感じさせた。掌につづく全身が、まざまざと想像された。それはあのぶかぶかの服をまとった、不具みたいな感じのする三浦の身体のイメイジであった。その掌の型と三浦の姿がぼくの想像のなかで、瞬時にしてぴたりとむすびついていたのである。

芝がつかつかとそこに歩みよった。芝の顔は蒼ざめて硬《こわ》ばっていた。そしてしゃがんで自分の掌をそこに押しつけた。掌型《てがた》は芝の掌より、ひとまわり小さかった。赤土をえぐった指のあとは、女の指みたいに細かった。芝はしゃがんだまま首をあげてぼくの顔をみた。

「――あいつの掌だ」

無理に押し出したような声で、芝はそう言った。そして眼をおとすと、それを確かめでもするように、何度も何度も押しつけた。三浦の掌型はつぶれて、芝の掌型がそれに代った。芝はなおも力をこめて、えいえいと掌を押しつけた。そうすることによって、自分の気持を変えてしまうことが出来るかのように。執拗に、烈しく。

ぼくはそのそばに立ちすくんだまま、芝の手がだんだん赤土色にまみれてゆくのを、そして芝の横顔がそれにつれてしたたか殺気を帯びてくるのを、凝然と眺めていたのである。

三浦がうまく逃げ終せたのか、それとも捕まったか、それはぼくは知らない。なぜというと間もなくぼくはこの警備隊から他に転勤になったのだから。だから芝ともそこで別れた。芝ともその後逢わないから、どうなったのか判らない。

ぼくは今でも時々かんがえる。今はおそらく社会人にもどったにちがいない二人が、どこかの町角あたりでぱったり逢ったら、どういう光景がみられるだろう。しかしぼくの空想はそこで止ってしまう。それよりもぼくがもし、この二人に町角であったら、ぼくは虚心に手を振ってあいさつするだろうか。また知らぬふりして、ぼくはすれちがってしまうかも知れないのだ。それは何故そうするのかぼくは自分でも判らない。何故だかは判らないけれども、ぼくはこの二人の男を思いうかべると、身体の内側がぎゅっと収縮するようないやな感じに必ずおそわれる。奇怪な悪夢のような後味が、ぼくの胸にからみついてくるのだ。二人のことはぼくの心の中で、ぼくが生きて行く日を重ねるにつれて、ますます鮮明になって行くのだけれども。

小さな町にて

私はついに、この海辺の小さな町に、やって来た。

しっとりと霧の深い夜である。

午後九時六分着。三輛連結の普通列車。

その小さな車輛からこの寒駅に降り立って、形ばかりの改札口を通るとき、ミルクのように濃い霧が、たちまち私たちの全身を、ひたひたひたと包んできた。乗降客は、私と私の連れと、この二人だけである。

発車の汽笛が、あちこちにこだまして、ものがなしく響きわたると、私たちが乗り捨てた小さな列車は、がたんと身慄いして動き出す。私たちを残して、徐々に歩廊《プラットホーム》をはなれ、しだいに速力を増しながら、やがてその尾燈《びとう》は霧の中に、赤くちいさく吸いこまれてゆく。

その燈も見えなくなって、がらんとなった歩廊を、駅長らしい男がカンテラを提げて、ゆっくりゆっくりと歩いてくる。そのカンテラの光も、膜をかぶったように、ぼうとうるんで揺れている。夜気がにわかに頸《くび》筋につめたい。

「宿屋はどこか、ちょっくら訊ねて来ましょうか」

私を見上げながら私の連れが言う。そして若々しい跫音《あしおと》を響かせながら、もう小走りに駈け出してゆく。

厚い霧のかなたから、も一度さっきの汽笛が尾を引いて、遠く幽かにひびいてくると、あとは物音も絶え、田舎線の小駅らしい静寂さが、急にふかぶかと戻ってくる。転轍器《てんてつき》の辺で話し合う駅員たちの声が、妙に近く聞えてくる。

私はスーツケースを左手に提げ、駅前の大きな楡《にれ》の木の下まであるき、そこから始まるQ町の夜景を、しばらくじっと見詰めていた。

「これが、Qという町か」

声に出して、私はつぶやいて見る。長い遍歴のあとのような、ある奇妙な疲労と緊張が、重々しく私を満たしている。

しずかに流れる霧のむこうに、遠く近く、いくつもの燈色《ひいろ》が滲んでいる。ぼんやりしたその燈影の配置からして、この町の家並は、縦の一本道に沿って鰻のようにながながと、ずっと奥へ連なっているらしい。汽車の中で私が調べた地図に誤りなければ、この一本道の果てるところに、海がある筈だ。そこに暗くゆたゆたと、海が揺れている筈だ。その海岸にいたるまでの、戸数にして三、四百、人口二千足らずのQ町が、今私の眼界に、燈色をわびしく点々とつらね、しっとりと霧の底に沈んでいる。眺めているうちに、ふっと私は可笑《おか》しくなる。

(何のために、この町に、おれはやって来たのか?)

しかしその答えは、不確かな形で、重苦しく私の胸にある。右頬の筋が微かにひきつるのを感じながら、私はしばらくその姿勢を動かさない。

背後から、かろやかな小走りの跫音が、近づいてくる。

「宿屋は一軒。それも雑貨屋と兼業ですってさ。行きますか?」

「行こう」と私は答える。

「わびしい町だなあ」

並んで歩き出しながら、この若い連れは嘆息するように言う。

「こんな町に、一週間も御滞在か。役目とあれば、仕方はない。ねえ。相宿《あいやど》となれば、よろしくお願いしますよ」

連れはしきりにしゃべりながら、ちろちろと私の顔をのぞく。それがこの男の癖らしい。またその顔付も、声音《こわね》ほど弱った様子でもない。年の頃は、二十四、五。晴雨兼用のしゃれたコートを着て、縁無し眼鏡をかけている。のっぺりした顔の男である。語調は軽やかで調子よく、一分間と沈黙を守っておれない風だ。

「あ。それからね。僕の身分や仕事のこと、この町の人には、一応秘密にしといて下さいね」

「何故だね」

「そりゃあ、やはり、知られると、ちょっと具合が悪いから」

連れといっても、私はこの若い男と、つい一時間前、汽車の中で知り合ったばかりである。前に腰かけていて、私がQ町へ行くことを知ると、急に親愛の情を示して、いろいろ話しかけたり、名刺をくれたりなどした。その名刺には（A火災保険株式会社調査部員・風間十一郎）と記してある。一箇月ほど前、Q町に小さな火災があって、その保険金支払いの関係上、調査のために赴くのだという。なるほどこんな男には、ずいぶん適当した仕事だろう。

「知れたって、いいじゃないか。その方が、調査に便利だろう」

「いや。そんな散文的な仕事で来ていることを、人々に知られるのが厭なんですよ。これでも僕は、とにかく、ロマンティクなんだから――」

若い風間十一郎は、平気でそんなことを言いながら、足早にあるく。

町幅はせまく、デコボコしている。ひどく歩みづらい。家々の半分位は燈を消しているし、表戸を立て始めた小店などもある。街道筋の印象は、へんてつもない夜の田舎町の感じだが、磯の香がそこらに、ほんのりとただよっている。町角の小さな鍛冶屋に、まだあかあかと火が熾《おこ》っている。その火の色が、霧を通して、眼に沁みてくる。熱鉄をたたく澄んだ金属音が、しずかに夜の町に反響している。歩くにつれてその音も、しだいに遠ざかってゆく。湿ったような磯の香。馬糞のにおい。頬を濡らしてくる霧の感触。

「まだかね？」

「ええと。もうじき」

しかし十一郎は立ち止って、いぶかしそうに四辺を見廻す。私も歩をとめる。遠く浜の方角から、夜気を縫って、細く慄えるような竹笛の音が、かすかに流れてくる。ふとそれに私は耳を澄ます。それは何かを訴えるように、断続しながら、耳の底まで届いてくる。

「あんまの笛ですね」

十一郎がぽつんと言う。彼もそれを聞いていたと見える。そして突然大声を出す。

「なんだ。ここだよ。看板が出てらあ」

私たちが立ち止っているすぐ前の、紙凧《たこ》やねじり飴や子供下駄をならべた貧しい店の入口に、表札みたいに小さな看板がかかっていて、それに「旅人宿鹿毛《かげ》屋」と記してある。二人の眼は、一斉に、それを見ている。およそ宿屋らしくない、うらぶれたあばら家だ。

「ここですよ。我々の旅館というのは」

少したって、十一郎が忌々しげに、はき出すように言う。しゃれた身なりの十一郎と、傾きかかった鹿毛屋の建物を見くらべて、私はふっと笑いがこみ上げてくる。声を立てて、私は短くわらう。

これが今日の私の、唯一の笑いだったかもしれない。

「しばらく御滞在かね？」

鹿毛屋の主人が大きな眼を動かして、私に訊ねる。四十五、六の、しまりなく肥った、大きな男だ。頬がぼったりとたるんでいる。

「そうだな」

風間十一郎はうつむきこんで、宿帳にしきりにたどたどしい筆を動かしている。こういう男は、きっと字が下手なのだろう。

「そうだな、一週間ぐらいかな」

と私は答える。十一郎はやっと宿帳を書き終えて、私に手渡しながら、そっと片目をつぶって見せ、にやりと笑う。あんのじょう金釘みたいな字だ。そして不逞《ふてい》なことには、その職業のところに、十一郎は「画家」と記入している。主人の顔が、それを無遠慮にのぞきこむ。

「へえ。画家さんかねえ。画を描きにきたのかねえ」

「そうだよ。おやじさん」

「そんでもこんな汚ねえ町が、画になるかねえ」

「なるともさ。何だって画になるともさ」

筆に墨をひたして、私はちょっと考え込んでいる。名前は本名でいいだろう。嘘を書く必要はない。黒田兵吾。三十八歳。職業は？　十一郎みたいに画家ではおかしいし、やはり、無職。旅行目的。さて。それは、保養とすればいい。筆を収めて、私は宿帳を主人に渡す。十一郎との会話を止め、薄暗い電燈にかざして、主人はそれを読む。

「保養。保養っと――」

主人はちらと、れいの目付を私にはしらせる。

「お客さんのそれも、やはり、戦災で？」

「ああ」

そんな気の毒そうな目付は、いつも私に愉快でない。私は右頬に掌をあてる。私は右の額から頬、顎から右肩にかけて、ひどい火傷《やけど》の瘢痕《はんこん》がみにくくひろがっているのだ。火傷のみならず、その時の衝撃で、舌も裂け、幾針も縫合した位だ。その為に、それ以前の私の声と、今の私の声は、すっかり変ってしまっている。以前は高目のよく徹る声だったが、今はしゃがれた低い声しか出ない。そして悪いことには、今の季節になると、その舌の根や火傷の瘢痕が、きりきりと痛み出してくるのだ。保養と書いたのもまんざらの嘘ではない。

「ここらに神経痛が起きるんだよ。今頃になるとね」

「さあて。あの牛湯《うしのゆ》が、そんなのにも、利いたっけな」

「まあ、ためしにやってみるんだよ」

にこにこ笑いながら、私は言う。汽車の中で読んだ案内書にも、そんなことが書いてあった。Q町。町中《まちなか》に単純泉湧出す。昔日病牛来たりて浸りし故に牛湯と名付く。現在その湧出量頓《とみ》に衰え、湧出口一箇所を残すのみ。云々——。

「なあ、オヤジさん」

立ち上って、短いどてらに着換えながら、十一郎が慣れ慣れしく言う。

「さっき笛が聞えたが、ありゃあアンマかい」

「そうだよ」宿帳を閉じながら、主人がぼそりと答える。

「じゃあ呼んで貰いたいな。肩が凝って仕方がないんだよ」

「呼んでもいいけど、ありゃあ女アンマだぜえ」

「女だって何だっていいさ」

首筋がきりきりと疼《うず》く。したたか霧に触れたせいに相違ない。掌をあてると、その部分は冷え切って、板のように張っている。さぞかし今夜も寝苦しいことだろう。

主人が立ち上りながら言う。

「お客さんたち。もう飯は済んだんかえ」

十一郎が手を振る。やがて主人はのっそりと部屋を出てゆく。

十一郎はちらと首をすくめ、私に笑いかけながらささやく。

「ひどい宿舎に当ったもんですな。これじゃあまるで、牛小屋だよ」

店から障子越しに、きたない部屋が二間つづき、この二間が鹿毛屋旅館のすべてである。畳は赤茶けて破れ、天井はすすけて低い。その天井から、燭光《しょっこう》の低い電燈がぶら下って、ぼんやりとあたりを照らしている。遠くから濤《なみ》の音がしずかに聞えてくる。

十一郎はさっさと奥の部屋を占拠し、押入れを勝手にあけて、ばたんばたんと寝具をしく。身振りをつけて、いかにも楽しそうだ。しき終ると、手拭いを頭に巻きながら、くるりと私を振り返る。軽やかな口調で、

「黒田さん。あなたも宿帳に、ウソを書きましたね」

「書かないよ。なぜ?」

「保養だなんて、ウソでしょう。だって、あそこでちょっと、筆が止ったもの」

私は黙っている。表情も動かさない。表情を殺すことには、五、六年前から慣れている。そしてそれが私の、近頃の処世法でもある。しかしこの小癪《こしゃく》な観察者を眺めている中《うち》に、ぼんやりと弛緩《しかん》した笑いが、ふっと咽喉《のど》までこみ上げて来そうになる。まだ若いのに、なんと御苦労さまなことだ。その思いが胸をよぎった瞬間、私の顔もいくらか和んだに違いない。十一郎の軽躁なささやきが、再び耳にからまってくる。

「あなたみたいな恰幅《かっぷく》の人が、こんな磯くさい漁師町を訪ねるなんて、どんな趣向があるのかな。汽車の中から、そんなことを、僕は考えてたんですよ」

「なかなかロマンティクな考え方だね」

十一郎の饒舌が、首筋の痛さとあいまって、すこしうるさくなってくる。私は話題を変えようと思う。

「どうだね。明日からの予定は、立ったのかい」

「予定。立つもんですか。そんなもの」

十一郎は派手な靴下をつけたまま、軀《からだ》を曲げて、柔軟に布団の中にすべりこむ。

「——画家と記したからにゃ、あちこちスケッチでもして廻ろうと、思うんですよ。とにかくこの一週間、すこしでも楽しく暮さにゃ、損ですものねえ。あなたは？」

「僕？」

私は首筋を指先で乱暴にもみながら、すこし顔をしかめて、

「僕はもっぱら保養だよ」


牛湯は鹿毛屋から、半町ほどもある。

街道の家並からへだたった、小さな岡のふもとに、それは祖末な板囲いにかこまれて、湧き出ている。岩を畳んでこしらえた、五、六坪ほどの浴場である。これなら牛でも、らくに入れるだろう。

「今晩鹿毛屋にいらっしゃったお客さまね。そうでしょ」

と女が聞く。

「よく知ってるね」

「そりゃあ――」

そして女は、ほほほ、と笑い出す。声帯の振動や濡れた舌の動きを、じかに感じさせるような笑い声だ。

「この町の人たちは、とっても物見高いのよ。ちょっとした噂なんか、その夜のうちに、皆に拡がってしまうわ」

「ずいぶん暇な人が、多いんだね」

「暇っていうより、噂話や悪口話が好きなのよ。ひとの詮索ばかりしたがっていて、ほんとにここは、イヤな町」

「君だって、その一人だろう」

「あら、失礼ね」

女は身をくねらせて、一寸にらむふりをする。湯がざあっとあふれる。

もう夜の十二時を過ぎているだろう。牛湯に浸っているのは、私とこの女だけである。連れ立って来たのではなく、偶然湯の中で落ち合っただけだ。こんな遅くだから、誰もいないだろうと思って来たら、この女がひとりで湯に浸っていた。話しかけたのも、女の方からである。隔てのない、狎《な》れ狎れしい口調である。

「御保養ですってね。結構な御身分ですこと」

「そんなことまで知ってるのか」

鹿毛屋のおやじの顔を、ちらと思い浮べる。あんな男が、案外のおしゃべりなのだろう。

「でもこのお湯は、駄目ですよ。利きやしないわ。成分がゼロなんだから」

女の乳房から上が、湯からはみ出ている。しかし板がこいの隙間から入る霧と、湯気のために、輪郭の乱れた白いかたまりにしか、それは見えない。まだ若い女らしいが、口ぶりからしても、素人とは思えない。自然と私も気持をくずして、楽な姿勢になっている。

「鹿毛屋さん、今晩も、花札やってたでしょう」

「ああ、出て来る時、札の音がしてたな。いつもやってるのかい」

「あの旦那もねえ——」よそごとのような冷たい調子で「おかみさんが死んでから、すっかりダラシなくなって。この頃は毎晩、花札と、お酒ばっかし」

深夜、若い女と二人きりで、温泉に浸っている。そういう状況だと、頭では理解できても、私にはただそれだけだ。それ以上に動くものが、私の内部にはない。顔にひどい火傷をうけて以来、そういう情感は、私の中でほとんど死んでいる（しかし自分が不幸であるという確信は、なんと倨傲《きょごう》な精神だろう）。濡れたタオルで顔のあちこちをあたためながら、

「君は昔から、この町の人かね？」

「生れはそうじゃないわ。この町の人に言わせると、ヨソ者よ」

「来たのは、終戦後？」

「うん。まあ、そんなものね。なぜ？」

訊ねたいことがある、と言おうとして、私は口をつぐむ。女の身体が、ざぶりと湯を出て、洗い場に立ったからだ。湯気がなまめかしく乱れる。大柄な肉づきのいい背面が、大胆に私の視野に立つ。骨というものを感じさせない、しなやかそうな皮膚のいろ。むこうむきのまま、女は片腕を上げて、乳房から脇の下を拭っている。自信ありげな身のこなしだ。なにか無視されている自分を感じ、自然と浴槽のすみに私は身をよせる。しかし眼は凝脂《ぎょうし》のような裸身にそそいだまま、何ということもなく、

「この町は、戦災は受けなかったのかね」

「ええ。ほとんど。それに戦後の闇景気でしょ。ひところはずいぶん、栄えたわ」

「今は？」

「今。今はペチャンコ」

拭き終った女の身体が、石段を踏んで、ひらりと脱衣場へ消える。それを追いかけるように、

「君の名は、何て言うの」

「お仙」板仕切からふたたび首だけ出して、妖しく笑って見せながら「お仙、と聞いてご

らんなさい。皆知ってるから」

　遠く街道の方角から、撃柝《げきたく》の音がかすかに聞えてくる。カチ、カチカチ、カチ。夜の滴《したたり》のように、つめたくその音がしたたってくる。女の存在は、もう私の意識から消えてしまう。私は背筋をすこし堅くして、ひとつの感じに気分をあつめながら、その音にじっと聞き入っている。音と共に動いていている夜番の黒い影が、眼に見えるようだ。

「お先に」

　意外に素直な声音。そして女の下駄の音が入口から消える。

　そしてしばらく経つ。

　撃柝の音も聞えなくなって、あたりはしんと静かになる。私は湯を出て、おもむろに衣服をつける。

　鹿毛屋に戻ってくると、もう客は戻ったと見えて、主人がひとり中腰になって、花札の後かたづけをしている。私の顔を見て、

「どうだねえ。いいお湯だったかねえ」

「ああ。いい湯だ。すっかり、あったまったよ」

「あったまったところで、ひとつ、どうだねえ、これ。コイコイ」

　ふと気紛れな気持がおこる。気紛れに従うのが、旅というものの面白さではないか。濡れたタオルをそこらに乾しながら、すこし考えて、

「なにか賭けるのかね」

「そうさねえ。寝酒はどうだねえ」

「いいだろう」

主人は坐りなおして、花札を切り始める。風貌に似合わず、器用な手付だ。むかい合って、私も坐る。

「いま湯の中で、お仙という女に会ったよ」

「ああ。ありゃね」

札をくばる。自分から札を打って、合せて引いて行きながら、

「ありゃあなかなか、したたかな女だ」

「商売おんなかい？」

「いまは飲み屋を開いてるねえ。お仙が家《や》というんだ」

主人の背後に、七つ八つになる主人の一人息子が、ぼろ布団にくるまって、寝息をたてている。うすぐらい電燈の光が、子供の扁平な頭におちている。なにか荒廃した感じが、部屋の中にただよっている。

「それで、あの女、ひとりもの？」

「ひとりもの。ひとりとねえ」主人はちらちらと相互の取り札を見くらべながら「コイコイ。コイコイといくか」

「コイコイとくるか」

私も慎重に札を出し入れするふりをしながら、すこし経って再び、ごく何気ない声で訊ねてみる。

「そいで、夜番の男といっしょだったというのは、あの女のことかね」

鹿毛屋の手がはたと止って、ぎろりと大きな眼が私を見上げる。


朝起きてみると、どこに行ったのか、十一郎の姿は見えない。

昼過ぎになって、表口から元気よく戻ってくる。

「ああ。疲れた。疲れた」

寝そべって案内記などを読んでいる私の足をまたぎながら、思いついたように言う。

「ねえ。焼跡を見に、いっしょに出かけませんか」

「焼跡?」

「いい天気ですよ、外は。風はないし。いい保養になりますぜ」

私の手をとって、引っぱり起す真似をする。この男は、爬虫類みたいにひやっこい掌をしている。

渋々起き上って、私が身仕度をしている間、十一郎は口笛を吹いてみたり、ダンスの身ぶりをしてみたり、寸時も動きやまない。

焼跡は見晴らしのいい丘陵の上にあった。

土台石を残しただけで、それはそっくり全焼している。十一郎の調査の対象が、これなのである。焼け材がそこらの草叢《くさむら》に、むぞうさに積み重ねてある。

「ここが町の集会所だったと、言うんですがね」

きゃしゃな靴先で土台石をかるく蹴りながら、十一郎がひとりごとのように言う。

「――駐在の話じゃ、漏電らしいと来やがる。火事さえあれば、なんでもローデンだ」

「町有の建物なら、保険金は、町役場がとるのかね」と私は訊ねる。

「町民のもの、ということでしょうな。しかし彼等はもう、その保険金で、集会所を再建する気持はないようですわ」

「なぜ?」

「だって、この町の財政は、相当疲弊していますからね。集会所を立てるより、連中は網を買うでしょうな。その方がトクだから」

丘の上からは、海が見える。青々とどこまでも拡がっている。それは言いようもなく冷情な美しさをたたえている。海の本当のおそろしさを、人々はあまり知らないだろう。

「ゴミみたいですな」

と十一郎が指さす。指の方向には町の黒い家並がある。海岸から始まって、縦に駅の方に伸びている。くしゃくしゃしたものを、いきなり引き伸ばしたような、町の形だ。

「どら。折角来たんだから、見取り図でもすこし書いておくかな」

どこから手に入れたか、十一郎は画板などを肩からかけている。画家と思わせるつもりなのだろう。

丘の周囲には畠がひろがり、農家らしい藁屋根が、点々と散在している。十一郎がそこらを動き廻っている間、私は土台石に腰をおろして、ぼんやりと海を眺めている。沖の方に、漁船が二、三艘出ている。水平線近くの海面は、午後の陽の光を反射して、白っぽくかがやいている。私はふと、昨夜の牛湯での、お仙の肌の色を思い出している。確かめるように、何度も何度も、その色を瞼の裏によみがえらせて見る。不幸を感じさせるほどにあの肌は白かったな、と思う。すると突然ある隠微な欲望が、皮膚の下にうごめき始めるのを私は感じる。しかしその間、海面の反射の眩暈《めまい》に、私はしばらく自分の感覚をあずけている。

「おおい」

丘のふもとから、十一郎が呼んでいる。私は立ち上って、とことこと丘を降りて行く。

帰途、十一郎と交した会話。

「そりゃあ、報告さえ出しゃあ、一応の役目はすむんですがね」

「じゃ宿屋で、いい加減でっち上げれば、いいだろう」

「そうも行きませんやね。とにかく月給分だけは、動かなきゃ」

「へえ。なかなか割り切れてんだね。この仕事は、面白いかい」

「別段面白くもないですよ。しかし、ひとつひとつ、きちんとケリがついて行くんでね。さっぱりしてていいや」

「もし君がこの町で大いに働いて、保険金を払わなくてもいいような材料を見つけ出せば、君のカブは上るということになるのかね」

「そりゃ上るでしょうな」

「その代り、町民からは、ひどく憎まれるだろうな」

十一郎は面白くなさそうな顔をした。そして道端に、ペッと唾をはいた。


「こんな顔だろう」

酔っているから、すこしは気持がラクになっている。そこで私はこんなことを言う。

「これでも昔は美少年だったが、今はこの通り、不幸の登録商標みたいな面《つら》だ」

「そう自分をいじめるものじゃなくってよ」

とお仙が笑いながら言う。

「自分をいじめる人間は、あたし嫌いだわ」

「他人をいじめる方がいいか」

「そうよ」

木目の出た古びた卓に、おちょうしが四、五本ならんでいる。とろりと濃い濁酒《どぶろく》だ。スルメを裂いて奥歯で嚙みながら、濁酒をのどへ流しこむ。壁に貼った肴の値段書きが、隙間風にひらひらとあおられる。

「どこで怪我なさったの。南方？」

「君の故郷の近くでだよ」

「あら。いやだ。故郷だなんて。誰に聞いたの？」

「鹿毛屋のおやじさ」

「あのおしゃべり」

向うの卓に倚《よ》りかかって、お仙はかすかに眉根を寄せる。さっきこの店を訪れたときは、五、六人の漁師たちが、酒をのんだりうどんを食べたりしていたが、皆帰ってしまって、今は客は私ひとりだ。故郷の話はそのままになって、お仙は話題を負傷にひきもどす。

「痛かったでしょうね。さぞ」

「うん」

あの激突の瞬間のことを、私は思い出している。痛くはなかった。むしろ反対であった。激突から失神までの短い時間、苦痛はいささかもなく、桃色の霧が私にふりかかり、とろけるような恍惚たる肉体感が、私をつらぬいていた。そして一週間の人事不省。気がつくと、私は仮小屋のベッドに寝かせられ、犬のように舌を出し、その先を二本の箸で結《ゆわ》えられていたのである。舌の先を噛み切っていて、放っておけば残部が咽喉に巻き上って、窒息するからである。言語に絶する持続的な苦痛が、そこから始まった。「しばらく卵と砂糖
「それに舌の先もすこし嚙み切ってね」舌を出して見せる。「しばらく卵と砂糖だけで、だけで、生きていたよ。あそこらは、あの頃でも、卵と砂糖だけは豊富だったな」

「そう、あそこらはね」お仙の眼の中に、懐旧とも苦痛とも知れぬ色が、ちらと走る。気がつかないふりをしながら、私は注意深く、その変化をとらえている。

「不思議なものだね」すこし経ってから私が言う。「それ以来、泣くときも、左の眼からしか、涙は出ないのだよ。右からは出ないんだ」

お仙は笑い出そうとして、口をつぐみ、ふっと卓を離れて、奥に入る。暫くして新しいおちょうしを二本ぶら下げて、また戻ってくる。自前で濁酒をあおったと見えて、眼のふちがほんのり赤い。頽《くず》れた魅力をそこにただよわせている。

「あの、あなたのお連れさんね」一本を私の前におき、一本を自分でふくみながら、お仙は気を変えたように言う。

「あの春画の殿様みたいな子ね。あれ、何しに、この町にきたの？」

「さあ。なぜだろう。なぜ？」

「へんな野郎だから、ノシてやろうと、さっきのお客さんたちが相談してたからさ」

「へえ。物騒な話だな」

「この町の若い人達は、割と気が荒いのよ。軍隊帰りが多いしね。それにここは、他国者《よそ》というのを、とっても嫌うのよ」

「おれだって、よそ者だよ」

お仙はだまって、私の全身を計るように、まじまじと眺めている。ものを見詰めるとき、この女はすこしすがめになって、それが奇妙に私を引きつける。やがてお仙は投げ出すように、ぽつんと言う。

「あなた、飛行機乗りだったのね」

「なぜ？」

「そんな怪我をしてるし、身体つきを見ても、そんな感じがするもの」

「そう言うからには、他にも飛行機乗りを知っているんだね」

「ううん」

お仙はあいまいに含み笑いながら、ごまかすように盃《さかずき》をとり上げる。私も盃をとる。

「ずいぶんお酒お強いわね。そんなに飲んで、保養になるの？」

からかうような口調だ。でも私はとり合わず、まっすぐにお仙を見ながら、少しして押しつけるように言う。

「あの人も、飛行将校だったんだろ？」

「あの人って、誰さ」

「そら。この町で、カチカチと拍子木を打って歩く人、さ」

「——夜廻り?」

「あれは、蟹江だろう。蟹江卓美という男だろう」

「あなた、蟹江を知ってるのね!」

愕然とした風に盃をおいて、お仙は卓から離れる。そしてよろめくように、二、三歩、私の卓に近づいてくる。眼は大きく見開かれたままだ。

「あなたは、蟹江を探して、この町にやって来たのね!」

私は盃に唇をつけたまま、黙っている。右頬の痙攣《けいれん》が自分でもありありと判る。

「蟹江にどんな用事があるの。どんな用なのさ」

「用というほどのものじゃない」

「——それならいいけど。でも、それはもう、あたしと関係ないことだわ」

お仙は椅子に身をよせて、ふいに遠くを見る目付になる。独白のように、

「私はもう、あの人と、別れたんだもの。鹿毛屋がそんなこと、言ってやしなかった?」

「君が捨てたんだと、そう言ったようだったな」

お仙は黙っている。眼が獣のようにキラキラ光っている。やがて私は外套のポケットから、金をとり出して、卓の上にならべる。あれが蟹江であることが判れば、今夜はそれでいいのだ。

「これで足りるかしら。余ったら、明晩の分に廻してくれ」

そして私は立ち上る。酔いが重々しく、全身に沈みこんでいる。お仙があわてて立ち上って、私を呼び止めようとする。その気配を背中にちらと感じたまま、もう私はのれんを弾《はじ》いて、外に出ている。

外は風が強い。


私はまっすぐに歩いてゆく。

夜目にも海は暗くふくれ、風に白い波頭をひらめかせている。三米《メートル》ほどの切り立った石垣。陸地はそこで行きどまりだ。石垣からのぞきこむと、芥《あくた》や塵《ちり》を浮かせた黒い水が、石垣に当ってゆたゆたと揺れている。空には半円の月が出ている。

護岸工事を中途半端でよしたと見えて、このお粗末な石垣は五十米ほどで終り、あとは白っぽい砂浜がつづいている。その砂浜も、すこしずつ海に侵略されているらしく、石垣に囲まれた部分だけが、橋頭堡《きょうとうほ》のように突き出た一劃《いっかく》を形造っている。

遠く砂浜には、七、八艘の漁船が引き上げられて、並んで横たわっている。月の光に照らされて、それらはまるで、打ち上げられた流木のようだ。黒々とした不規則な陰影。

それだけ見届けると、私は静かにまわれ右をする。そして元の町の方に足を踏み出す。

少し歩くと、町並みが始まる。その一番手前のところに、三坪か四坪の小さな小屋が、一軒ぽつんと立っている。他の家は燈を消して眠りに入っているのに、この小屋だけは乏しいながらあかりを点じている。

来たときと同じように、私は全神経をその夜番小屋にあつめ、しかし姿勢はまっすぐに向けて、気紛れな夜の散歩者のように、ゆっくりと歩いてゆく。

ガラス戸から、小屋の内部が見える。夜廻りの服装をした男が、上《あが》り框《がまち》に腰をおろして、煉炭《れんたん》火鉢にあたっている。さっきと全く同じ姿勢だ。頭を深く垂れているから、顔は見えない。最大限に横目を使ってあるきながら、突然私は胸の奥底に、やけつくような焮衝《きんしょう》〔炎症〕を感じる。

（あの夜番小屋を訪問しようか）

しかしその短い時間に、その機会は失われてしまう。夜番小屋の燈は、私の横目の視界から、かき消すように背後に切れてしまっている。どっと肩にかぶさる疲労を感じながら、私は惰性のように足を無感動に運ばせて鹿毛屋に戻ってくる。気がつくと、私はしきりに意味のないことを、呟きつづけている。

部屋に入ると、奥の部屋で十一郎が寝そべり、身体を女に揉ませている。私を見上げると、ちょっと間の悪そうな声で、

「おかえんなさい。御散歩？」

「酒を飲んでたんだ」

　私の声がいくらか不機嫌にひびいたのかも知れない。それっきり十一郎は、顔を元に戻して、女あんまにぼそぼそ話しかけている。服を着換えながら、その低声《こごえ》の会話に、私は耳をとめている。

「あんたが見たときは、もう燃えてたと言うんだね」

「そうですわ」

「その時、そこらに誰か、怪しい人影のようなものは、見えなかった？」

　なんという下手な誘導訊問だ。と思いながら、私は私の寝床に坐る。女あんまは青白い顔を無表情に横に振る。部屋のすみには、この女のものらしい黒いマントが、きちんと畳んでおかれてある。三十にはまだならない、ととのった厳しい顔をした女だ。

「あれは何時ごろだったかしら？」

「夜中の十二時頃でしたわ」

「その夜のこと、もう少し話してくれない？」

　私はしずかに手足を伸ばして、床の中に横になる。今夜も牛湯に行きたいと思うけれども、酔いで軀がだるく、動くのがすこし億劫だ。うすぐらい天井を見詰めていると、全身がしんしんと地底に落下してゆくような気がする。

　障子をへだてた表の部屋からは、昨夜と同じく、しめやかに花札の音が鳴っている。ときどき低い掛声も聞えてくる。

質問が露骨過ぎることに気付いたと見え、十一郎は話題を牛湯のことなどに変えている。それを聞きながら、私はうとうとと眠りに入る。今頃は牛湯に、お仙が入っているかも知れない、などと考えながら。

「女按摩《あんま》唐島種《タネ》（二十九歳）ノ言ニヨレバ、発見当時スデニ炎上シアリシ旨ニテ、付近ニ人影モナカリシトイウ。地勢ハ左ノ如クナリ」

その欄外に、

「も少し調査の必要があるようだ」

下手糞な字で、そんなことが書きこんである。私は苦笑しながら、そのノートを閉じて、十一郎の鞄の下に押し込んでやる。大事なノートを拡げ放しにして、あの男も抜け目ないようでいて、どこか肝腎なところが抜け落ちているようだ。眼前の事象にだけは、敏感に反応するようだけれども、持続的な内軸の廻転を、すっかり欠如しているのではないか。

その十一郎は、今日も朝から、どこかへ出かけている。遅い朝飯をとりながら、さて今日はどうしたものか、と思う。予定もはっきり立てず、しかと踏切りもつけない自分に対して、私はあるいらだたしさを感じ始めている。今朝の朝飯も漁師町だというのに、ヒジキ汁と干魚だけだ。海が荒れていて、きっと不漁なのであろう。

食べ終って、やがて私は外に出る。足が自然と海の方にむいてしまう。私は外套のポケットに両手を入れ、ソフトの縁をまぶかに引下げ、ややうつむき加減にして歩き出す。

家並みが切れ、夜番小屋があらわれてくる。私は見るような見ないようなそぶりで、足早にその前を通り抜ける。小屋の内には、人影はない。何故となくほっと肩を落して、私は足をゆるめる。

海岸の広場では、町の子供たちが群れあつまって、きそって紙凧を上げている。その間を縫って、石垣の鼻に立つと、海が一望に見渡せる。沖には漁船が点々と見え、右手に伸びた岬の上に、鳶《とび》が二、三羽、大きく輪を描いて流されている。今日も風がつよい。

「昨夜のあの男が、蟹江であったのか」

昨夜来考えていたことを、も一度唇に上せて、私は呟いてみる。昨夜のあの男は、うすぐらい燈の下で、頭をたれて、煉炭火鉢にあたっていた。なにかを念じているようでもあったし、居眠りしているようにも見えた。頭の形や肩の恰好は、まぎれもなくそれは蟹江卓美であった。しかしその姿は、ぎょっとするほど孤独で、貧寒に見えた。あれがかつての蟹江なのか。壁に提燈《ちょうちん》や撃柝をぶらさげたさむざむしい夜番小屋に、背を丸めて火にあたっていた男が、あれがあの蟹江中尉なのか。そのような蟹江中尉に、わざわざ汽車に乗って、私は何のために会いに来たのか。

頭上のはるかに、紙凧が七つも八つも上っている。不安定に揺れながら、中空に懸《かか》っている。しばらくそれらを眺めていると、いきなり高所に立たされたような不安な感じが、急激に私をおそってくる。私は思わず眼を外《そ》らす。

「このまま、汽車に乗って、帰ってしまおうか」

そんな思いが、ちらと頭をかすめる。しかし私は、しずかに踵《きびす》をかえしながら、今夜も一度お仙に会ってみよう、と思い始めている。頭の片すみで、意識をしびらせるような強烈なものを、私は一瞬切に欲している。


「あの人、自分を虐《いじ》めすぎるのよ。ねえ、黒田さん。昔のことをくよくよしたって、始まらないじゃないの」

焼酎を割った濁酒を、二、三杯立てつづけにあおって、お仙は相当に酔っている。私の方にかるく眼を据えて、

「それにあの人、自分に自信がなくなって来てるのよ。眼も悪くなって来たし――」

「眼?」

「そう。落下したときのショックでね。そのショックが、今頃眼の神経に出てくることが、あるんですってね」

落下。――その言葉を聞くと、急に身体がかっと熱くなってくる。ある瞬間の記憶が、なまなましく、私によみがえってくるのだ。しかし私は表情を殺して、しずかに盃をふくんでいる。

「よほどひどいのかね」

「そう。夜はそうでもないらしいけれど、太陽の光が悪いらしいのね。医者の話では、気長に養生するほかはないと言うの」

「それでよく夜番の役目がつとまるな」

「だから、おかしいのよ。でも町の人々は、そろそろ気付いてきてるんじゃないかしら。こないだの火事のときでも、蟹江の通報がなかったって、クビにしろと怒ってる人もある位よ。町会議員の人よ。だってそのための夜番だものねえ」

　いつかお仙は、卓のむこうに腰をおろしている。眼のふちがぽっと赤く染っている。

「火事があったんだってねえ」

「あなた、なぜ蟹江に、会いに来たの。もう会ったの？」

「いや」私はにがく酒を飲み下しながら「ショックって、どこか打ったのかな」

「そう。頭を打ったらしいの。河原の石で」

「そう言えば、あれは夜だったたな」

　と私は呟く。するとたちまち私の瞼のうらに、あの月明の夜空や地上の風景が、ありありと浮んでくる。意識の遠方にかかっている風景が、急になまぐさいほどの現実感で、五年余の歳月をこえて、瞬間に私にひたひたとかぶさってくる。

「そこで知り合った訳だね」

「ええ。朝になって、見つけたの。家中であの人を運んだわ。だって血だらけだったんですもの。山の中の一軒家でしょ。薬もロクにないし、大変だったわ」

「それで、蟹江は隊には帰らなかったんだな」

「あなたはどうして、蟹江と知り合いなの？」

「隊。隊で、いっしょだったんだ」

「あの人、一度、自殺しようとしたのよ。そのすぐあと」

「自殺？」

「ええ。木の枝に、縄を巻きつけて——」

「なぜ？」

お仙は返事しなかった。酔いにあからんだ瞳が、探るように私の顔に動いている。ひるむものを感じて、私は視線を外らしてしまう。何となく自分に言い聞かせるように、

「なぜ自殺しようと、したんだろう」

夜風がガラス窓に音を立てている。どこか遠くの方で、風にあおられて、板戸がバタンバタンと鳴っている。なにか荒涼とした思いが、じわじわと私の胸を充たしてくる。

「そこで二人で、この町へ、やってきたという訳だね。終戦後すぐ？」

「鹿毛屋がそんなことまだ、覚えてたのかしら」

「鹿毛屋から聞いたんじゃない。この町に来る前に、僕は知ってたんだよ。すこし前に」

「この町に来ても、苦しかったわ」

私の言葉は聞えなかった風に、やがてしみじみした声でお仙が言う。私はスルメの胴を、無意味に引き裂いている。それだけ言ったのみで、お仙はあとをつづけない。

「どうして蟹江と、別れたんだね？」

「――性格の違い、ね。つまり」

すこし経ってお仙は身を起しながら、瞳を定めて、はっきりと言う。

「あたしはもっと豊かに、たのしく生きたいの。じめじめしたようなところで、一生を終りたくないの。あの人と、この町で、まる四年生活したのよ。そしてあたしは、すっかり疲れてしまった。あの人は決して、悪い人じゃない。でも、あたしを選んだのは、あの人の間違いだった。単純な間違いだったと、そう思うのよ。あの人も悪くなければ、あたしも悪くない。ねえ。そんなものでしょう。人間というものは」

「そんなものだろうね」

「だからあたしは、もうクヨクヨすることを、止したのよ。それでいいわね」

お仙の舌が危くもつれる。酔いが相当に発してきたのであろう。

「いいね。それで今から、君はどうするんだね」

「ここで少し金を貯めて、故郷に帰ろうとも思うの。この町もつくづく、イヤになっちまった」

「僕といっしょに、東京に行かないか」

ふっとそんな言葉が、私の口からすべり出る。気まぐれな破片のように、口の端に飛び出してくる。意味はない。口拍子に言ったに過ぎない。そして卓に伸ばした私の掌の先が、偶然らしく、お仙の指に触れている。その指は熱くほてっている。お仙は黙っている。根も葉もない私の冗談が、急にどこかで現実性を帯びて、意地悪い快感としてはねかえってくるのを、私はかんじる。私はその時厭な笑い方をしていたかも知れない。

やがてお仙は物憂げに、ゆるゆると手を引く。ほつれた髪をかき上げながら、

「蟹江に会いに行くの。どうしても?」

しばらくして、私は苦しくうなずく。

「今夜?」

私は黙って考えている。

「会って、どんな話をするの?」

やはり私は黙っている。今さら蟹江に会って、私はどうしようというのだろう。恨み言を言うつもりなのか。又は昔話をして、笑い合おうというつもりなのか。あるいは私が生きていることを示して、彼を安心させるためなのか。それとも、——それとも、今の蟹江の生活を知りたいという、好奇心からだけの衝動ではないのか。自分を犠牲にすることなく、他人の生活をのぞき確かめたいという、あの猿みたいな好奇心!

「どんな話になるか、その時にならねば、判らない」私はすこし沈痛に答える。

「あたし、想像がつくわ」

そう言いながら、突然お仙は、よろよろと立ち上る。片頬に妖しくつめたい笑いを浮べながら、柱に身をもたせて、

「あんた、蟹江といっしょに、あの特攻機に乗ってた人でしょ。きっとそうよ」

「なぜ?」

「蟹江がある時、うわごとでたしかにあなたの名前を呼んだ。クロダ。たしかに、そう呼んだわ」

柱に倚ったまま、そしてお仙はあおむいて、身をくねらせてくっくっと笑い出す。その断《き》れ断れな笑い声は、空虚な風のように、私の耳底に吹き入ってくる。しゃっくりのような、痙攣的な笑い声だ。そして次々おこる発作のように、お仙は笑い止めない。そしてその声を聞いていているうちに、私は急に堪え難くなる。思わず中腰になって、私は掌をふっている。弱々しく、しぼり出すように、

「いい加減に、止してくれ」

海の方に歩いて行ったのは、夜番小屋を訪ねるつもりだったのだろうか。海風に頭をひやすつもりだったのだろうか。本当は、どちらでもなかった。酔いが私の方角を、失わせ

てしまったのである。

　鹿毛屋の入口の軒燈に近づいているつもりで、私の酔眼はとつぜん、見覚えのある夜番小屋の形を、ありありととらえていた。ぎゅっと足がすくんだように止って、私の眼は大きく見開かれる。

「道を間違えたな」

　すると急に潮の香が、嗅覚にはっきりとのぼってくる。そして私は再び、もつれた足を踏み出す。立ち止っていてはまずい。そのような才覚が、まだあった。

　今夜も夜番小屋の中には、薄墨色の燈がともっている。人影が壁にくろくうつっている。二つ。たしかに二人の人影が、硝子扉《ガラスど》ごしに、せまい小屋の土間に、ちらちらと動いている。一人は上り框に腰かけ、一人はマントのようなものを着て立っている。確かにその二人の影だ。

　声は聞えない。酔いが急速に醒めてゆくのを感じながら、私は散歩者の姿勢をよそおい、小屋の前をふらふらと通りぬける。潮風が正面から、きつく吹きつけてくる。鼻孔をふさいでくる風の圧力に、むしろ嗜虐《しぎゃく》的な快感をかんじながら、私はまっすぐ、しゃにむに歩いて行く。

「風間十一郎ではなかったかな。あの夜番小屋にいたのは？」

　それもあり得ないことではない。ちらとそう思って見る。すぐに強い潮風がその思いを、背後に吹き散らしてしまう。私は風に逆らいながら、石垣の鼻に立っている。

海が黒く泡立っている。海面には月の光がさんさんとおちている。寒くつめたい、非情な光だ。人間世界と関係なく、そ知らぬ冷情をたたえて、それは無感動に揺れ揺れている。ある衝動がはげしく、私の胸をつき上げてくる。酔い痴《し》れて、弱々しく敏感になった私の連想が、その眼前の海の色と、あの夜の海の色と、ぴったりと重なり合せてくる。ある抵抗感のある昏迷が、霧のように私をおそってくる。

(あの海の感じも、丁度こんな具合だったな!)

――いつか私は五年余の歳月をとびこえている。幻覚じみたひとつの感覚が、ほのぼのと私を包んでくる。もはや私はぐんぐんと飛翔している。もう海風の音は聞えない。エンジンの激しい響き。機体の間断なき動揺。二人乗り艦上爆撃機。その操縦席に坐して、左右の闇に突き出た両翼の傾斜をはかりながら、私は全身の神経をあつめて、操縦桿《かん》を動かしている。機は今、地上を飛んでいる。まもなく月明の海に出るだろう。目標はO島北側の敵船団。単機の分散攻撃。時折り伝声管《でんせいかん》を通じての、同乗者との連絡。あと数十分の命だというのに、微小な人間同士で、なにを連絡し合うことがあったのだろう。私の背後の同乗者は、蟹江卓美中尉である。私の座席からは、その姿は見えない。私たちは伝声管を通じて、意味もないことを、しゃべり合っていたようだ。海軍兵学校以来の僚友。そして迫ってくる死の壁に脅えて、私は全身を緊張させながらも、なかば酩酊状態に似た虚脱におちていたに違いない。未来も過去も、予測も記憶も、もはや瞬間に凝結して死んでいる。その静寂にみちた錯乱のなかで、私はこう叫んだのか。まさしくそんなに叫んだのか？

「おれだけでやるから、お前は早く飛び降りろ！」

それは贋《にせ》の記憶なのか。島の守備隊に看護されて、舌を吊られて生きていた時に補足した、おれの贋の記憶なのか。それから果して、何分ぐらい経ったのだろう。はっとして振り返ったとき、背後座席の合成樹脂の天蓋が、ぽっかりあけ放たれて、蟹江中尉の姿が、虚空にひらめいて墜ちて行く。一瞬パッと、夜目にもしらじらと開く、大輪のような落下傘。

（そして私は、このような海を見たのだ！）

私はふと我にかえる。潮風が私の顔にふきつけている。あの時機上から見た海も、このように、黒くひややかに揺れていたのだ。すべては徒労だと、人間に教えるかのように。そしてあの言いようもない、しんしんたる無量の孤独感。

「おれは蟹江を、憎んでいたのか？」

私はしずかに歩を返す。蟹江がこの町にいることを、風の便りに聞き知って、はるばるここに私を来させたのは、あれは私の憎しみの感情であったか。惑乱した感情をもて余しながら、私はまっすぐに町の方に戻ってゆく。吹き去る潮風が、私の顔の皮膚の体温を、ほとんど奪い去っている。夜番小屋の燈が、やがて近づいてくる。蟹江があの土地の女を連れて、このQ町へ逃げ延び、そこで夜番にまで落ちぶれていると聞いたとき、私の胸にまっくろに拡がってきたものは、一体何だろう。小屋の中には、まだ二つの人影がうごめいているらしい。酔いが中途半端に醒めかかっている。意識が乱れたまま、へんに図太くふくれ上ってくるのが、自分でも判る。

「よし」

私は足の方向を変える。ある意図が半酔の私を、急にそそのかす。よし。何を話してるか、聞いてやる。私は枯草が折れ伏す湿地を迂回し、石塊《いしころ》がごろごろころがった空地を、暗闇に跫音を忍ばせながら、夜番小屋の裏手に廻る。そしてそっと近づく。小屋の背面は、粗末な板壁となり、板の隙間から燈がちらちらと洩れている。ひっそりと土を踏みしめながら、私はそこに顔を寄せる。やわらかい声が耳に入ってくる。

「だって、とてもしつこく、訊ねてくるんだもの」

「それで何か、しゃべったのか」沈んだ男の声。

「何もしゃべらない。何も。しゃべることなんか、ありゃしない」

板の隙間から、ぼんやりと小屋の一部が見える。上り框に、マントをまとった人物が腰をおろしている。マントの裾から、着物の花模様がのぞいている。思いもかけず、それは女あんまの、唐島種の姿だ。音声はやわらかいが、表情は蒼白く緊張している。

「ほんとに、何もない。あれは漏電よ。漏電が原因だわ」

土間の細長い木箱の上に、蟹江が頭を垂れて腰かけている。しばらく二人の影は動かない。そして急に蟹江が頭を上げる。乾いた毛髪が、ばさりと動く。ぎゅっと胸をしめられるような感じで、私は眼を隙間に押しつけている。五年前とは見違えるほど、蟹江の頰はおちて、乏しい電燈の光に、うすぐろく隈《くま》をつくっている。低く乱れた声で、

「おれの方から、あの男に会おう。会ってやろう」

「いけない。いけない」

短く叫びながら、お種が立ち上る。

「あれはもう、済んだことじゃないの。あたし、いや。いや!」

マントの裾がひるがえって、お種の軀はくずれるように、男の膝に取りすがる。灼《や》けつくような眼が、蟹江を見上げている。蟹江が腰掛けた箱の板がカタリと鳴って、蟹江の右手がお種の肩にかかる。その指がマントの襞《ひだ》をまさぐりながら、ぶるぶると慄えている。お種はあえぐような声で、

「もうあなたを離さない。どんなことがあっても、どんなことがあっても!」

(なんと惨めで、卑劣なことだ) 微妙に屈折した自己嫌悪の情が、今もなお、時折泡のように、胸にふつふつと湧き立ってくる。

(他人の内部をのぞいたりして。まるで岡っ引きみたいに!) 朝から雨が、しとしと、と

降っている。十一郎と同じ傘に入って、泥んこの道を歩き悩みながら、私は鬱屈した表情をつくっている。それに鹿毛屋のやくざな貸下駄は、緒《お》がすっかりゆるんでいて、容赦なく泥をハネ上げてくるのだ。

「霧だの、風だの、雨だの、なんて厭な天気ばかりの町でしょうねえ」

私の鬱然たる表情をぬすみ見て、十一郎はいたわるような口振りとなる。

「こんなじめじめした天気だと、神経痛にも悪いでしょうね」

「悪い」と私は答える。昨夜寒風にさらされたせいか、今朝の明け方まで、私は輾転反側《てんてんはんそく》して眠れなかった。鈍い痛みが首筋から背にかけて、密着したように貼りついている。十一郎ののっぺりした顔が、急にからかうようにくずれてくる。

「あんまり深酒するせいじゃないかしら」

「そうでもないだろう」

「毎晩毎晩、どこで飲んでいるんです?」

昨夜あの小屋でぬすみ聞いたことを、十一郎に話してやったら、大変だろうな。ちらと私はそんなことを考える。もちろん考えてみるだけである。すると快感に似た収縮性の痛みが、突然私の胸を走りぬける。

「お仙が家。というのを、知ってるかい」

「ああ。オヤジがそんな話を、してたっけ」

畠を縫って、小川がしずかに流れている。十一郎はそれを器用に飛び越しながら、

「僕も今夜あたり、飲みに行こうかな。もうこの町も、すっかり退屈してしまった」

「調査はそれで、少しは進んだのかい」

「まあね。月給相当の報告書は、もう出来ましたよ。ふん」

私は素早い視線で、その瞬間、十一郎の表情を観察している。そして私はふっと可笑しくなる。十一郎は何も気付かぬように、鼻をならして歩いている。牛湯の建物が、もうそこに近づいてくる。

「もうそろそろ、明日あたりで、切り上げようかな。黒田さん。どうです。一緒に帰りませんか。どうせ東京まででしょう」

「そうさね」

十一郎と道連れの長旅を想像すると、今はなぜか、やり切れなく退屈な気分に襲われてくるのだ。しかしどのみち私はこの誘《いざ》ないに乗るだろう。感覚はそれを拒否しているのに、頭の一部が激しく私をけしかけている。この誘ないに乗ることで、この町のすべてを踏み切ってしまえ。明日という時間の終点までに。

「そうだな。そうしてもいいな」

そして脱衣場で裸になりながら、すこし冗談めかして言う。

「女を一人、連れて行くことに、なるかも知れないよ」

「道行きかな」十一郎の眼がきらりと光る。そして「そりゃあ道連れは、多ければ多いほど、賑かでいいですよ」

やがて十一郎は、石段をかけ降りて、浴槽にどぶんと沈みこむ。私もそれに続く。浴槽には私たちだけでなく、町の娘たちが三、四人入っている。皆十四、五の、乳房がふくらみかけた年頃で、手足は少年のように脂肪すくなく、すらりと伸びている。皆潮風にさらされた野生的な顔をしている。十一郎がからかうものだから、彼女たちはキャッキャッとはしゃいで、湯をはねかけてよこす。十一郎も大いに浮かれて、湯をはねかえすものだから、洗い場から壁から脱衣場まで、そこらは湯だらけになる。帰りに、

「明日帰ることにきめましたか？」

「うん。きめた」と私は、はっきり答える。

「一度東京に戻って、またどこかに、保養に出直すよ」

「ケッコウな身分ですなあ」

十一郎は嘆息するように言う。十一郎は番傘を私にさしかけているのだが、ともすれば自分の身だけを雨から守り、私をないがしろにする。十一郎という男は、そんな男だ。

「ケッコウでもないさ。君の方がケッコウだよ」

「どうしてです？」

「自分と関係ない事件に頭をつっこんで、じたばたしてれば、その日その日が過ごせるか

らさ。集会所が漏電だろうと、放火だろうと、本当は君に関係ない話なんだろう。自分が傷つかないで生きて行けるというのは、まことにケッコウな身分だよ」

「そうでもないですよ。とんでもない」

と十一郎は大いに抗弁する。

鹿毛屋に戻ると、雨が降っているので、主人も今日はぼんやりと店先に坐り、空模様などを眺めている。私が帰ってきたのを見ると、急に勢づいたように、

「どうだねえ。コイコイ。こないだの仇討ち」

「やってもいいけれど、あいつは肩が凝るんでねえ」

「そんな時や、アンマ頼めばいいんだよ。さあ。さあ、ひとつ」

もう棚から花札を取りおろしている。昨夜の睡眠不足で、頭はいささか重いけれども、この勝負の結果で今夜の予定を定めよう、という思い付きが、ちらと頭に浮んでくる。オミクジ引くみたいな気持だ。

「じゃ、そんなに言うんなら――」

と私は主人の前にあぐらをかく。

「ひとつ御相手するか」

十一郎は面白くなさそうな顔をして、奥の部屋に入り、座布団を枕にして、ごろんと引っくりかえっている。そして鼻歌で「巴里《パリ》の屋根の下」などを歌っている。

　唐島お種さんの指の力は、やせぎすの身体にも似ず、案外に強い。私の話しかけに、言葉すくなく受け答えしながら、急所急所を無駄なく揉みほぐしてくる。表の部屋では、今夜も定連が寄ったと見えて、花札の音が始まっている。十一郎は先刻、お仙が家へ飲みに行くと言って、身仕度して元気よく出て行った。雨はもう上ったらしい。

　やがて按摩が終る。お種は両手をついて、丁寧にお辞儀をする。すこしは凝りも楽になったようだ。私は紙入れから紙幣をとり出しながら、ごくふつうの調子で、

「あんまさん、あんた、おめでたじゃないのかね」ふっとそんな気がしたのだ。理由もなにもない。端坐《たんざ》したお種の蒼白い顔が、急にぼっと紅味を帯びてくる。蚊のなくような声で、かすかにうなずく。無意識に両掌で帯のへんを、守るように押えている。

「ええ。お判りになりまして？」

「ひょっとそんな感じがしたんだが——」

　ある複雑な感じが、微妙な形で私に湧き上ってくる。私はそれをごまかすように、

「もうまっすぐ家に帰るのかね」

「いえ。もう一軒。網元の旦那のところに廻ります」

　お種は紙幣を押しいただくようにして、帯の間に入れる。十一郎にしろ私にしろ、鹿毛屋の客はなんと変なお客ばかりだと、そんなことを彼女は考えているのではないか。しか

しお種はもとの蒼白い無表情にもどって、も一度畳に手をついて、丁寧に頭を下げる。

「ありがとうございます」

マントをかかえてお種が出てゆくと、すすけた柱時計がゆっくりと八時を打つ。私はむっくり起き上る。これがQ町での最後の晩だ。どてらを脱ぎ捨てて、手早く服に着換える。昨夜のぞき見たお種のあの態度と、今の彼女のもの静かな態度と、奇妙にずれながら重なっている。どちらがほんとの彼女なのか。

（つまり女というものは、曲者だということだな！）と私は思う。今もあんまの最中に、私は彼女にかまをかけて、何かを引き出そうかと、何度も思ってみた。しかしそれをはばんだのは、昨夜来の私の自己嫌悪でもあったが、お種さんのもの静かな厳しい立居振舞のせいでもあった。しかしお種がいなくなってしまうと、私はかすかに忌々しくなってくる。理由もなく、してやられた、という感じがしてくる。やがて私はそっと部屋を忍び出て、靴をつっかけ、横の木戸から町に飛び出す。

お仙が家の前を通るとき、ふと濁酒のあの味と匂いが、強く私を誘う。いったん通り過ぎて、私はまた戻り、黒っぽいのれんをくぐる。今夜は冷える予感があるから、身内から暖めておきたいのだ。見ると十一郎が手前の卓に倚って、ホウボウの酢味噌をさかなにして、酒を飲んでいる。ホウボウの酢味噌とは、まったく十一郎らしいさかなだ。十一郎は赤くなった顔を上げて、とろけた口調で私を呼ぶ。

「よお。一緒に飲みましょう」お仙が艶然と顔をほころばせて、卓に近づいてくる。

「明日お立ちですってね。この方から聞いたわ」

お仙はいつもより濃い目に化粧して、あでやかに見える。お仙が運んできたつめたい濁酒を、私は三、四杯コップでつづけざまにあおる。やがて奇妙な擾乱《じょうらん》が、徐々に私を満たし始めてくる。それはしだいに高まってくる。向うの卓では、酔っぱらった町の若者たちが、野卑な合唱を始めている。十一郎がしきりにくどくどと、私に話しかけてくる。急に私はそれらがうるさくなってくる。私は便所に行くようなふりをして、そっと立ちあがる。私の胸の中にゆたゆたと揺れている黒い波。水銀のように質量のある、重々しくゆらめいている液体のひろがり。その平衡をみださないように努力しながら、私はのれんの脇から、夜の街道にすべり出る。夜気がひやりと頬につめたい。ともすれば胸に浮び上ってくるものを、ひとつひとつ潰して行きながら、背後をふりむくことなく、私はまっすぐに海の方へ歩く。道は暗くぬかるんでいる。

遠くで犬がベラベラとないている。

歩くにつれて、自分がなにか透明体になって行くような、そんな妙な錯覚におちながら、あの薄黄色のひとつの燈に、私はしだいに全身を近づけてゆく。しだいにすべてがはっきりしてくる。ガラスを洩れる燈影の中に、私はひたと立ち止る。私の頭の中でキリキリと廻る、透明な幻の風車。光だけで構成されたその羽根羽根の、目くるめくような静謐《せいひつ》な廻転。そして指でガラスをこつこつと打ちながら、私はおだやかに内部に呼びかける。

「火にあたらせて貰えないかね」

私の頰はいくらか弛緩して、そのとき薄笑いをうかべていたかも知れない、とも思う。

「え。黒田?」

蟹江が腰かけていた木箱の蓋が、がくんと外れる。それと同時に、蟹江の全身は凝結したように立ち上って、思わず右手が板壁をささえる。壁にかけられた撃柝が、ばらりとはずれて落ちて、固く鈍い音で互いに触れ合いながら、土間にぶざまにころがる。

「く、黒田、兵吾か」

蟹江卓美は紙のように色を失って、眼を大きく見開いている。私は上り框に腰をおろしている。さっき蟹江が注いでくれた渋茶の茶碗を、胸まで持ち上げたまま、動けないでいる。激しい憤怒に似た感じが、私にきりきりと爪立《つまだ》てている。その感情は、蟹江卓美に対してではない。私がここに坐って顔を曝《さら》していること、蟹江がそれにはげしく驚愕しているること、その定石《じょうせき》的な状況に対して、憤怒に似た悔恨が、いきなり私の胸をきり裂いているのだ。何という不潔で、鈍重で、蒙昧《もうまい》な時間の流れ。そのしらじらしい不毛の時間の刻みに、しだいに私は堪え難くなってくる。

「そうだ。黒田兵吾だ」

むしろ羞恥をこめたように、語尾は慄えてしまう。そして私達は一分間ほど、そのままの姿勢で、だまってにらみ合っている。

ふいによろめくように、硬直した蟹江の姿勢がゆらぐ。燈の光を避けるように、闇の方に顔をうつむけながら、元の木箱によろよろとくずれこむ。

「何をしに来たんだ。え？」

声は急に弱々しくなる。乱れ垂れた蓬髪《ほうはつ》のかげに、その顔は青ぐろく隈をつくる。

「何かおれに用事なのか？」

ややまばらな髪毛を通して、妙に青白い蟹江の顱頂《ろちょう》の地肌を、私はじっと見詰めている。しんとした空しい風のようなものが、私を瞬間に吹きぬけてゆく。何とちぐはぐな時間の動きだろう。

「おれはただ、この町に保養にやって来たんだ。そして——」

私は言いよどむ。蟹江はさっきのまま、囚人のように頭を垂れている。ふいに私はなにもかも打ちこわしたい衝動に駆られる。

「お前も元気で、結構だな。おれも、こんな顔になったが、まずまず生き延びたよ」

うつむいた蟹江の顔が、かすかにうなずいたように見える。落着きをとり戻したのか。

それにわずか力を得て、私は明るい声をつくろうとしながら、

「それだけ。それだけだよ。なあ。お前がここにいると聞いたんで、急に会いたくなって

やって来たんだ」

蟹江の手がゆるゆると土間へ伸びて、ためらいながら撃柝を拾い上げる。私の眼からかくすように、それは背中に廻って行く。撃柝を土間にさらして置くことを、私に恥じるかのように。蟹江はそして、ふっと顔を上げる。自嘲に似た調子で、

「こんな商売しているおれが、よく判ったな」内側に折れ込んだような、暗い眼のいろ。それがじっと私にそそがれている。

「すぐ判ったよ。お前は昔と、すこしも変っちゃいない。昔のまんまだ」

皮肉のつもりではなかった。しかし蟹江の視線は、急にひしがれたような光を帯びて、私の右頬からそれてしまう。言葉を探すように、あえぎながら、

「い、いま、どこに泊ってんだ」

「鹿毛屋という安宿よ」

「鹿毛屋」

火鉢の煉炭が、青い炎を上げて燃え上っている。炭の燃えるにおいが、息苦しく小屋の中にこもっている。しんしんと時間が流れる。

「こんなあばら屋で――」やがて蟹江は頬をゆがめてふっと暗く笑う。「ろくなもてなしも、出来ないで――」

「もてなしなんか、いるものか」

「お前が不時着して、隊に戻ったということを、おれは後で聞いた」

暫くして蟹江が、うめくように口を切る。苦しげにあとをつづける。

「おれはその時、山の中にいたんだ。隊にはとうとう、戻れなかったんだ。とうとう——」

「お仙さんの家だろう」

「お仙を、お前は知っているのか？」

「いや。この町で、偶然に——」

私の視線はふと、蟹江の足にそそがれている。その足は、短い長靴をはいて、土間を踏んでいる。航空用のあの長靴だ。それはもう元の皮の光を失って、しおたれた残骸のように、蟹江の足を包んでいる。夜番の服装に、なんとそれは奇妙にぴったりしていることだろう。蟹江はその足をずらしながら、ぼんやりと顔を上げる。灼けつくような眼のいろだ。不器用にどもって、

「き、傷は、それだけなのか。そ、それだけ——」

「そう。これだけ」私は無意識に掌を頰にあてながら「それから、舌。胴着〔胴体着陸〕をやりそこなって、舌を手荒くかみ切ったんだ」

火鉢にあたった私の腹のあたりが、ほのぼのとぬくもってくる。先刻お仙の店でひっかけた三、四杯の濁酒が、ようやく酔いをともなって、腹中から四肢へ拡がってくるのだ。それと共に、硬直した時間が、やがて徐々に元のように、ゆるゆると流れ始めるのを、私

は感じる。壁にかけられた柱時計の振子が、日常的な音を立てて揺れている。その音が初めて、耳に近く入ってくる。さっき飲み残した茶碗に、やっと私は手を伸ばしながら、何かを確かめるようなつもりで、言葉をつぐ。

「お仙さんの話じゃ、眼を悪くしているそうじゃないか。なあ。どんな具合なんだ」

外の風に当ろうと言い出したのは、私ではなかった。蟹江の方からであった。息の詰まるような空気が、厭だったのかも知れないし、歩くことで気持をなだらかに動かそうと、そう考えたのかもしれない。またうらぶれた夜番小屋の生活を、私の眼に曝しておくことが彼にはやり切れないのかも知れなかった。

しかし外に出て、町の燈に背をむけたのは、それはどちらからでもなかった。きわめて自然に、二人の足は海岸へ向いていた。

暗い赤土道を踏みながら、そして私はひとりでしゃべっていた。緊張からの弛緩が、私をそうさせたのか。酔いが私の舌をそそのかしていたのか。それとも私は何かに満足して好機嫌になっていたのだろうか。言葉すくなに受け答える蟹江を側にして、私はしきりにあの時のことを、しゃべりながら歩いていた。しゃべることで、長い空白を満たすかのように。暗さが蟹江の存在を稀薄にしていた。

「――その海の果てに、おれは島影を見た、と思った。その瞬間に、おれはスコールの中に、つっこんでたんだ。なあ。ひどいスコールだったよ、あれは。牛乳の中に入ったみたいに、一寸先も見えなかった。おれはとにかく、そいつを突っ切ろうと思ったんだ。ところが、行けども行けども、突っ切れなかった。ほんとに、行けども行けども。――

「そうだ。それは千米ぐらいの高度だったかな。おれはどうやって、方向をとり違えたのか、今でも判らない。牛乳から脱け出ようと、むちゃくちゃにカジをとったに、違いないんだ。そしてやっとのことで、おれはスコールを脱出した。おれはほっとした。ほっとしたよ、実際。しかし見ると、燃料があと十五分しか、残ってないじゃないか。しかも方角は、めちゃめちゃだ。あの時ほどおれは、下にひろがる海の色が、おそろしく見えたことはない。――

「はるか彼方から、ぽっつりと火が見えてきたんだ。それはあかあかと燃えていた。あんな美しい火の色を、生れておれは見たことがなかったな。陸だ。おれは祈るような気持でそこに機首を向けた。――

「森が燃えてたんだ。おれはそこをゆっくりと旋回した。もう燃料が尽きかけていたのだ。地形は悪い。土堤《どて》のようなものが見えた。もう猶予はなかった。おれは胴着する決心をした。ちらとお前のことを、おれは思い浮べていたよ。――

「おれはバンドを外して、天蓋をひらいた。投げ出されてもいいようにな。地面がぐんぐんせり上ってくる。そしてスロットルを、おれは渾身の力で引きしぼった。猛烈な衝撃だ。機体はくるりと倒逆して、そしておれの身体は――」

暗がりに、影のようにひっそり立っている。海面までは、三米ほどもあるだろう。蟹江の姿は私の側の暗くゆたゆたと揺れている。海面までは、三米ほどもあるだろう。

私は足を止める。埋立地の果てまで来たのだ。満潮の海が、切り立った石垣の下で、暗くゆたゆたと揺れている。海面までは、三米ほどもあるだろう。蟹江の姿は私の側の暗がりに、影のようにひっそり立っている。言葉はない。その呼吸《いき》づかいだけが聞えてくる。何故かそれはすこしずつ荒くなる。

強い突きではなかった。柔かく、妙にためらうような、子供のいたずらみたいな軽い一押し！　しかし私の身体はぐらりとよろめき、ぬかるんだ赤土に靴をすべらせ、横ざまに倒れていた。片足だけが支えを失って、岸から宙に突き出る。そのままの恰好で、私は次の打撃を待った。

凍ったような短い時間が過ぎる。頭をすくめ眼だけをするどく動かして、私は様子をうかがっていた。何も起らない。三、四間むこうの石垣の鼻に、いつ移動したのか、蟹江の黒い影が音もなく立っている。棒杭か何かのように、何も構えもなく、ぼんやりつっ立っている。やがて私は膝と手に力を入れて、しずかに身体をおこす。そして用心深く起き上る。すべったとたんに、石垣の稜角《かど》にひっかけたと見えて、ズボンが少し破れている。

石垣から遠ざかるように迂回しながら、そして私はそろそろと蟹江の方に近づいてゆく。二米ほど隔てて、私は急に立ち止る。蟹江は石垣の稜角に足を乗せ、海を背にして両手をだらりと下げ、こちら向きに立っている。赤土にまみれた掌を握りしめ、その蟹江の姿に相対して、私は黙って身構えている。二分間ほど、私たちはそのままの姿勢で、動かないでいる。二本の棒杭のように。

「おれを、突き落せ！」

突然、はりつめた沈黙を破って、しぼり出すような声で蟹江がさけぶ。その声も風に千切れて、闇にむなしく吸いこまれる。

握りしめた私の赤土の掌が、すこしずつゆるんでくる。さっき私の肩をどんと突いた、あの圧力の弱さを、私は思い出している。あれはしんじつ突き落そうとする気魄《きはく》ではなかった。それにたかが、三米の石垣。ひたひたとふくれ上る満潮だ。寒冷に耐えて泳ごうとする気力さえあれば、死ぬきづかいはない。絶対にない。しかし——しかし、その気力をさえ、自ら放擲《ほうてき》したとしたら？

「突き落さないのか。早く！」

ふたたび蟹江が叫ぶ。泣くような声だ。麻酔からの覚醒時に似た、あの身体がばらばらに分解して行くような、不快な沈降感が、突然私をおそってくる。身内にはりつめていたものが、急にするどい悔恨にかわって、ぎりぎりと胸に突き立ってくる。ひとりの人間が、他のある人間の内部に入って行こうというのは、何と僭越《せんえつ》だろう。何と困難で、何と無意味なことだろう。石垣の鼻に無抵抗に立った蟹江の影に、やがて私はくるりと背を向ける。そして静かに歩き出す。すべては終ったし、また何も終らなかった。

（なんでもないことなんだ。なんでもない――）打ちひしがれたように、私は歩きながら呟いている。

（――茶番なんだ。世の中におこることは、どんなことでも。すべて。すべて！）

背後から追ってくる蟹江の跫音を、私は予期していただろうか。しかもその跫音は、やがて自然に私の側まで来て止って、いつか私たちは闇の中を、ふたたび肩を並べて歩いている。黙りこくって歩いている。呼吸づかいだけを交互にあらく響かせながら。――そして私の足はまた自然に、夜番小屋の方に向っている。私は切に火を欲していた。ただそれのみを、欲していた。他はなにも必要ではなかった。あのほのぼのとした暖かさと、眼に沁みるような透明の炎のいろを！

「おれはそして、死のうと思ったんだ」

炭火の反射が、蟹江の顔をほのあかくしている。私はつめたく耳を立てている。

「――自分の死骸を、他人に見られるのは、おれはイヤだった。だから、自分の死体を、おれは自分で火葬しようと思ったんだ」

蟹江の口調は、張りを失って、ほとんど独白になっている。蟹江の影が大きく板壁にゆらぐ。莨《たばこ》からのぼる煙の動きを、私は放心したように眺めている。

「――そしておれは、火をつけたんだ。あの海が見える、集会所の建物に。縄は前もって、部屋の梁《はり》に下げておいた」

　影がまたゆらぐ。蟹江は自分の影に話しかけているようだ。集会所炎上の真相を、この私が知ったとて、今更何になるだろう。

「しかしその炎の色を見たとき、おれはこわくなった。おれは、ためらった。――そしておれは、逃げ出したんだ。暗い丘の斜面を、めちゃくちゃにかけ降りて逃げた――」

　こんな話を聞いて、何になるだろう。もっと聞きたいことが、たくさんあるような気がするのに。しかしそれは、そんな気がするだけで聞きたいことも、話したいことも、何もありゃしない。この男の幸福や不幸も、私がそれに入れない以上、私に何の関係があり得るだろう。

「そして誰にも、見つからなかったのかね」

　板壁の蟹江の影が、かすかにうなずく。私の言葉もしらじらと冷え、すっかり抑揚を失っている。

「では、それを知っているのは、お種さんだけか」

　煉炭が燃え尽きて、死灰になったその一角が、ぼろりとくずれ落ちる。身ごもっているお種さんの青白い表情が、私の頭の中に、遠くしずかに浮び上っている。やがて私はそっと立ち上っている。壁面の蟹江のうすぐろい影が、ぼんやりと頭をもたげる。

「いつまで、この町に、いるんだね?」

「明日、発つ」

さっき赤土にすべった時、石垣に打ちつけた膝が、ひりひりと痛んでいる。そこだけが確かな、真実なもののように。私は帽子の縁を引き下げ、かすかにびっこを引きながら、入口に出る。蟹江の影も立ち上って、ガラス扉まで送ってくる。

「それから東京へ戻るのか?」

私は黙っている。そして外套に手を入れたまま、さむざむと荒廃した夜番小屋の内部を、も一度見渡している。その視線に感応したように、蟹江の眼も沈痛に小屋の内部をふりかえっている。

「おれは、これだけだ。この小屋のようなものだけだ。今日も、明日も、あさっても」

突然蟹江が口をひらく。蟹江の右の手の影が、小屋全体を指し示すように、大きくゆらゆらと動く。嘔吐をこらえているように、その唇がみにくく歪んでふるえている。闇にむかってはき出すようなかすれ声で、

「――お前は今から、宿屋に戻るんだろう。宿屋には、あたたかい火と、あたたかい布団が、待っているだろう。――お前はそこで安心して、明日を待つために、ぐっすり眠るだけでいいだろう……」

私はもう彼を見なかった。背を向けて、しずかに歩き出していた。一歩一歩、町の燈にむかって。――お仙の店は、まだ起きていた。しかしすでに店じまいして、お仙は湯道具

をたずさえている。その白い頬や黒い瞳が、切ないほど眼に沁みてきた。

「あら。まだ起きてらっしゃったの。御散歩なの？」

「酒をすこし飲ませて、くれないか」

「おや、ズボンをどうしたの」

お仙が湯道具を棚に上げ、奥で仕度している間、私は卓に倚り、なにも考えまいとしていた。この店に坐っているのも苦しかったが、あの宿屋には戻りたくなかった。今夜だけは、絶対に戻りたくなかった。やがて酒が来た。濁酒ではなくて、焼酎であった。その強烈な透明な液体を、短い時間に、私は四杯も五杯も飲みほしていた。そして私はひどく酔って、お仙の右手をとらえて、一緒に東京へ出ようと、しきりに口説いていた。お仙の形のいい唇が、謎のようにわらっていた。

「なあ。こんな店、捨てたって、何でもないさ。東京に行こう。ねえ。あそこにはどんな生活だってあるさ」

お仙でも何でもいい。唯ひとつのものを、ゆるぎなく確保したい。その思いがしきりに私をかり立てていた。私は涙を流していたかと思う。左の眼からしか流れない涙を、やはりその時も左の眼からだけ垂れ流しながら。何度も、何度も。

「なあ。人間同士のやることは、どうせ茶番さ。ね。茶番なら、茶番らしく、行きあたりばったりで、クヨクヨしないで、生きて行こうじゃないか。おたがいに、さ。ねえ」

夜霧が立てこめている。

五日前の到着の夜と同じように、海から町へ、町から山の方へ、ミルクのように濃い霧が、ひたひたと流れている。

私は旅装をととのえ、スーツケースを左手に提げ、駅前の大きな楡の木の下に立っている。ただあの夜とちがうのは、あの時の緊張はすっかり消え去り、重々しい疲労だけがずっしりと、私の身体に沈んでいる。五日間、私はここでなにを得て、なにを失ったのだろう。しかし私は外目《よそめ》には、五日前と同じ姿勢で、同じ楡の木の下に立ち、霧の底にゆらめく町の燈を遠望している。私はひとりで、待っている。十一郎はまだやって来ない。駅舎の大時計がしめった響きをたたえて、重々しく九時を打つ。

「何のために、この町に、おれはやって来たのか?」

あの夜と同じ問いを、私は意味もなく、も一度つぶやいてみる。しかしただそれだけだ。呼応するものは、もう私の内にはない。そのことが、かすかに歪んだ笑いを、私に誘ってくる。駅舎の内がすこしざわめいて、駅員たちの影がちらちら動き出すのが見える。駅長がぶら下げたカンテラの光が、ぼうと揺れながら、歩廊の方に出て行く。歩廊を踏む靴の固いひびき。濡れたシグナルの色。つめたい夜霧の頰の感触。遠くから近づいてくる汽笛の音。前方の霧の中から、小走りに靴音が近づいてくる。ぼうとした輪郭が、たちまちはっきり形を見せてくる。風間十一郎だ。

「やあ。時計が止ってて、すっかりあわてちゃった。まだ大丈夫ですか」

「もう汽車が、来る頃だろう」

十一郎は、はあはあとあえぎながら、眼鏡を外してしきりに拭く。

「ひでえ霧だなあ。眼鏡がくもってくもって、何も見えやしねえ」

十一郎の頬はうっすらと紅味をたたえている。そのあかさは、急ぎ足で来たせいだけでもないだろう。並んで改札口の方に歩きながら、低い声で私は訊ねる。

「どこで時間をつぶしてたんだね」

「ふふふ」十一郎はかろやかに舌の先でわらう。「今夜汽車のなかで、ぐっすり眠れるように、一杯ひっかけてたんですよ。あっ、そうだ。頼まれものがある」

改札口に立ち止って、十一郎はあわただしく、ポケットのあちこちを探す。やっと胸のポケットから、折り結んだ紙片《かみきれ》をつまみ出す。調子のいい声で、

「はい。これ」

私はそれを受け取る。掌に握ったまま、改札を通る。客はやはり、私たち二人だけだ。歩廊にぼんやりと電燈がともっている。そのうるんだ光線の真下に、私はまっすぐ歩いてゆく。折り結んだ紙片を、私はひろげる。

『お元気で。よき御旅行を、おいのりします。あたしはやっぱり、この町にとどまること

にします。

仙　子』

　私はゆっくりと二度読み返す。字が大きくなったり、小さくなったりしている。きっと酔っぱらって書いたのであろう。私はそれを細かく引き裂く。そして裂いたはしから線路になげる。裂かれた紙片はくるくる舞いながら、つぎつぎに線路へ落ちて行く。それらは花片《はなびら》のように美しい。紙片が散らばったその線路が、やがてガタガタと振動し始める。汽車が近づいてきたのだ。

　九時六分。三輛連結のおもちゃみたいな汽車が、霧の中から突然あらわれ、歩廊の前にガタンととまる。私たちはそれに乗り込む。やがて古風な発車の笛が、霧の歩廊になりわたる。汽車はごとんと動き出す。霧に滲んだ町の燈々がしずかに窓外を動き始める。

「きれいだなあ」窓をあけながら、十一郎が素直な感嘆の声をあげる。「ゴミみたいな町だと思ってたけれど、こうして見ると、とてもきれいなもんだなあ」

　私の眼もおのずから、移動するQ町の燈を追っている。十一郎の若い感傷に、その一瞬、私も同調していたのかも知れない。単調な響きを立てながら、やがて小さな汽車は、それらを無視するように、しだいに速力を増してゆく。

鏡

窓の下は掘割になっていた。

午後になると汚ない水路に陽が射して、反射光が紋様となってこの室《へや》の天井にも映って来た。昼の間は対岸の乾いた石垣の上の道路を、トラックや自転車が通り、子供たちが釣糸を垂れていたりした。夕方になると夕刊売が出て、買手の行列が河岸《かし》に沿って連なった。手渡される夕刊が白く小さく生物のように動き始める頃、この室では帳簿が閉じられてやっと仕事が終るのであった。

室は狭くて暗かった。扉がひとつあって、扉の把手《とって》は何時も冷たく濡れていた。この事務室には、社長も入れて四人しか居なかった。

社長というのは四十位の痩せた眼のするどい男であった。表情を殺した所作で、何時も低い静かな声で話をした。

狭い灰色の階段を登って来る足音がすると、扉がコツコツと叩かれた。こうして一日に何人も何人もお客がやって来た。そして社長と卓をはさんで、ひそひそと取引きを交して行った。その度に厚い札束が手渡されたりした。札束は部屋のすみにある黒い金庫から出されたり、又収められたりした。その事は社長の命令で、金庫の前に机を据えた松尾老人の手で行われた。老人は無表情な顔で金庫の扉を開き、札束を処理し終えると机にかぶさるようにして伝票をつけ始めるのであった。

札束が老人の手から社長に、社長の手から老人に渡る度に、私の眼は自然にそこに行くのであった。見るまいとしてもそれは強制されるように動いた。金庫の扉が乾いた音を立てて閉まると、私の視線はもう一度確めるように老人の無表情な顔に落ち、そしてゆっくりと私の机の上に戻るのであった。

私の机には部厚い帳簿が拡げられてある。老人の方から廻って来た伝票の束を整理して、その中から利潤の比較的少かった取引伝票だけをまとめ、金額を丸公〔公定価〕に書き替え、そしてそれを帳簿に記入するのが私の仕事であった。そしてこの帳簿は、税務署が調べに来た時提示する為のものであった。本当の取引金額は老人のもとに保管される伝票の束に秘められていた。

私は毎朝、この河岸に立ったビルディングの狭い階段をぎしぎし登り、そして一日中机の前で偽帳簿の作製に従事した。色の悪い給仕の小娘が注いでくれるうすい番茶を一時間毎に啜《すす》りながら——。

私は貧乏していた。そして自分が貧乏であることに何時も腹を立てていた。長い間私は戦さの為に外地で苦しんで来た。そしてやっと生命を保って日本に戻って来ることが出来た。そして私は無縁のもののように、現在の世相の前に立ちすくんでいた。人の手から手へ渡って行くあの莫大な金額の、ほんの一部で良いから何故私の掌におちて来ないのか。私の現在の衣食の困窮を、私は何か合点が行かぬ気持で感じていた。その気持がそのままこじれて、私は私自身に腹を立てていた。

部屋のすみに重々しく据えられたあの黒い金庫が、四六時中私の意識に痛く響いて来るのも、あの紫色の束がどの位の幸福と換算されるものか、秘やかな計算を私が行なっているせいに違いなかった。札束が私の眼前にあらわれて社長や老人の手を渡るたびに、私は胸をときめかせながらそれを盗み見ないでは居《お》れなかった。そして社長のはがね色の頬と老人のしなびた顔の色を確め終ると、私は再び帳簿に眼を落してペンを取上げる。

（あれだけの金が己《おれ》にあったら！）

金というものが悪と密接に現代では結びついているらしいことを、私はうすうす感じていた。その悪にも私も偽帳簿を作製することで参加している筈であった。その代償として、そのかげに動いている巨額の金のおそらくは数百、数千分の一の取るに足らぬ金を、私は日々与えられていたのだ。だからどの道悪に参与するなら、悪の奴隷的位置にあって余瀝《よれき》を頂く方法ではなく、主導的立場に立って、――たとえばあの金庫の金を持逃げするとか（この考えに気付いた時私は思わずギョッとして四辺を見廻した）そんなやり方を採用すれば良いではないか。しかし、私はそう考えるだけで、まだ踏切りがつかないでいた。社長にしろ、どのみち後ろ暗いやり方で金を儲けているに違いないのだ。持逃げされたとしても、おそらくは公けに出来まい。――これは私の確信ではなく、私の感じに過ぎないのだが、その感じはかなり強烈に私に作用し始めていた。札束を盗み見る私の眼が、日毎険しくなって行くことが自分でも判った。

午後三時になると社長は鋭い眼でひとわたり部屋中を見廻す。その頃がお客の出入りが終った時なのだ。革の折鞄《おりかばん》を小脇にかかえて立ち上ると、では頼みますよ、と低い声で言い残して部屋を出て行く。小波《さざなみ》の波紋が天井に映ったこの部屋には、私と松尾老人と給仕女だけが残るのだ。何かほっと肩を落したような気易い空気が部屋を満たし始める。松尾老人が煙管《きせる》を出して、やがて紫煙が暗い部屋中に立ちはじめる。ポンポンと煙管をたたく音がする。老人が刻みを詰める指は、満足げにふるえているのである。あの仕事中の無表情な顔付ではなくなって、老人は急に生々とした人間の匂いを立て始めるのだ。

この老人はどんな経歴の男なのだろう。黒い詰襟の服に大きな軍靴をはいて、顔のわりに小さな眼を善良そうにしばしばさせながら、一日の仕事が終った安堵感からか、やがてぽつりぽつりと私や給仕女を相手に世間話など始めて来るのだ。世間話というよりはむしろ愚痴にすぎないのだが、近頃の闇価の高くなったこと、家計の苦しいことなど、彼はむしろ楽しげに話し出す。それはあの仕事中の、札束を社長に渡したり受取ったりする能面のような顔付ではなくて、極めて愚直な生活人の風貌だが、そんな老人の面に接すると私はふと、この老人は仕事中は気持に抵抗するものがあってあんな堅い顔付をしているのではないか、と思ってみたりするのであった。そしてこの私も、仕事中は何か険しい顔をしているのではないかと思うと、何だかやり切れぬ気持も起って来た。

河向うに入日がうすれ、夕刊売に行列が立ち始めると、私達は帳簿を閉じる。老人は金庫に鍵をおろし、女の子は帰り仕度のまま壁にかけた小鏡にむかって化粧をはじめる。急に思春期の女らしい物腰になって行く女の子の姿に、私はちらちらと注視をくれながら、よれよれの帽子を壁からとり上げる――。

給料を貰った日のことであった。社長が帰ったあと、何時ものように老人が煙管を叩きながら、近頃盛《さか》っているという駅前の闇市場の話などを始めていた時、私は良い加減に相槌を打ちながらそれを聞き流していたが、給料がポケットにあったせいか、ふとそんな場所に行ってみたい瞬時の欲望が起って、私は掌を上げて松尾老人の話をさえぎった。

「面白そうな処じゃありませんか。松尾さん。帰りに一緒に行ってみましょうか」

「ええ、ええ」

一寸あわてた風に老人は眼をパチパチさせたが、直ぐ言葉をつけ足すように、

「ええ、参りましょう。是非是非、一度は見とくべき処ですじゃ」

掘割にはあわあわと夕暮がおちかかり、淀んだ古い水の臭いが窓から流れていた。私は帰り仕度をしながら金庫の鍵をしめる乾いた音を背に重く聞いた。

何時もなら真直ぐ駅の改札を通るところを、道を折れてごみごみした一郭に私達は入って行った。人通りがごちゃごちゃと続く両側には、色々な物品が無雑作に連なっていて、客を寄せる売手の声があちこちで響いていた。売手たちは皆屈強な男たちで、ふと眼を落すと、私の靴のようにすり切れた靴は誰も穿いていなかった。皆が私の靴を見ているようで、足をすくめるようにして歩きながら、その事が俄《にわか》に私の胸を熱くして来た。品物の列はやがて尽きて、よしず張りの食品店が何軒も並んでいた。刺戟的な電燈の下で、静かにコップを傾けている男たちもいた。酒精の匂いがそこらを流れていた。

「此処らは皆飲屋ですよ」と老人は落着かなく言って立ち止った。「さあ、もう戻りましょうかい」

私は振返った。老人は露地にすくむようにして立っていた。地色の褪《あ》せた詰襟服の肩から、薄々と無精鬚を生やした老人の姿を眼に入れた時、あの掘割の見える部屋ではこの老人はぴったりしているにも拘らず、この巷では極めて異形《いぎょう》のものとして私に映って来た。汚れた軍靴が老人の足には極めて大きく見えるのも、惨めな感じをなおのことそそった。一応しゃんとした服装の人たちばかりが往来するこの巷では、老人のみならず私自身の姿も泥蟹のように惨めたらしく見えるにちがいなかった。私は老人の姿をなめ廻すように眺めながら、憤怒とも嫌悪ともつかぬ自分の気持を、も一度確めていたのである。

老人は落着かぬらしく、またしゃがれた声で私をうながした。

「さあ。さあ、戻りましょう」

この巷で自分を無縁のものと考えているのか。私はふとこの老人と酒をのみたいという気持が、その時発作のように湧き上って来た。

「松尾さん」と私は気持を殺して呼びかけた。「此処まで来たんだから、一寸いっぱいやって行きませんか」

「いや、ええ?」

老人は私の言うことが判ると、飛んでもないというそぶりをしたが、私はそれに押っかぶせて、

「金はあるんですよ。少しは使っても良いんですよ」

私はポケットをたたいて見せながら、老人に近づいて腕をとらえた。老人の腕は細くてひよわそうだったが、それが微かに私にさからうように動いただけであった。老人は当惑したような奇妙な笑いを眼に浮べて私を見上げていた。

暫くの後私達は一軒の屋台店に入って、酒精の香のする飲料を傾けていたのである。身体の節々に酔いが螺旋《らせん》形に拡がって来ると、かねて酒も飲めぬ程貧しい自分の生活が、言

いようなく哀しく腹立たしくなって来るのであった。今日貰った給料もやっと私一人の生活を一月支えるに過ぎない額であるが、それすらもさいて此処でこんなものを飲む気になったのも、私がこの生活から脱出する踏切板を求める無意識の所作なのかも知れなかった。酔いが次第に深まるにつれて、私はあの暗い部屋のすみに置かれた黒塗りの金庫を、そしてその中に積まれた札束のことをしきりに思い浮べていた。私は蚕豆《そらまめ》の皮を土間にはき出しながら、老人の饒舌にぼんやり耳を傾けていた。あの札束を出し入れする時、何故松尾老人はあんなに無感動な表情をしているのだろう。彼はその時何も感じてはいないのか。

老人が心から酒が好きらしいことは、先刻からのコップの傾け具合で私に判って来た。しなびた顔はぽっと赤みがさして、何時もより口数が多くなって来ているようであった。老人は表情を幾分くずしながら、自分の家族のことを、くどくどと私に話しかけていたのだ。

何でも、今老妻と二人で間借りしているらしいことや、そこを追い出されかけていることや、息子がまだ復員して来ないが死んだものとあきらめていることとか、そんな風な具合だったと思う。酔いが俄に発したと見えて老人の口調は急に哀調を帯び、自分はどの途《みち》余生も長くない身だから、苦しい生活はしたくないけれども、闇屋になるだけの体力もなく、また資本もないしするから、止むを得ずあんな所に勤めているけれども、それも何時クビになるか判らず、将来のことを考えると今本当にまとまった金がほしいということを、すがるような口振りで口走りはじめていた。ふんふん、と私も相槌を打っていたが、ようやく酔いが私にも廻って来たらしく、更にコップを重ねているうちに、私は変に老人の口舌が小うるさくなって来て、断ち切るような言葉で老人の繰言をさえぎってしまったのだ。

「そんなに困ってるなら、あの金庫の中の金を持って逃げればいいじゃないですか」

私の言い方がとげとげしかったんだろうと思う。老人は急に身体を引いて私をみつめたが、暫くして低い声で、

「そんなことが出来れば私もこんな苦労はしませんじゃ」

「何故出来ないんです」

「だってあんた、神様が許しませんわい」

「神様、神様」何故か私はこの老人を私の意のままに納得させねばならぬという不逞《ふてい》の願いに駆り立てられた。

「神様が何ですか。神様なんか何処にいますか。善良な人が貧乏して、うちの社長のような悪どい奴が大儲けしてるじゃありませんか」

「社、社長さんがそんな――」

「そうですよ」と私はきめつけた。「あの毎日の金の出し入れが闇取引だということは貴方だって知ってるでしょう」

「そ、そりゃ知ってるには知っとりますじゃ。しかし、しかし――」老人は急に身体を卓

に乗り出して眼をぎらぎらと光らせた。赤く濁った眼球に血管が走っていた。「わたしは今まで後ろ暗いことをした事はない。この年になって後ろに手の廻るようなことを仕出かしたくない」

「そこですよ」と私は卓をたたいた。「後ろに手は絶対に廻りはしない」

そこで私は酔いに任せて、社長の所業も後ろ暗い所があること、その証拠は私の今の偽帳簿作製のことでも判ること、だから彼がおそれるのは警察であって、金庫の内部を皆持逃げされるのならいざ知らず、四、五万程度の金ならば彼は歯を喰いしばっても公けにしないだろうということを、私はべらべらと論じ始めたのである。しゃべっているうちに、私はその言葉が逆に私に確信を与え始めて来たのを、ぼんやり意識していた。私はしかし、ぎょっとしてしゃべるのを止めた。老人はコップを片手で握り、見据えるように私をみつめていたのである。その瞳の色は灼《や》けつくように激しかったのだ。

その夜の勘定は私が払ったんだろうと思う。きれぎれの意識で覚えているのは、それから二人がもつれ合って駅の方に歩いて行った事や、電車の中で転んだりしたことで、しらじらと物憂い朝が明けた時に、私が重い頭をかかえて起き直り給料袋をしらべたら、大体そこばくの金がそれから減っていた。私は頭の片すみで鈍く後悔を感じながら、それでも身仕度をととのえて河岸の事務所に出かけて行った。階段を登って室に入ると老人はもはや来ていた。言葉少くあいさつしただけで、昨夜のことには深く触れなかった。社長がやがてやって来て仕事が始まると、老人は何時ものような堅い顔になって金庫をあけ立てしているらしかった。私は廻された伝票を然るべく抜いて公定価に計算し直していた。掘割の向う岸には今日も同じく車や人が通り、水面からはほのかに蒸気が立ちのぼる。気温が高まるらしかった。

金庫がギイと鳴って、ふと私の視線が其処に走ったとき、私が見たものは老人の掌に握られた紫色の札束が、私の場所から定かに見えるほど、それははっきりと慄えていたのだ。そしてそれは直ぐ社長の手に渡された。何でもないように卓をはさんで、客との対話はまた続けられた。私は帳簿の陰から、痛いものを見るような気持で、老人の顔をぬすみ見ていた。それは苦渋に満ちたむしろ険悪な表情であったのだ。私は老人のその表情の中に、はっきりと、私が抱く欲望と同じいろの欲望を読んだ。

私は何だか胸をしめつけられるような思いで、老人から視線を離し得ないでいた。

客が帰って又新しい客が訪れ、そんな具合に何時ものような時間が過ぎて行った。札束がそこを動く度に、私は何時もと違った気持で視線を走らせた。老人の指はその度にいちじるしくわなないた。この哀れな老人の心が、あの不逞な願望にしっかと摑まれていて、しかも気持をそこで必死に抵抗させようとしていることが、その苦しそうな表情で、私の胸に痛いほど響いて来た。

「さて、さて――」

私は口の中でそんなことを呟きながら、ペンの柄でしきりに机の面をこすった。昨日までの私の欲望よりもっとはっきりした欲望が、私の心を満たして来るのを私は意識し始めていた。現在の不幸から逃れ得る唯一の実体として、その紫色の束は私に訴えて来るようであった。あの老人の指の慄えは、もはや私が彼に仮託した欲望の象《かたち》であった。

(あの老いぼれが、金を持ち逃げしようとしている)

私は卓に倚《よ》った社長の、はがね色の冷酷そうな横顔をちらちらと盗み見た。そして金を拐帯《かいたい》して姿をくらまそうとする気持の踏切りが、今やっと形を取って来るのを感じた。

そして日射しが掘割にじゃれ始め、部屋の天井にその余映を投げる頃、社長は喫いかけの煙草を灰皿に押しつぶして立ち上った。鋭い視線を一巡させると低い声で、では、と言って扉の外に出て行った。階段を踏む足音が一歩一歩低くなって行った。しかし何時もと違って変に硬い空気がまだ張りつめていたのだ。

松尾老人が煙管《きせる》をたたく音がいやにはっきり響いた。

給仕女が電熱器から薬罐《やかん》をおろして茶を入れ、足音をしのばせて配って歩いた。電熱器の音が止むと、天井をまつわり飛ぶ蠅の羽音がしつこく続いた。

その時老人がふいに私に声をかけて来た。何か不自然な響きがその声音にこもった。

「昨夜、あれから帰りましての、部屋を出てくれと言うのを、こっちは酔ってるもんだから怒鳴りつけてやって、大喧嘩になって山妻《さんさい》が泣きわめいたりしましての」

老人はそこで苦しそうな笑い声を立てた。

「あんた昨夜、神様などいないと言われたな。ほんとに神様も仏様もありませんじゃ」

老人の顔は一日で年老いたように、額に深い筋が刻みこまれていた。

そして、その日もまた水面に陽光がうすれ、河岸に夕刊の列が並んだ。

さて、と私は呟きながら帳簿を閉じた。給仕女は既に立ち上って壁にかけた鏡を見ながらパフを使っていた。松尾老人は立ち上った私の顔に、奇妙な笑いを眼に浮べて視線を定めた。

「そろそろお終いにしますかな」

声が変にかすれた。

給仕女は一寸身体をひねって鏡の前で形をつくると、お先に、とあいさつして部屋を出て行った。うすいスカアトが扉のあおりで一寸なびいて消えた。

私は何となく鏡に立った。痩せた私の顔が変に黒みを帯びて其処にあった。それを眺めるのが苦痛なので眼をずらした。鏡面に松尾老人が金庫の前にしゃがんでいる処がうつった。老人の手が素早く動いて、札束をひとつ引抜いた。その瞬間を私の眼ははっきりとらえたのだ。私は思わず眼を閉じた。

私の背後で、金庫の扉をしめる乾いた音がした。文字盤を廻す響きがそれにつづいた。

私は眼を閉じたままでそれを聞いた。老人が立ち上る気配がした。

動悸が次第に高まって来るのを感じながら、私は乱れた想念をまとめようとした。このまま、老人の所業を見逃せばどういうことになるのだろう。老人はうまいこと逃げ終せるか、または捕まるだろう。そして私は——私は、また表面は何でもない姿でこの事務所に勤めつづけるだろう。貧乏しているということに毎日腹を立てつづけながら、平凡な惨めな日々を過して行くだろう。

私は眼をひらいた。

「松尾さん。もう金庫はしめたんかね」

「ええ、ええ」

うちひしがれたような老人の声がした。

私は全身からにじみ出る冷汗を感じながら、ゆっくり老人にむきなおると、私自身をも虐殺したいような切迫した思いにかられつつ、机を背にして蒼ざめた老人の方に一歩一歩近よって行った。

犯人

とにかくそれは一風変った男だった。僕はその男と、終戦後の数ヵ月間、同じ屋根の下に生活を共にしたのだ。その男の名は、これも本名だか偽名だかいまだに知らないが、風見長六と言う。その頃彼は、三十歳前後の、あばた面の大男だった。ふだんはむっつりしているが、しゃべったり笑ったりすると、妙に人なつこい魅力があった。

僕が風見と初めて知合ったのは、南武線沿線の稲田堤《いなだづつみ》のある百姓家の庭先でだ。復員後、直ちに僕は東京に戻ってきたのだが、応召の時荷物をあずけた友人宅付近は、一面ぼうぼうの焼野原で、どこに行ったか判らない。苦心して探しあてたのがこの百姓家で、友人はその二階に間借りしていた。妻子は故郷に疎開させたままだという。とにかく私はその部屋にころがりこんだ。下の百姓に相談もせず、強引にだ。そうでもしなければ、行くあてはないし、野宿でもする他はなかったからだ。まああの頃は、一種の乱世だから、そんなこともそう不自然ではなかったわけだ。

しかし、そういう僕に対して、百姓家の主人がいい顔をする筈がない。それでも割に気が弱い男だと見え、直接僕には強く当らない。友人に向ってうらみごとを言ったり、愚痴をこぼしたりするのだ。へんな男を同居させたりして、最初の約束と違うじゃないか。そんなことをくどくど述べたてるらしい。もちろん僕がいないところでだ。全く主人にとっては、この僕は変な男に見えただろう。復員したてで職もなし、毎日面白くない顔でぶらぶらしていたのだから。そこで友人も板ばさみとなり、だんだん僕にいい顔を見せなくなってくる。友人は川崎の方の某会社に、ちゃんとした職を持っていた。僕のような風来坊を同居させることが、真面目な彼にとって、物心ともにそろそろ重荷になってきたらしい。鈍感でないから僕にもそれは判る。だんだん居心地がよくなくなって来た。

そんなある日の午後のことだ。僕は所在なく階下の縁側で日向ぼこをしていた。二階は暗い部屋だが、ここはよく日が当る。友人は会社に出勤しているし、百姓一家はそろって野良に出ている。留守番は僕一人だ。日向ぼこが楽しみなくらいだから、時候も秋の終りの頃だったのだろう。僕は縁側に寝ころんで、新聞を読んだり、空行く雲を眺めたり、軒にずらずらとぶら下った干柿を見上げたりしていた。干柿はほどよくくろずんで、実に旨そうだったが、ひとつちょろまかして食べるという訳には行かない。主人がちゃんと数を勘定している。毎朝、僕がいるところであてつけがましく勘定して、それからおもむろに野良に出てゆくのだ。それほど僕に信用がおけないらしい。干柿のみならず他の食物も、たとえば土間のサツマ芋なども、丹念に勘定されているらしい気配がある。終戦直後のことだから、闇売りで大儲けしているくせに、風来坊の僕などには、芋のかけら一つも渡すまいという魂胆だ。全く厭になってしまう。だから僕も歯を食いしばって、干柿を眺めるだけにして、ちょろまかすようなことは絶対にしないのだ。

庭先に誰か入ってくる気配がした。僕はあわてて躰をおこした。主人が戻ってきたのかなと思いながら。しかしそれは主人ではなかった。

軍隊外套を着け地下足袋をはき、大きな袋をぶら下げた男が、のっそりとそこに立っていた。背丈は五尺八寸ほどもあり、肩幅もそれに応じてがっしりと広かった。顔は大きなあばた面だ。その眼が探るように僕を見た。

「芋をすこし売ってくれないかね」

「さあね、僕にはわからない」

と僕は答えた。

「僕はここでは、ただの間借人だから」

「ほかに誰もいないのかい」

「みんな野良に出ている。しかしここの芋は高いよ。東京に運んだって、儲けにはならないよ。止したがいい」

「いくらぐらいだね？」

「貫当り十五円だ」

「そりゃ高い。いくらなんでも高過ぎるな、東京で買っても、そんな相場だぜ」

「だから止しなと言うんだよ」

男はがっかりしたような表情になり、縁側を通して土間に積まれた芋の山を、横目でちらっと眺めていた。それからどっかと縁側に腰をおろした。

「全くやり切れねえな。遠くに出かければ汽車賃がかさむし、近くだと百姓がこすっからいしなあ」

その言い方が可笑《おか》しかったので、僕はちょっと笑った。すると男はぎろりと眼をむいて、僕をにらみつけた。

「いや、これは笑いごとじゃないぞ」

私は笑いを中止した。すると男は機嫌を直したらしく、ポケットから煙草をとり出して僕にすすめ、しばらく世間話などをした。煙草は手巻きの紙臭いやつだ。向うがいろいろ聞くので、僕は今の自分の身の上のことも話した。つまり、職がないことや、僕という存在がこの百姓家で厭がられていることなどだ。すこし誇張も混えて話したので、男はすっかり僕に同情した風だった。

「そりゃあいかんな。いい状態じゃない」

そして考え深そうにまばたきをして、

「早くおん出たがいい。邪魔者あつかいにされてまで、踏みとどまる手はなかろう」

「おん出るって、行くところがないんだ」

男は僕の顔をじっと見た。そして言った。

「じゃ、俺の家に来い。部屋が余ってる」

僕はすこしびっくりした。しかし次の瞬間、僕はもうその男の言葉に乗る気になっていたのだ。これが現今のことなら、ためらったり、しりごみしたりする気持になるのだろうが、なにしろ終戦直後のことで、身のふり方など、どんなにでも簡単にとりあつかえる気持だったのだ。僕は答えた。

「そうかい。それじゃそう願おう」

それであっけなく身のふり方がきまってしまった。この男が風見長六というのだ。今からでも一緒に来いというのだが、こちらは荷物のとりまとめもあるし、明日ということにして、とりあえず住居の地図を書いてもらった。なぜ風見が僕に好意ある申し出をしたのか、そんなこともあまり考えなかった。考えることなど、その頃の気持では、余分のことだった。軍隊時代の習慣が、まだ心身のどこかに残っていたのだろう。考えるよりも、動いたり流されたりする方が先。僕もそうだったが、風見だってあるいはそんな気分だったのだろう。

僕が引越すと判って、友人は形式的な心配を示した。素姓も知れない人間の言葉を、かろがろしく信用したら駄目だというのだ。しかし、内心では、ほっとしているのは明らかだった。階下の百姓はもちろん大喜びだったらしい。翌朝僕に顔を合わせるとにこにこして、折角顔見知りになったのにお名残惜しい、時には遊びに来てくれ、などと心にもないお世辞を言い、サツマ芋二貫目を餞別にくれた。餞別と言っても、皮が剝けたのとか二つに折れたのとか、そんなクズ芋ばかりだ。でも無いよりはましだから、有難くお礼を言い、僕は稲田堤に別れをつげた。それから今日に至るまで、僕は稲田堤を訪れたことはないが、あの百姓も元気でいるかどうか。今思うとあの百姓は、少々ケチで慾張りだったが、決して悪い男ではなかったようだ。

さて、お話し変って、風見長六の宅。この家の外観内容は、やや僕を驚かせた。僕は漠然とふつうの小住宅を予想してきたのだが、そうではなかったのだ。一応住宅の恰好はとっているが、当初住宅の目的で建てられたのではないことは、一眼で判る。一廓の焼跡の片すみに、そいつは道路に面してぽつんと立っている。もちろん屋根もあるし壁もあるが、窓は近頃あけたと見えて、材木の切口がまだ新しい。床も急造のものらしく、しかも素人細工だと見え、踏むと足もとがあぶなっかしいようだ。風見長六は、その上《あが》り框《がまち》に腰をおろして飯盒《はんごう》飯をかっこんでいるところだったが、僕の顔を見て、しごく落着いた口調で、

「やあ、やって来たか」

と言った。土間に荷物をおろしながら、僕は訊ねてみた。

「この家は、昔から住宅なのかね」

「いや」

風見は腰をずらせて、僕の席をつくってくれながら、

「これはもともと、ギャレージだ。母屋は焼けて、これだけ残ったんだ」

「へえ。君の家なのかい？」

「そうじゃない。借りたんだ」

風見の話によると、彼も復員下士官で、あてもなく東京をほっつき歩いていると、この焼残りのギャレージが見つかったので、これを自分のすみかと定めたと言う。もちろんその頃は、床もなければ窓もなかった。そこへ住みついて二、三日経つと、変な老人がやってきて、どういう権利でそこに住んでいるのだと聞く。その老人が語るには、この家の持主は田舎に疎開していて、自分が留守跡の運営や整理を任されていると言うのだ。そこで風見は、実は行くあてがないからこのギャレージを貸してくれ、家賃は払う、と相談を持ちかけると、老人はちょっと考えて、月二百円なら貸してやろうと答える。終戦の年だから、月二百円というのは法外の高値だ。しかし風見はそれを承諾した。それから彼はあちこちから材木や板片《いたきれ》を集めてきて、床をつくり、窓をこしらえ、どうにか住める程度にやっとこぎつけたという話。そのいきさつを聞いて僕は大層感服した。たとえばこの僕が、無為無策に友人のところに転がり込んでモタモタしている間に、才覚や実行力のある奴は

ちゃんと自分で道を切り開いて、どうにか恰好をつけている。僕は急に風見という男が頼もしくなったが、一方ではちょっとあることが心配にもなって来た。つまり月二百円の家賃が、割前として僕にかぶさって来やしまいかという、ケチな心配だ。風見はそれにおかまいなく、先に立って上り、ぐるりと見廻して、奥のすみの方を指差した。

「お前の部屋は、あそこがいいな。そういうことにしよう」

部屋と言っても、仕切りも何もありやしない。のっぺらぼうで隅から隅まで見渡せるのだ。床には古畳がずっと敷いてあって、隅の二枚分が僕の分だというのらしかった。それならばそれでもよかった。雨露さえしのげれば、あとはどうにかなるだろう。僕は何気ない口調で訊ねた。

「部屋代は、どうなるんだね。つまり、家賃の割前」

「そんなこと、どうにかなるよ」

と風見は言下にさえぎった。僕は風見の表情をうかがった。払わなくても風見の方でどうにかすると言うのか。その表情からはよく判らなかった。しかし僕は、このギャレージに住んでいる間、一文も部屋代を払わなかったから、結局は風見の言う通りどうにかなったわけだ。こうして風見邸における僕の生活が始まったのだ。

この風見邸の住人は、風見と僕だけではなかった。もう一人いた。乃木明治という名の、やはり僕らと同じ年頃の独身男で、区役所の戸籍課に勤めている。役所でもあまり上の地位ではないらしく、服装なども貧寒だし、恰幅も全然よろしくない。強い近視の眼鏡の片つるを、靴紐か何かそんなもので代用している。堂々たる名前に似ず、チョコチョコとした猫背の小男だった。

乃木も以前の部屋を追い出され、カストリ屋でやけ酒を飲んでいる時、同席の風見と知合い、そして誘われてここに住み込むようになったのだそうだ。僕よりも半月前の先住者だ。僕だの乃木だの、そんな困った連中に住いを提供して、風見という男はなかなか親切な男だな、と僕が言うと、乃木は眼尻をくしゃくしゃにして答えた。

「あ、ありゃあ君、本当は淋しがりやなんだよ。だから、友達が欲しいんだな」

この乃木の言葉は、全面的な真実を言い当てているとは思えないが、一面の真実はついていたようだ。今でも僕はそう思う。風見長六という男は、なかなか強靭なものを持つ半面、とても孤独には堪えられないような弱い半面も確かにあったのだ。

勤めを持っている関係上、三人の中では乃木が一番早起きだ。彼は朝早々に起き、国民服のズボンによれよれのゲートルを巻き、ちょこちょこ出かけて行き、夕方暗くなってちょこちょこと戻ってくる。夜になると、乃木は自分の机の前に坐り、原稿用紙をひろげ何か書いたり、腕組みして黙然と考えこんだりしている。乃木は探偵小説家志望なのだ。学生時代からの志望らしく、それに関する知識も豊富だし、また腕にも自信がある様子でもあった。戦争が済んだからには、きっと探偵小説が隆盛になるに違いない。そういうのが乃木の確信ある予想で、その潮にうまく乗ってやろうというのが、彼の今の現実の念願だった。しばしば口に出してそう言ったのだから、間違いはなかろう。

ところが、こういう乃木の行動を非難して止めさせようとするのが、風見長六だった。わざわざ親切にも部屋を提供して、しかもその日常に干渉するなんて、ちょっとおかしな話だが、事実なんだから仕方がない。風見の言い分は、そんな愚にもつかない小説書きなんか止めて、八八《はちはち》かオイチョカブでもやろうというのだ。折角昼間汗水たらして働いたのだから、せめて夜ぐらいは花札で遊ぼう。これが風見の主張だ。乃木も部屋を借りてる関係上、そうそう断り切れない。三度に一度はつき合う。ところが風見という男は、おそろしく勝負が強く、僕らはいつもコテンコテンにやられ、相当額の金をまき上げられるのだ。乃木が口惜しがって、いつか僕に言ったことがある。

「風見の奴、バクチのカモにするために、俺たちをここに引入れたんじゃないのかな」

しかし僕には風見の気持は、やや判るような気もする。小説みたいなへなへなしたものを軽蔑するのも、バクチや遊びが大好きなのも、強引にまた柔軟に、自分のやりたい事をやり通そうというのも、つまり風見長六は軍隊生活の意識や様式を、そっくり今の生活で押し通そうとしているのだ。風見の言によれば、彼は復員までに十年近くの軍隊生活を過したということだから、他の生き方はとても身につかないのだろう。しかしこれは僕の想像だから、当っているかどうか。

風見には定職はなかった。それでも毎日働いてはいるのだ。カツギ屋をやったり、マーケットに出入りしてブローカーみたいなことをやったり、いろんな仕事をしているようだった。身体が強いから、どんな力仕事でもやれる。それが風見の取り柄だったが、頭の動きがあまり敏捷でないと見え、大きく儲けることはないようだった。埼玉から米をかついで来て、途中で警官にそっくり没収され、頭をかかえてぼやいていたこともある。

「ええ。三斗だぜ。それをまるまる没収だなんて、むちゃなことをしやがる」

ぼやいていても、彼はまた翌日いそいそと、どこかに働きに出かけてゆく。家にじっとしていることが出来ないらしい。余暇というものを彼は知らないのだ。

この奇妙なギャレージ家に、そんな風にして三人は生活していたわけだ。僕と乃木とはおおむね外食だが、風見だけは自炊の生活だ。土間のコンロや電熱器で、風見は飯をたいたり芋をふかしたり、料理をつくったりする。図体に似ず、そんな点は割にこまめだった。時には僕らにも御馳走してくれることもあったが、それもごくまれで、僕らが腹を減らしていても、大体彼は無関心な風だった。自分の分だけつくって、さっさと食べてしまう。時にはふくらんだ腹を撫でさすりながら、さあオイチョカブをやろうと言い出したりする。時には彼は、僕らの外食の量の貧しさを知っていて、それを憫笑《びんしょう》したりするのだ。

「よくあんなもんで身体がつづくな」

住居を提供した好意と、食物に関するこんな言動は、彼の心の中ではどう組合っていたのだろう。僕は今思うのだが、彼の胸の中では、たとえば気紛れと功利とが、善意と冷淡とが、衝動と計画とが、雑然と入り交り、不自然なく組合わさっていたに違いない。しかしどうもそこらのところはハッキリしないのだ。僕らに部屋を貸していても、彼は別段それを恩に着せる風でもなかった。もしこの僕が彼の立場だったら、どうしても恩に着せる態度が出てくるだろうと思うのだが。

三人で生活している間も、風見は仕事の帰りなどに、板や木片を拾ってきて、ギャレージを補修する。ちょいとした下駄箱をつくったり、また雨漏りでもあるとまっさきに屋根へ登るのは風見なのだ。僕ら二人はほとんど何もしない。風見のやることを眺めているだけだ。しかし風見は、そういう僕らに不満そうでもなく、むしろその仕事を楽しんでいるようだった。そのための大工道具一式を、ちゃんと彼は用意しととのえていたのだ。

僕がこの家に入ってからも、住居としての整備は日ましに進行した。ギャレージくささがなくなって、だんだん小住宅らしくなってくる。そして風見はこの建物の周囲に、器用に垣根までもこさえ上げたのだ。そういうことがあの老差配を刺戟し、慾を出させたのだろうと思う。

この焼跡の管理を任されているという老人を、僕らはムササビというあだ名で呼んでいた。この老人はいつも、変な仕立ての厚司《あつし》を着ている。手首のところは細く、腕の付根のところは極端に寛《ゆるや》かな、そんな風な仕立て方だ。現今ならドルマンスタイルとか何とか言うのだろうが、あの頃はそんな言葉も知らないので、ムササビという名をつけた。ムササビという獣は、樹から樹へ飛び移る必要上、脇の下の皮膚が羽根のように寛かに拡がっている。老人のがそれにそっくりというわけだ。

この老人は、たかがギャレージだと思って月二百円で貸す気になったのだろうが、風見の営々の辛苦によってどうやら家らしくなったし、インフレの関係もあって、二百円という金はしだいに価値が下落してゆく。その頃の住宅難は言語に絶したものだし、権利金もどんどん上っていたから、ムササビがこれに眼をつけたのは無理ないのだ。僕が入居する前から、老人は風見に文句を言いに来てたらしいが、僕が入ってから、その回数がますます頻繁になってきた。ムササビは僕と最初に顔を合わせた時、その時は僕一人が部屋にいたのだが、

「あれ、また一人ふやしやがったな」

と小声で叫んだものだ。立退き要求に対抗するために、風見が同居人をまたふやしたと、老人は解したらしいのだ。僕は先程、僕を同居させたのは風見の気紛れだろうと書いたが、あるいは老人の解釈の方が当っているのかも知れない。少くともそういう気持が少しはあったのだろうと思う。と言うのは、風見はこの老人をとても苦手にしていたからだ。

このムササビの性格は、見るからにねちねちしていて、一旦食いついたら決して離さないという風な趣きがある。そして世間智に長《た》けている。そういうところを風見は苦手とするのらしいが、その他にも苦手とする確たる理由があった。それはしごく単純なことだが、このムササビが退役の陸軍中佐だということなのだ。ムササビの立退き要求に対し、風見は強く反撥出来ない。柔軟にして消極的な抵抗を試みるだけだ。それを訝《いぶか》しく思って、ある日僕が訊ねたら、風見がそう答えたのだ。

「だってあいつは中佐殿だからな」

「中佐殿だって何だって、今はもう軍隊はないんだし、おそれることはないじゃないか」

「俺もそう思うんだけどな。あいつは俺の元の部隊長にそっくりなのさ。背丈から顔の形までよ。だから俺はつい弱気になってしまうんだ」

何時もに似合わず弱ったような声だった。僕は風見の軍隊履歴をよく知らない。だから彼がそんな弱気になる理由が判らなかった。今でも判らない。なんか特別の事情でもあったのかと思う。

ムササビの方は、元中佐の称号が風見を押しているとは、全然気付いていなかったと思う。しかし多年のカンから、押しに押しまくれば立退くだろうという予想と確信を持っていたらしい。疎開先の当主が戻って来るからとか、垣根をめぐらせたのは約束違反だとか、窓を無断であけたのは建物毀傷《きしょう》であるとか、いろいろ理屈をこじつけて、風見に立退きを迫ってくる。風見は決して弁は立つ方じゃないので、議論となると必ず言い負かされてしまうのだ。そして僕が入居した頃から、家賃を持って行っても、ムササビはそれを拒絶するようになってしまった。家賃なんか受取れないと言うのだそうだ。(だから僕も結局部屋代は払わずに済んだ)そしてもっぱら風見をいじめにかかる。ムササビは最初から僕だの乃木だのを問題にしていなかった。風見攻略の一点張りだ。風見を追い出せば、あとの二人は自然に出て行くと考えたのか。あるいは僕や乃木の世間智を見抜いて、その点一番弱そうな風見にねらいをかけたのか。風見という男は、実行力や才覚は充分にあるらしく見えるが、それも軍隊流のそれだから、婆婆《しゃば》では案外に脆《もろ》いのだ。闇米を没収されたり、ブローカーに籠抜けされたり、そんなことが三、四度つづいて、風見の気持はすこしずつ沈滞してゆくようだった。僕が入居して二ヵ月近く経った頃のことだ。ムササビは相変らず、二日に一度ぐらいはやってきて、ねちねちと長談判をしてゆく。

「元中佐殿があんなことをやるんだからなあ」

ある日風見がくさったように言った。もうその頃は、ムササビは神経戦術を開始していて、ギャレージは貸したけれどもギャレージの扉は貸さなかったという妙な論理で、皆が留守中に人夫を使って、大きな扉を外して持って行ってしまったのだ。とたんに屋内は風の吹きっさらしとなり、冬の最中のことだから、寒くて寒くて仕方がない。着ている布団がゴワゴワに凍る始末だ。取敢ず入口には荒むしろをのれんみたいにぶら下げたが、寒気は容赦なく忍び入ってくる。これには僕らも弱った。余儀なく近所から木片を集めてきて、夜ともなれば土間で焚火をやり、寒さをしのぐ。なにしろ屋内の焚火だから危くもあるし、人目にもつく。そりゃ人目にはつくだろう。ギャレージ改装の小屋に、男ばかり三人が居住して、山賊みたいに焚火などをしているのだから。近所の連中が怪しむのも当然の話だ。

そうこうしている中《うち》に、この界隈にしきりに空巣ねらいが出没するという事件が起った。あちらの家では服と外套を、こちらの家では釜や鍋をという具合で、一寸した隙に物や金が盗まれる。よほど練達な奴だと見え、全然手がかりも残さない。隣組（配給の関係上その頃まだ存続していた）常会でも問題になったが、犯人はつかまらない。やがてその嫌疑が、どうも僕らにかかっているらしいということが、うすうすと判って来た。ある夜、変な男が突然僕らの小屋に訪問して来たのだ。それは背は低いが、顔の四角な、がっしりした男だった。

なんでもそいつは一寸通りすがりと言った恰好で、むしろを分けて屋内をのぞいたのだ。そして低い声で言った。

「えへへ。ちょっと焚火にあたらせてくれませんかね。めっぽう寒くて、しんまで凍りそうだよ」

のそのそと入って来て、火に手をかざした。焚火と言っても、石油の空罐に木片を入れて燃すという簡単な仕組みだ。それでも結構あたたまる。あたたまると人間は口数が多くなるものだが、その上僕らはすこしアルコールが入っていた。近所の朝鮮人から仕入れた濁酒《どぶろく》を、三人でちびちび酌み交わしていたのだ。風見はその男にもコップをすすめた。そして四人は車座になり、火にあたりながら、いろいろととりとめもない世間話を始めていたのだ。変な訪問者を別に怪しむ気持もなかったと思う。

そのうちに話が近所を荒す怪盗のことになった。自然と話がそこに行ったのだ。その一両日前、僕らの小屋から道を隔てた斜め向いの家が、そいつに見舞われて、配給酒一升持ち逃げされたという。他のものは盗まず、酒だけ持って逃げたのは味がある、というようなことから、乃木が探偵小説家志望のところから推理を働かせたりして、どうも犯人はこの町内の者だろうということに意見が一致した。変な男も、いろいろ口をさしはさんで、その会話を助長させるような気配を示す。丁度その夜淡雪が降っていて、地下足袋の跡が残っていた。そんなことを男が口に出した時、僕はそろそろこの男は変だなと思い始めた。通りすがりの男にしては、その泥棒に関する知識があり過ぎる。

「その地下足袋は、十一文半だったね。相当はき古したやつだ」

「よく知ってるな、君は」

風見も妙だと思ったらしく、そう聞きとがめた。

「どうしてそんな事まで知ってるんだい？」

「えへへ。ちょっと調べてみたもんでね」

「刑事みたいだな、まるで」

男は顎をふきながら、またえへへとわらった。その言葉を肯定するような仕草だった。

僕が口を出した。

「何かい。するとあんたは、刑事かい？」

「そうだよ」

男は落着いた声で、火にかざした両掌をごしごしとこすり合わせた。

「今日あたり、また出やしないかと思ってね、張込んでるんだ」

それで三人しゅんと黙ってしまった。こちらは何も悪いことをしている訳じゃないが、同座の一人がはっきり刑事だと判ると、ふしぎに何も言い出せなくなるものだ。顔見合わせて、気まずく黙っている。その中に風見がすこし怒ったような声を出した。

「張込むったって、こんなところで火にあたってたんじゃ、仕様ないじゃないか。その間に泥棒は仕事してるかも知れない」

「それも道理だな」

男は腰を上げ、いやな笑い方をしながら、そこらをじろりと見廻した。

「いや、いろいろ御馳走さまでした。また時々寄せて貰いますよ」

そしてのそのそと表の暗闇に消えて行った。しばらくして乃木が声をひそめて言った。

「あいつ、僕たちの足もとばかり見てたぜ。さては僕たちに嫌疑をかけてるんだな」

「どうもそうらしいな」

と僕も相槌を打った。

「時々やって来られちゃ、かなわんな」

風見は黙っていた。不快そうな顔色だった。まあこの三人の中で、乃木は正業についているし、僕は居食《いぐ》いだし、カッギ屋などやっている関係上、風見が一番刑事には面白くないにきまっている。それからそこらを片づけて、それぞれの寝床に入ろうとする時、風見が思い詰めたような声を出した。

「おい。あの泥棒を、俺たちの手でつかまえてやろうじゃないか。そうでもしなきゃ、気がおさまらない」

「そりゃいいね」

と僕も賛意を表した。

「乃木も探偵趣味があるし、風見は力が強いし、その気になりゃつかまえられるかも知れないな」

ところがその翌日の夕方、一町ばかり離れた医者の家で、干してあった衣類がごっそり盗られる事件が起った。そしてその夜、昨日の刑事がふらりと小屋に入って来た。れいの如く焚火の最中にだ。

「えへへ、昨晩は失礼」

そんなことを言いながら、もう火に手をかざしている。

「今日もまた出たんでね。張込みさ。刑事稼業もつらいよ」

追い出すわけにも行かず、僕らは黙っていた。すると刑事が突然こんなことを言い出したのだ。

「この焚火のことだがねえ、危いから取締ってくれという投書が、署宛てに来てるんだがね。寒いことは寒いだろうが、止めてくれんかね」

「そうですか」

と僕が答えた。

「じゃ少しつつしむことにしよう。でも、その投書は、それだけですか？」

「いや、えへへ」

れいのいやな笑い方をした。

「まあその他、いろいろ書いてあったよ。米のヤミやってるとか何とかまでもね。もっとも経済違反は俺のかかりじゃないがね」

「その投書、見せて貰えんかね」

「そりゃ駄目だ。原則として秘密になっとるんでね」

投書の主はムササビじゃないかと思ったが、僕は黙っていた。刑事は二十分ほど火に当りながら、むだ話などして、戻って行った。帰りきわに、又寄せて貰いますよ、と捨ぜりふを残して。

「バカにしてやがる！」

その間一言も口を利かなかった風見が、はき出すように言った。

「俺たちを泥棒だと思ってやがるんだ。ふざけやがって」

「そう怒るなよ」

と乃木がなだめた。

「人をうたぐるなんて、そんなに日本人同士信用し合えねえのか。何という情けない世の中だ。あいつ、三人のうちで、この俺を特別疑ってるに違いない」

眉の根をびくびくさせて怒っている。なだめるのに骨が折れた。やけになって怒ってるような具合だった。

それから二、三日経ってだ。気持の打開をはかるためだったのだろう、風見は北海道まで鮭の買出しに行くと言い出した。仲間に誘われたんだと言う。いくらヤミの世の中とは言え、北海道まで鮭買いはすこし空想的だと思ったが、別段とめる筋合いもないので黙っていた。近距離の米かつぎでさえしばしば没収されるようなヘマなところがあるのに、そんな遠走りはすこし無茶だ。

そして風見は五日間留守をした。

その間に、刑事が一度、ムササビが二度、訪れてきた。近所ではまたこそ泥が一件あった。将棋六段の留守宅に忍び入って、将棋盤と駒を盗んで逃げたという。畳の上に大きな泥の足跡があったそうだ。刑事が訪ねて来たのもその夜のことで、風見の不在を告げると、うたぐるような莫迦《ばか》にしたような笑い声をたてた。焚火はもう中止していたので、手をあぶるわけにも行かず、刑事はすぐに帰って行った。

六日目に風見は手ぶらで戻って来た。顔がげっそりこけて、疲労し果てている。どうだったと聞くと、

「むちゃくちゃだよ。あんなひどい旅行、今までにやったことがない」

首尾よく鮭は東京に持ち帰り、もうさばいて来たのだと言う。相当な金にはなったらしいが、往復の旅費と体力の消耗を計算に入れると、それほど有利な買出しとは言えなかったようだ。それでもその夜は、風見が金を出して濁酒を二升買い、三人でささやかな酒盛りをした。風見は疲労のせいか、眼をきらきらさせ、身体だけ酔っても気持は酔わない風で、うわずったような声で北海道の話などをした。将棋六段の盗難事件を話すと、ひきつれたような笑い声を発して、

「これであのデカにも判っただろ。俺にゃアリバイがあるんだからな」

この武骨な元下士官が、なぜアリバイなどとしゃれた言葉を知っているのか、それは乃木が教えたのだ。僕らは笑った。ついでに刑事の無能さを嘲笑し、こそ泥の敏速さを称讃

さえもした。はたから見ている分には、これは結構面白い出来事だったからだ。

ところが、結構面白いと義理にも言えない大事件が、それから、三日目に発生した。僕らの留守中、小屋に怪盗が侵入して、目ぼしいものをごっそりやられてしまったのだ。


その時、風見は買出しに、乃木は区役所に、この僕はと言えば、新聞で社員を募集していた某出版社に出かけて、三人とも留守だったのだ。僕は朝十時に出かけて、夕方四時に戻って来たのだから、その間に侵入されたわけになる。近所の人の話によると、十七、八の若者がリヤカーを引いてきて、小屋を出入りして荷物を運び出し、リヤカーに満載して立ち去ったと言う。何故とがめなかったかと言うと、真昼間のことだし、その若者の半纏《はんてん》にナントカ運送店と書いてあったから、てっきり引越しだと思って眺めていたんだそうだ。

僕はケチで物惜しみのたちだから、すっかり仰天し、動転し、惑乱した。着ているものだけはたすかったが、あとは布団だけ残して、衣類も行李《こうり》ぐるみ、持って行かれてしまった。僕の次に仰天したのは乃木明治で、これもすっかり打ちしおれてしまったが、どういうつもりか盗賊は書籍類は残して行ったので、その点蔵書家の彼は救いを見出したようだった。蔵書と言っても、探偵小説やその文献が主で、古ぼけたものばかりだったから、盗賊はガラクタと勘違いしたのだろう。

「飛んでもないことになったなあ」

がらんとした土間で、もうヤケになって再び盛大に焚火をやりながら、二人でぼやいている時、風見が空のリュックをぶら下げ、むしろを分けて入って来た。屋内を見廻して、ぎょっと表情を変えた。額の静脈がモリモリと盛り上った。

「ム、ムササビの仕業か？」

これが風見の芝居だったとすれば、僕は今でも彼の演技に感嘆する。しかし、芝居だったかそうでなかったかは、僕は今でも判らないのだ。

「ムササビじゃない。泥棒だよ」

「泥棒？」

僕は事のあらましを説明した。風見はがっくりと腰をおろして、黙って僕の説明を聞いていた。ほとんど無表情な顔だった。話し終ると、火をかこんで僕らはしばらく顔を見合わせていた。

やがて風見は、考え深そうに眼をしばしばさせ、焔の高さをはかるようにした。そして言った。

「もすこし火を弱めろや。これじゃ天井が焦げてしまう」

僕が見た感じでは、風見はこの事件に、それほど打撃を受けていないようだった。もっとも三人のうちで、風見が一番持物は少かったし、盗まれて惜しいものは持っていなかったのだ。ムササビの仕業じゃないと判って、むしろ彼は拍子ぬけがした風だった。それから彼は立ち上った。

「一応警察に届けた方がいいだろうな」

あんな時代のことだから、届けても品物が戻る筈もなかったが、一応そうすることにした。すると例の刑事が翌朝やって来た。

「とうとうお宅もやられましたな」

すこし態度も丁重になったようだし、また責任も少々感じているらしかった。なるべく僕らと視線を合わせないようにして、いろいろ事情を聞いたり、屋内を調べたりして、こそこそと戻って行った。終始僕らがつめたい視線で刑事を眺めていたのは言うまでもない。刑事が帰って行くと、風見は不機嫌な動作で、リュックを手にぶら下げ、土間に降りた。

「俺は出かけるよ」

出かける時いつもこんなあいさつなので、また買出しに出かけるのだろうと思った。ところがその夜も、翌日の夜も、風見は小屋に戻って来なかった。そして三日目に、僕と乃木宛てにハガキが来た。

『新しい住居が見つかったから、そちらに引越すことにした。君たちにも気の毒したな』

文面はそれだけだ。消印は下谷になっている。

刑事が再び訪ねて来た時、そのハガキを見せたら、じだんだを踏むようにして口惜しがった。

「犯人はあいつだったんだ。もすこし様子見て、現行を押えようとして、逃げられた」

刑事の説明では、僕らの盗難も風見の仕業で、運送屋をよそおった若者は、彼の共犯だという。ハガキの『気の毒したな』というのは、そんな目に合わせて気の毒だったという仁義だという説明だ。そんなことはあるまいと僕が言うと、刑事はいろいろな傍証をあげて、風見を犯人と断定した。その傍証のかずかずはもう忘れてしまったが、聞いているうちに段々に半信半疑の状態に追い込まれたのは事実だ。しかしもし彼が犯人とすれば、風見のその心理については、僕は今でも納得が行かない。もう一息で判りそうな気もするが、かんじんなところで漠とぼけてしまう。

風見がいなくなったものだから、僕と乃木はたちまち支えを失って、それから十日目頃に、ムササビによってもろくも小屋を追い出されてしまった。追い出されたら追い出されたで、また直ぐ次の住居が見つかるから、世の中ってふしぎなものだ。

それ以来、乃木とも、もちろん風見とも、一度も顔を合わせない。もう七年も経つから、風見と会って当時の真相でも聞きたいと思うが、連絡がないからそれも果たせない。乃木については、それ以後探偵雑誌など気をつけて見ているが、まだ彼の名前には接しないようだ。同居人が泥棒かどうかも見抜けないような男だったから、探偵小説を書いても、あまりパッとした出来ばえではないのだろう。しかしその点では僕も同じだから、あまり乃木の悪口も言えないようだ。

師匠

　僕はその頃ずっと、師匠から眼にかけられている、師匠から可愛がられていると自任していました。事実師匠は、死ぬまでの数年間、僕を一度も叱らなかったし、やさしい言葉ばかりかけてくれた。酒の相手をおおせつかることも、月に何度もありました。若造の僕が、酔ってぐずぐずくだを巻いても、にこにこしながら眺めているのが常でした。酔っぱらって動けなくなると、師匠自らが寝床をとって、画室のすみに寝せてくれたことだってありました。

「あんた、ずいぶん先生の気に入られてるわね」

内弟子兼家政婦の内海卓江が、いつもそう言ってたくらいです。

　師匠は日本画家でした。画家と言うより、画師と言った方がいいかも知れない。あまり有名でなく、むしろ無名に近いのですが、画風は古風ながら、ちょっと特異なところがあって、それが一部の人々の好尚に合って、描いた画は確実に売れていたようです。つまり田舎廻りや、売込みをしないでも、悠然と食って行けたんですな。昆虫や魚を描くのが、師匠の得意でした。僕ですか？　僕も子供の頃から、画を描くのは大好きだった。算術や読方の点は悪かったけど、図画はいつも甲でした。長い白鬚を生やした図画の先生が、

「菊島、お前は画描きになるといいのう」

と、しばしば頭を撫でてくれたほどです。でも、学課の方がダメだから、正規の学校には入れる筈もなかったけれど。

だから師匠のところに弟子入りしたのかって？　そう話の先廻りをしないで下さい。そうかんたんなものじゃありません。図画が甲だからと言って、直ちに画をこころざすほどのうぬぼれは、僕にはありません。

戦争がやって来た。それからやっと終戦です。僕は一兵士として大陸にいました。復員して来たのは、昭和二十一年の暮です。家も家族も全部なくなっていました。もちろん悲しかったが、いたずらに悲嘆にばかりくれてはいられない。我が身が生きて行くことを、先ずはからねばならぬ。実際あの頃はひどかったですねえ。手を束ねてぼんやりしていたら、たちまち餓死してしまうんですからね。

さいわい僕には、かなり頑強な体力がありました。あまりすばしこい才覚はなかったけれど、体力さえあれば、自分だけが生きて行くには充分です。僕はカツギ屋になりました。僕みたいな男にとっては、カツギ屋が一番てっとり早かったですな。僕は近県や遠い県へ

行き、米や芋や肉を、満員の汽車で運び、都内で売りさばいた。北海道まで鮭を買いに行ったこともあります。つかまって品物を没収されることも時々あったが、運が悪かったとあきらめるだけで、別にしょげたりはしなかったですな。若さ、と言うものは強いものですねえ。むしろ平和な時代よりも、あの乱世の方が僕は生甲斐がありました。

師匠とは、師匠の家にお米を売りに行ったと言う偶然の関係で、知り合ったのです。師匠の家は、世田谷にありました。世田谷の住宅街の、ちょっと見には小さな玄関で、ひっそりとした家ですが、くぐり戸をくぐって庭に廻ると、意外に奥深い構えで、庭には木や草がうっそうと生えていました。最初の日、玄関や台所口に廻らず、僕はいきなりくぐり戸を押して、庭に廻ったのです。それが僕のやり方でした。師匠は画用紙を手に持ち、筆で草花の写生をしていました。

「こんにちは」

僕は師匠の後姿に声をかけました。

「お米は要りませんかあ」

師匠は筆を止めて振り返った。齢はもう六十近く、半白の頭で、痩せ型の老人でした。もっともあの頃肥ってたら、おかしなようなもんですがね。僕を見たその眼が、先ず印象的でした。奥深く青みがかったような眼で、視線はやわらかいのですが、どこを見ているのかよく判らない。僕を見ているんだが、僕をガラスのように見通して、僕の背後のものを眺めている、言って見ればそんな眼つきなんです。

「お米か」

師匠はそうひとこと言ったきり、黙って僕の方に視線を向けています。僕は師匠の方に歩み寄りました。

「お爺さん。何を描いているんですか？」

「花だよ」

僕は画用紙をのぞき込みました。

「お爺さんは画描きさんですか？」

師匠は黙ってうなずいた。そして腰を上げて縁側まで歩きました。

「お米は上等か？」

「ええ。上等ですよ」

「いくらだね？」

僕は値段を言いました。師匠はリュックから一握りの米を出させ、眼を近づけて調べていましたが、やがて抑揚のない声で言いました。

「よし。買ってやろう。どの位持っている？」

威張るわけじゃないけれど、僕はカツギ屋としては良心的でした。よき品質をえらび、そして値段を安くする。一時の暴利をむさぼるより、確実な品を安く売って、おとくいさまを確保する。それが当時の僕の方針でした。結局その方が危険でなく、得ですからねえ。リュックに入れた二斗ばかりの米を、僕は師匠に買って貰いました。金を払うと、師匠はまたすたすたと庭に降り、黙々と花の写生を始めました。僕も画は好きだし、本職の画家の仕事ぶりを見るのはこれが初めてですから、しばらくその仕事を拝見させて貰い、

「またお願いします」

と頭を下げて、その日は戻った。

こうして僕はカツギ屋として、師匠の家に出入りするようになったのです。それは僕が画を好きだったせいだけでなく、師匠のあのやわらかいぼんやりした人柄も好きでしたし、何よりも師匠の買いっぷりが良かった。ケチな値切り方なんか、一度もしなかった。必要なものなら、黙って言い値で買ってくれました。師匠は酒が好きでしたので、日本酒やドブロク、それも筋の通った酒類を、僕はよく運びました。酒好きと言っても、アルコール分さえあれば、どんな怪しげなのにも手を出す、と言うような酒好きでは師匠はなかった。性格的に用心深かったし、また身体もあまり強い方ではなかったようです。酒飲みの常として、胃なんかが弱かった。

時には、夕方なんかに、僕が酒を持って行くと、

「おい。君も相伴《しょうばん》しろ」

と僕をむりに引っぱり上げて、飲ませてくれることもありました。飲むことは僕も好き

ですから、喜んで相伴させていただく。時にはわざわざ夕方をねらって、酒を届けたりしました。そして師匠から苦笑まじりに、

「飲みたいもんだから、時分時《じぶんどき》に持って来たな」

と言われたりしたこともありました。

画が好きだから、習いたい。弟子にしてくれ、と僕が切り出したのも、そんな具合で師匠と酒を飲んでいる時でした。

「なに。画を習いたい？」

師匠の眼はきらりと光ったようでした。

「酔っぱらって、思いつきを言うことは止せ」

「思いつきじゃないんですよ」

僕は懸命に自分の志を述べた。実際思いつきじゃなく、本気でそう思ってたんですからねえ。口角泡を飛ばして、僕が力説したものですから、ついに師匠もかぶとを脱いだ形で、

「やりたけりゃ、やって見るんだな」

そう言ってくれた。弟子にしてやるとは言ってくれなかったが、僕はもう弟子になれたつもりで、うれしかったですな。

弟子と言っても、内弟子じゃない。それに僕はカツギ屋と言う職業を持っているのですから、その暇を見つけて師匠宅に通い、まき割りだの風呂たきなどの雑用をする。あるい

はちょいとした使いなんかもやる。もちろんカツギ屋としても出入りする。カツギ家兼弟子ですな。そして師匠は、月々きまった額ではないが、時々小遣いをくれました。そんな臨時収入があれば、それだけカツギの回数を少くして、その分だけ師匠宅に通うことが出来る。

弟子と言っても、師匠から手を取って教えて貰えるわけじゃない。絵具をとく手伝いなんかをしながら、師匠の仕事ぶりを見せて貰えるだけです。でも、それだけでも、僕にはありがたかった。

師匠には家族と言うものがありませんでした。奥さんは戦争中に病死、奥さんとの間には子供がなかった。先ほど申した内海卓江という女が、内弟子兼家政婦みたいな形で、師匠の身の廻りの世話をしていました。卓江は僕より一つ上で、色の白い、ちょいと尼さんを思わせるような女でした。尼さんを思わせるって、どんな女かって？　それは説明しにくいですねえ。どこかに淋しい翳《かげ》のあるような、そんなんです。師匠と肉体的関係があったかって？　そんなことはないでしょう。師匠の身体も枯淡《こたん》の域に入っていたようだし、卓江もそれほど色気のある女じゃなかった。なんでも師匠の遠縁に当る家の娘で、十四、五の頃両親がなくなり、孤児になったのを師匠が引取ってやったんだそうです。淋しそうな翳も、そんなところから来ているのかも知れない。

卓江は別に画を習うつもりで引取られたんじゃないから、内弟子とは言っても、あまり画は上手じゃなかったようです。

師匠は親類づき合いも全然なく、交友関係もほとんどないようでした。僕なんかから見ると、あんな生活でよく淋しくないなあと思うんですが、当人としては、画さえ描いてりゃ満足だったんでしょう。それとも師匠は生来のニヒリストだったのかも知れません。師匠が死ぬ一週間ほど前も、僕は酔っぱらって、師匠に食ってかかった。

「人間だって虫だって、生きているのは、ちゃんと意味があるんですよ。戦争に行って来たんだから、僕ははっきりそう言えますよ」

師匠はその夜めずらしく反撥した。師匠の言い分は、人間だって植物だって、皆意味ありげに生きているが、実は無意味なんだ。人間は理性で動くと言うが、実際にあらわれる行動は、いつもナンセンスの形をとる。戦争がその一等いい例だ。ばかばかしいもんだ、と言うのが師匠の主張でした。そう言う主張を、僕は黙って聞いているわけには行かない。師匠は立派な人物だが、考え方は全然立派でない、間違っていると、酔いにまかせて僕は激論したのです。最後には師匠は、議論に疲れてしまったのか、しょんぼりしたような表情になって、

「君は若いからねえ」

「若いとか歳をとったとかに、これは関係ありませんよ」

「そうか。そうか」

師匠はれいの眼付きに戻って、じっと僕の顔を見ました。

「若いというものは、いいもんだよ。大切にしなきゃならないよ。でも君は、近頃酒を飲むと、だんだん理屈っぽくなって来るようだな」

「理屈を言っちゃあいけないんですか」

「悪いとは言ってないよ」

師匠はにやりと笑いました。

「さあ。これで酒はおつもりにして、飯にしよう」


死ぬ半年ほど前から、師匠の酒量はめっきり減ったようでした。飲んでもすぐ酔っぱらったり、時にはもどしたり。酒量とは、身体の張りや衰えに、ある程度比例するようですな。


長いこと故郷に戻ってないから、一度帰りたいと師匠が言い出した。歳をとったからそんな気持になったんだな、と僕はその時そう思った。旅行したいと言い出すなんて、師匠を知ってから初めてのことだったのです。師匠は僕に言った。

「僕の故郷には、変った種類の蝶がいるから、そいつを採集して来たい」

それで採集保存用に青酸カリが少し欲しいから、どこかで都合してくれとのことなので、僕は二つ返事で引受けた。薬局をやっている友人がいたので、それから分けて貰って、師匠に渡しました。

明日旅立つという前の晩、僕は呼ばれて師匠の家に行きました。旅立ち前の宴というわけです。出たのはビールと、ピーナツだけでした。旅行に要るこまごましたものを、卓江が買いに出かけたから、ろくな肴も出来なくて、と言うのが師匠の弁でした。ビールを二、三本あけた頃、師匠が淡々とした表情で、君は結婚する気はないか、と僕に聞きました。僕が答えを渋っていると、

「うちの卓江をどう思うかね?」

と切込んで来た。僕は卓江とは親しく口をきき合ってはいたが、そんな対象としては一度も考えたことはなかった。歳だって向うが一つ上なんですからねえ。唐突にそんなことを言い出されたって、返答に困る。その由を師匠に言うと、師匠は奇妙な笑いを頬にうかべて、

「では、僕が旅行に出てる間にでも、よく考えとくんだな」

もの憂い調子でそう言った。そして、明朝汽車の時間が早いからと、僕はいとまごいをすることにしました。玄関まで師匠は立って見送ってくれました。画以外なことではたいへん物臭な師匠にしては、めずらしいことでした。この玄関の師匠の姿が、僕が見た最後の師匠の姿です。師匠は故郷へ旅立つかわりに、その夜、死の世界に旅立った。

翌日、僕は寝込みをおそわれて、警察に連行されたのです。寝耳に水と言おうか、僕には師匠殺しの嫌疑がかけられていた。

夏のことで、留置場はひどくむしむしと暑かった。毎日留置場から引っぱり出されて、きびしい取調べを受ける。身に覚えがないと、いくら主張しても、釈放してくれない。暑くて暑くて、頭がぼんやりしている。夜もよく眠れない。悪夢のような毎日でした。本当のことを言っても、聞き入れてくれない。つらかったですねえ。戦争なんかより、もっともっと苦しかった。夜は夜で、うつらうつらとしながら、僕は師匠のことを怨んだ。

先ず青酸カリのことですねえ。あれはたしかに僕が薬局の友人に分けて貰った。それは僕も認め、取調官も認めたが、それを蝶の採集用として師匠に手渡したことは、どうしても認めてくれない。渡したと言う証拠も証人もないではないかと言うのです。師匠の死は、青酸カリによるものでした。青酸カリが混入されたビールを、一息にあおったらしい。そのビール瓶には、僕の指紋がついていると言うのです。それはついている筈です。その夜僕は師匠とビールを汲みかわしたのですから。

「お前は何か師匠にうらみを持ち、ビールに薬を混ぜて、毒殺したのではないか」

いくら否認しても、向うではそう決めてかかっているのです。お前が殺したのでなければば、誰が師匠を殺したのかと、たたみかけて来る。誰が殺したか、僕が知る筈はない。卓江も取調べを受けたらしいけれど、彼女にはアリバイがあったらしいのです。僕にはなかった。しかも卓江が、死の一週間前、僕と師匠が何か言い合いをしていた。と陳述したらしくて、僕の立場はますます不利となりました。

「あの女内弟子が、お前と師匠が何か大声で言い合っているのが、台所まで聞えたと言っているが、どういう言い合いをしたのか?」

人生観について、意見を異にして、それでちょっとした激論になったのだと、いくら説明しても取上げてくれないのです。口惜しかったですねえ。我が身の潔白を立証する証拠が何もない。

向うは僕を犯人とする決定的な証拠がありました。それを何だと思いますか。それは師匠の日記でした。死の一箇月ぐらい前から、日記に僕の名が点々と浮んで来る。

「菊島ハ予ヲ憎ンデイルラシイ」

「今日モ菊島ハヤッテ来タ。予ヲ怨ンデモ仕方ガナイデハナイカ、ト言ッテヤッタガ、彼ハ黙ッテ予ヲニランデイタ」

「菊島ニ小遣イヲ与エル。当然ノ如キ表情デ彼ハ受取ル」

「予ハ彼カラ近イウチニ殺サレルカモ知レヌ」

初め僕は、取調官が僕にワナをかけているんだと思った。ところがそれが事実だと判った時の僕の衝動を御想像下さい。怨むも何も、そんなことは全然なかったんですからねえ。一体どういうわけで、そんな架空のことを、師匠は日記に書きつけたのか。

「早く白状したらどうだ。ほんとにお前もバカだな」

取調官は僕の顔を見てせせら笑った。

「お前の師匠はだな、解剖の結果判ったんだが、お前が殺さなくても、病気であと三箇月の命だったんだぞ」

その瞬間、僕は椅子を蹴立てて、すっくと立ち上ったんだそうです（衝撃が大き過ぎて、僕はその時の僕の行動の記憶はない）。眼を血走らせ、殺気を面上にみなぎらせて、取調官につかみかかろうとしたんだそうです。そして次の瞬間、僕の身体は大勢の手で取押えられた。

その時の僕の表情や動作で、ますます僕が真犯人であることを、取調官は確信したに違いありません。

しかし、僕が動転して立ち上り、つかみかかろうとした相手は、取調官ではなかったのです。それは死んだ師匠に対して、またのっぴきならぬ窮地におち入った自分自身に対してだったでしょう。

その夜、留置場に戻されて、僕はもう気が狂いそうで、壁に爪を立ててガリガリとかきむしったりしました。それも当然でしょう。師匠は自殺したのだ。あと三箇月の命だと言うことを、自分ではっきり知って、自殺した。自殺しただけならいいけれども、僕に青酸カリを都合させ、故意か偶然か僕と激論をし、卓江を使いに出し、僕だけを呼んでビールを飲んだ。薬入りのビールをあおったのは、僕が帰った直後に違いない。これはおそるべき謀略だ。以上のことだけでも、僕が疑われるのに、架空のことを日記に記入して、僕をその犯人に仕立てようとした。いや、もうすでに仕立てられている。条件がそろい過ぎていて、もうどうにもならない。あれは自殺だと僕が言っても、自殺するものがどうして旅行の計画を立てるかと、一笑されるにきまっている。……

その夜、僕は一睡も出来ませんでした。と言っても、この巧妙に仕組まれたワナを、どうやって外そうかと、考えをめぐらしていたわけではない。ただ茫然と、うつらうつらと、悪夢のような暑さの底で、じっとしていただけです。僕はもう思考力を失っていた。ひょっとすると、師匠を殺したのが僕だと言うのは、本当のことかも知れない。ただ僕がそれを忘れているに過ぎないんだ、という風な幻覚にもおそわれながら。

ところがその翌日、事件はかんたんに解決しました。師匠の遺書が発見されたのです。『予ノ死後十日目ニ開封ノコト』とある遺書が、某弁護士宅に預けられてあって、それを弁護士が十日目に開封したと言うわけです。それによって、師匠の自殺は確認され、僕は釈放された。日記に架空のことを記入したことも、その遺書の中に書いてあったそうです。

釈放されたその日から、頑丈を誇った僕がどっと床につき、一箇月ほども寝込んだことからしても、どんなにショックが烈しかったか判るでしょう。

それから三年経った今でも、僕はよく考えるのですが、一体師匠はどういう気持で、あんなことをやったのでしょう。

思いつきのいたずらか。いやいや、思いつきの筈はない。一箇月にわたって、毎日架空の日記を書いたくらいだから、綿密に考え込まれた計画的なものだ。

師匠は僕を憎んでいたのか。師匠から憎まれる心当りは、僕には全然ありません。最初に申し上げた通り、僕は師匠から可愛がられていると信じ込んでいたし、内海卓江もそう言っていた。憎いなら、僕を破門すれば足りるのではないでしょうか。

それとも人間のあり方、人間のやることなんかナンセンスだと、僕に思い知らせたかったのか。でも、あんな手の込んだことを計画する情熱が、物臭な師匠のどこにあったのか？

僕は今でも、ワナにかかって呻吟している夢を、時々見ます。うなりながら眼をさますと、冷汗を全身にびっしょりとかいています。おそらく生きている限り、僕は同じような夢を、月に一度ぐらいは見て、うなされつづけて行くことでしょう。

その舌間善七という男に、どういうきっかけで興味を持つようになったか、もう僕はよく覚えていません。

舌間という男は課も別だし、歳も僕と十五、六ぐらいは違っている。五十前後、初老という年頃でしょう。

よその課のことですからよく知らないが、金の出し入れ、授受、そんな風の割に重要な仕事をやっているらしい。学歴はないらしいが、下からコツコツたたき上げたので信用もあったのでしょう。「長」という職名こそつかないが、なにしろ職歴が古いので、かなり良い給料を取っていたとのことです。

頭髪も半白《はんぱく》で、身体も小柄で、無口で風采が上らない。どこの会社にもそういう男がよくいるでしょう。さしてガリガリと能率を上げるではなく、と言って怠けるのでもなく、平凡にして実直なタイプの勤め人。遅刻や欠席もせず、毎日々々定刻にきちんと出勤して、定刻になるときちんと帰って行く。何がたのしみで生きているのか判らない、という感じを与える人物が世間によくいますねえ。舌間はそういう種類の人間のひとりでした。

割に高給を取っているという話なのに、舌間の服装や身の廻りのもの、それはとても質素で実用的なものばかりでした。たとえば洋服にしても、背広は一切着用しない。戦前は背広を着用していたそうですが、戦後は詰襟服の一点張り。詰襟だと、ワイシャツやネクタイが不必要になる。それが詰襟愛用の第一の理由だったのでしょうが、もう一つ他に大きな理由があったのだと僕はにらんでいます。

その理由というのは、舌間という男は目立つことが嫌いだったのです。出来るだけ目立つまい目立つまいと、彼は常に動作や服装を控え目にしていたらしい形跡がある。詰襟服着用もそのひとつだったらしいのですが、周囲は皆背広服なのに、その中にポツンと詰襟では、対比の関係で逆に目立つことになってしまうのです。小柄な舌間が詰襟服を着て、廊下をチョコチョコと歩いているさまは、ちょっと田舎の小学校の小使いさんを思わせました。

実際にある外来者が舌間を小使いと間違えて、何か用事を言いつけたというひとつ話さえ残っています。

しかし小使いと間違えられても、舌間は決して怒ったり恥かしがったりはしなかったそうです。むしろそれを喜んでいるかのように、皆の笑声に和して、自分のおでこをポンと叩いてにやにやと笑ったそうです。

人に目立つまいと控え目な半面、舌間にはそういうひょうきんなところもありました。タイコモチみたいにひょうきんにふるまって、自分の本体から眼を外《そ》らせようとする。それはつまり目立つまいとの努力と同質のものでしょう。動物にもよくいますねえ。たとえばアナグマとかカタツムリとか。自分を出来るだけかくすようにして、消極的に根強く生き伸びようとする。

そんな生き方の秘密は何だろう。秘密とは大げさな言葉ですが、僕がこの舌間に関心を持ち始めた最初のものは、おそらくそんなものだったのだろうと思います。つまりアナグマとかカタツムリとかを見ると、つい僕らは棒をつきつけたり箸でつついたりして、からかいたくなるでしょう。それに似た気持ではなかったかと僕は思うのです。

正午になると、舌間はピタリと執務の手を止めて、ひとりでとことこと建物を出て行く。行く先はソバ屋にきまっていました。

舌間のソバの注文の仕方はちょっと変っていました。先ずモリをひとつ注文する。時間をかけてそれを食べ終る。それから周囲を見廻して、おどおど注文する。

「カケ。ソバのカケをひとつ下さらんか」

毎日、ハンコでも押したようにまずモリを食べ、次にカケを食べる。そして、五十円を払って、またとことこと建物に戻ってくるのです。

ある時ソバ屋で同席した折、僕は彼に話しかけて見ました。

「舌間さんはずいぶんソバが好きのようですな」

ほとんど口をきいたことのない僕から、そんな風に話しかけられて、舌間は少しどぎまぎしたようでした。

「お、おソバは栄養価が高いですからな」やがて舌間は口をもぐもぐさせて答えました。

「栄養を摂って長生きしないと。人間は生命《いのち》ほど大切なものはありませんからな」

「そうですねえ」と僕も賛意を表した。「でも舌間さんは、毎日々々、先ずモリを食べ、次にカケを召し上るようですが、あれはどういうわけなんですか」

舌間はぎょっとしたように、警戒的な視線を僕に向けました。そして何も返事をしなかった。怒っているのではなくて、気味悪く思ったらしいのです。僕はすこし意地悪く追い打ちをかけた。

「カケが先でモリがあとでは、何故いけないんですか?」

「そ、それはあんたと関係ないことです」

そして舌間は何か言おうとして、口をつぐみ、急いでソバカケの残りをかっこんで、そそくさとソバ屋を出て行きました。かかり合っていると大変だというような身振りでです。

話をぴしゃりと打切られた忌々しさもあったが、それよりも舌間のなにかおどおどした暗さのようなものが、その時の僕の印象に強く残ったですな。

そのあとで、舌間は僕の課の給仕に、僕という男はどんな人間かと、根ほり葉ほり訊ねたそうです。そのことを口止めされたにもかかわらず、給仕は僕に報告した。

「あの爺さんね、何かひどくびくびくしているようでしたよ。変ですねえ」

「そうかね。びくびくしていたか」

「びくびくしていましたよ。まるでかけ出しのスリみたいにね」

かけ出しのスリという言い方に僕は笑ったのですが、何故びくびくするのか当時の僕には判らなかった。

その次の日から、舌間はその行きつけのソバ屋通いを、ピタリと止めたようでした。昼過ぎにそこに行っても、舌間の姿は見当らない。

何だか僕のせいでそうなったのかと思って、ちょっと面白くなく、また放って置けないような気分でしたな。

そこでその一週間ばかり後、僕は好奇心を抑え難く、昼休みにそっと舌間のあとをつけて見た。舌間は僕に気付かず、真昼の雑踏の中を小使い然としてとことこ歩いて行く。そしてやっとたどり着いたのは、会社の建物から三町も離れた別の小さなソバ屋でした。そののれんをくぐって、舌間の姿は店内に消えました。

しばらくして、そっとのれんの隙間からのぞいて見ると、舌間は眼鏡を額にずり上げ、モリソバをつるつるとすすり込んでいました。壁の値段書きを見ると、やはりこの店もモリカケは二十五円です。

（ははあ、やはり俺のせいだったんだな）

と僕は思いました。他に店を変える理由が見当らなかったからです。

（しかし、何でそんなにびくびくする必要があるのだろう。何かうしろ暗いことでもあるのか？）


この舌間善七が同僚のいたずらで、眉毛を剃り落すという事件がおきたのも、その頃のことです。

その同僚というのは、角田というういたずら好きの三十男で、ビックリ箱でタイピストをびっくりさせたり、ニセ電話をかけてきりきり舞いをさせたり、そんなことばかりしているオッチョコチョイでした。

このオッチョコチョイが、ある日の昼休みに、電気カミソリを持ち込んできた。そして皆に見せびらかしているところに、舌間がソバ屋から戻ってきたんですな。

僕はそこに立ちあっていたわけではありませんが、見た人の話では、角田が舌間にこう話しかけたんだそうです。

「舌間さん。これ、何か知ってますかね」

「知、知りませんな」

すこし経って舌間はそう答えた。その瞬間に角田はあるいたずらを思いついたんですな。少々あくど過ぎるいたずらをです。

「これ、マッサージの器械なんですよ」と角田は猫撫で声を出しました。「これで顔をマッサージするといい気持ですよ。ちょっとやってごらんなさい」

角田はそれを無理矢理に舌間の手に持たせたのです。

「ね、この平面で、顔の皮膚を押し回すようにするんですよ。そう、そう、眼の上なんかをやると、そら、すっかり眼の疲れがとれるでしょうて」

角田の言う通り、舌間は素直に電気カミソリで眼の上をこすり回した。それで眉毛がジョキジョキとなくなってしまったのです。

「ああ、さっぱりしましたな」

舌間は角田にカミソリを戻しました。

すっかり眉毛のなくなった舌間の顔を見ると、角田もいたずらの度が過ぎたと感じたらしく、器械を黙ってしまい込み、こそこそとどこかに逃げて行ってしまった。見ていた同僚たちも、なんだか舌間が気の毒になり、注意するのも残酷なような気になって、座は白け、皆それぞれ自分の席に戻って行ってしまった。その白けた空気の中で、舌間は自分の卓に腰をおろし、ゆっくりと煙草を吸い始めたというんですが、僕はその話を聞きながらちょっと変に思った。

なぜかと言うと、僕の観察では、舌間はたしかに電気カミソリを持っている筈だったからです。

僕の従弟に電気器具商をやっているのがいて、それから教えられたのですが、ふつうのカミソリで剃ったのと、電気カミソリで剃ったのは、たしかに剃りあとが違う。見れば判るのです。だから僕は通勤電車の中などで、退屈まぎれに、（ははあ、これはふつうのカミソリだな）とか（これは電気カミソリだが和製を使ってるな）などと、乗客の顔の剃りあとを眺めて識別したりする。その識別方法によると、舌間が日常使用しているのはたしかに電気カミソリであり、具合よく剃れているところから見て、オランダ製か何かの上等品だと鑑定していたからです。

そこで僕は、その話をしてくれた男に訊ねて見た。

「これ何か知ってるかと聞かれた時、舌間さんはどんな顔をしてたかね」

「そうだねえ」とその男は考え考えして答えました。

「何だか困ったような、哀しそうな顔をしていたよ。もっともあの人は、何時もそんな顔をしているがね」

僕も考え込んだ。たしかに舌間の顔の剃りあとは電気カミソリのそれだが、それなのに何故電気カミソリを知らぬふりをしたのだろう。知らぬふりをしたのみならず、自らの手で自らの眉を剃り落してしまった。そういうギセイを払ってまで、知らぬふりをする必要があったのか。それとも、俺の識別方法は誤っていたのか。

その翌日廊下で舌間とすれ違ったら、たしかに彼の眉毛はなくなって、間の抜けたような顔になっていました。彼は人々の視線を避けるようにして、廊下の端をちょこちょこと歩いて行った。

電気カミソリみたいな身分不相応（?）のものを所持していること、そういう私生活を他人にのぞかれたくなかったんだな。ふと僕はそういうことを考えました。よし、向うがそんな気なら、もっと追いつめてやるぞ。何も関係もないのに、僕はそんな気分になっていたのです。へんな心理ですねえ。ヤドカリとかカタツムリをいじめる子供のような心理になって、僕はその次の日の昼休み、舌間のあとをつけて、あの小さなソバ屋ののれんをくぐりました。

僕の顔を見て舌間はびくりとしたらしいのです。モリをはさむ箸の動きが、ちょっとの間とまった。

僕は知らぬふりをして、その隣の卓に腰をおろしました。そしてソバのカケを注文しました。

やがて舌間はカケを食べ終え、あたりを見回しながら声を出した。

「カケ。カケを一杯下さらんか」

「ああ、こちらにもソバカケひとつ！」

間髪を入れず僕も調理場の方に向って指を一本立てました。

カケは二つ一緒に運ばれてきました。

僕らは黙々とそれを平らげ、一言も口をきき合わずに、別々に店を出た。

翌日も僕は舌間のあとを追ってその店に行きました。その日も黙って、モリとカケを食べて戻ってきました。舌間がそれをどう感じているか判らないけれど、僕としては何となくうずうずするような気分でした。その気分だけで食っているようなもんですな。僕はそれほどのソバ好きじゃないんだから。

そして四日目になった。とうとうたまりかねたように、舌間の方から僕に声をかけてきました。

「よく顔が合いますな」舌間はむりに笑い顔をつくって言いました。「あなたもよほどソバ好きのようですな」

「ソバは栄養がありますからねえ」僕はおもむろに答えました。「栄養を摂って、生命を大切にしなけりゃあね」

このせりふは先日の舌間の口真似です。そうと向うも思ったらしく、ちょっと不興げに彼は視線をそらしました。そこで僕はもう一歩踏み込んだ。

「眉毛を剃られたんだそうですね。角田のやつ、ほんとにタチの悪いいたずらをする」

舌間は黙って眉のあたりを撫でていました。

「でも、あなたもちょっとおかしいじゃないですか。自宅に電気カミソリをお持ちだと言うのに」

舌間はぎょっとして、箸を土間に取り落しました。

「うちに、電気カミソリ」声が慄えたようです。「誰がそんなことを言った！」

「ちゃんと知ってますよ」僕は残忍な気分になってにやにやと笑いました。「ちゃんと聞いたんだから」

「誰が言ったんだ」そして舌間は気分をとり直したらしい。「いや、誰も言うわけがない。わたしは電気カミソリなんか持たんのじゃから」

「お持ちですよ」僕は確信を持って言いました。「何なら賭けをしてもいいですよ」

舌間は顔をあおくして黙り込み、箸立てから新しい箸を出して割ろうとしたが、そのまま立ち上ってすっと店を出て行きました。丼にソバを半分ぐらい残したまま。

（ははあ、やはり持ってたな）僕は心の中で凱歌をあげながら、残りをつるつるとかっ込んだ。（持ってるなら、何故持ってると素直に言わないんだ。あのカタツムリ野郎！）

それから舌間は、あの小さなソバ屋にもピタリと足を止めて行かなくなった。そして思いなしか態度もすこしイライラし始めたようです。

四、五日経ちました。僕はどうしても何だか放って置けないような気分になって、また昼休みに舌間のあとをつけ、会社から五町も離れた中華飯店で、中華ソバを食べている現場を突きとめました。もちろん僕はその店につかつかと歩み入り、舌間と同じものを注文しました。わざと大声で、当てつけがましくです。舌間は箸を止めて、僕をぐっとにらみつけました。箸を持ったまま立ち上って、僕の卓にやってきた。

「何故あんたは――」舌間は額を汗びっしょりにしていました。熱い中華ソバのせいだったのでしょう。

「わたしをそんなにつけ廻すんだ」

僕は黙っていました。

「何故つきまとうんだ?」舌間は沈痛な声で繰り返しました。「教えてくれ。何故そんなことをするのか」

「あなたのことを、もっと知りたいためですよ」

「何のために知りたいんだ」舌間は箸を僕の卓に叩きつけました。「卑しい真似はよしてくれ。このゴマノハエ!」

「卑しいことじゃないでしょう」胸の中の小悪魔が踊り出すのを感じながら、僕はそう言い返しました。

「僕の行動について、あなたの干渉は受けません」

舌間の顔は怒りに燃え上り、まっかになりました。この前のソバ屋と同じく、彼はそのままくるりと背を向けて、とっとと店を出て行きました。

運ばれてきた中華ソバを食べながら、やがて僕にもやや反省の気分が来た。俺は一体何のためにこんなことをやっているのか。縁もゆかりもない五十男にかかわり合って、何の得があるのか。

しかし一方では、僕の中の小悪魔が僕にささやきかける。実際あの男の生態には興味があるじゃないか。興味津々というやつじゃないか。も少しかまったり、つきまとったりすると、なおのこと面白いぞ、人間研究の絶好の機会じゃないか。

僕は社に戻りました。そして人事課に行って、舌間善七の身上を調べて見ました。住居とか家族構成ですな。彼の家族は、妻と中学校に通っている一人息子だけです。どんな暮しをしているのか、一度調査に行ってもいいな、などと考えて僕は人事課を出た。

その僕が人事課で調べたということを、舌間は間もなく知ったらしいのです。人事課員が舌間にそれを洩らしたのでしょう。舌間の僕に対する態度、「対する」と言っても僕は彼と直接仕事のつながりはなく、せいぜい廊下ですれ違ったり屋上で顔を合わせる程度ですが、その彼の態度がいちじるしく挑戦的になり、また神経質になってきた。彼は僕に対してはなはだしい不快感を持っていると同時に、必要以上におどおどしている。恐怖みたいなものすら感じているらしいことを、僕は直感で見抜いていました。

(何か怪しいことがあるんだ)と僕は考えました。

(何かひけ目があいつにはあるんだ!)

その奇怪な情熱が、彼に手紙を書くことを僕にそそのかしたのです。謎めいた手紙を書くことで、その怪しいものを引き出してやろう。そういう僕の魂胆でした。第一の手紙の文面は次の如くです。

『雷帝到着ス。日ハ天ニアリ。イロハニホ。タダ一点ヲ選ベ』

意味も何もありません。実はこのやり方を、僕はある翻訳小説から学んだのです。その小説では、弱味を持つ相手を惑乱させる目的をもって、そういうデタラメの電報を打つことになっていました。電報では局員が変に思うだろうと思って、手紙にしたのです。この手紙を書くに当っても、僕は用意周到、指紋を残さぬように手袋をつけ、四Bの鉛筆を使用して左手で書いた。いたずらとしても度が過ぎていることは万々承知だったし、もし舌間が警察に連絡することも考慮に入れたわけです。

その反応は定かでなかった。

三日後に僕は第二の手紙を書いた。

『雷帝出発ス。月ハ天ニアリ。イロハニホ。日曜日午後六時、紫ノ花を持チテ、新橋駅ニ来タレ』

日曜日の午後六時頃、僕は新橋駅近くのレストランの二階で、学校時代の友人と二人でビールを飲んでいました。そこは窓ぎわの場所で、窓から駅前一面が見渡せる卓なのでした。言うまでもなくその友人は、ビールをおごるからと僕が誘ったのです。

ビールを飲みながら、しかし会話は一向にはずまなかった。黄昏の駅前広場を見おろしながら、僕はぼんやりとした、疲労を感じていました。

「どうしたんだい」と友人が僕に言いました。「何だか元気がないじゃないか」

「うん。何となく憂鬱なんだよ」と僕は答えました。

「疲れているのかな。ひどく気分がだるいのだ」

それはその時の僕の実際の気持でした。本来ならば、あんな手紙を出して、舌間が来るかどうかワクワクした気分になるはずなのに、僕は言いようもない重い気だるさを感じていたのです。

歪んだ好奇心、まっとうでない関心、それらがそそのかすまま行動してきた果てが、こんな重苦しい気分になったのです。

(何が雷帝出発だ!)にがにがしい気持で僕はビールを咽喉に流し込んだ。(もうあの舌間をかまうのは止そう。ぜんぜん時間の浪費だ!)

その時です。窓から見おろせる新橋駅前に、見覚えのある詰襟姿の舌間善七が、ちょこちょこと姿を現わしたのは。

（ははあ。やって来たな）

僕はひとごとのように考えた。予期していたような新鮮な喜びはなかった。もう黄昏のことではあるし、かなり距離もあるから、舌間が紫色の花を持っているかどうか、よく判らなかった。ただ特色ある詰襟姿で、二、三度伸び上るようにしてあちこちを見廻していたが、何を思ったのか直ぐに壁際にしゃがみ込んで、頭を垂れてしまった。奇怪な手紙に呼び出されては見たものの、どうしていいのか判らなかったのでしょう。人々はそれに無関心に、せかせかと駅に入ったり出て来たりしている。ひっそりとうずくまった舌間の姿は、まるで木の枝のわかれ目にとまっているカタツムリを連想させました。

僕は何か言いようのない嫌悪を感じた。そのカタツムリ然とした舌間に対してか、それともそれをレストランの二階から眺めている自分自身に対してか、よく判らなかったけれども。「おい。どうしたんだ」

僕が黙って眼を据えているので、友人が不審気に話しかけました。

「顔色がすこし悪いぜ。風邪でもひいたんじゃないか」

「いや、何でもないんだ」僕は友人に視線を戻した。

「何でもないよ。今日は久しぶりだから、大いに飲もうよ。これから銀座にでも出て見るか」

それから僕らはレストランを出、銀座に行って痛飲した。ぐでんぐでんになるまで酔っぱらって、友人に抱きかかえられるようにして、深夜に家に戻ったのです。

舌間善七がいつまであそこにうずくまっていたか、だから僕は知らないのです。

おこりでも落ちたように、僕の舌間熱はその日で醒めてしまったけれども、事態は着々として舌間の側において進行しつつあったのです。その心理の進行状態は、もちろん僕は何も知らなかった。

一週間後に、いきなり破局がやって来たのです。

その日、僕は何か肩が重苦しく、体操でもやって気分を紛らわそうと、ひとり屋上に登って行ったのです。午後の三時頃で、空にはどんよりと雲が拡がっていました。登って見ると、体操なんかする気持もなくなって、コンクリートの手すりのそばに行き、ぼんやりと下を見おろした。建物は三階建てですから、大した高さではありません。けれども道路を歩く人々の姿は、人間みたいではなく、何か虫じみて見えるのです。屋上から下を見おろすのは、妙に絶望感みたいなものを感じさせるものですねえ。

ふと背後にひたひたと足音がした。僕はふり返った。

舌間善七がそこに立っていました。へんに力の無い歩き方だったけれども、眼は僕を見据えるように光っていました。舌間は僕の前に来てピタリと立ち止った。

「何か知ったかね？」

舌間は抑揚のない声でそう言いました。

「え、何かって？」

と僕は反問した。

「わたしのことだよ」舌間はのろのろした口調で言いました。何だか舌がもつれているような具合でした。

「わたしのことを、もっと知りたいと言ったではないか」

僕は黙って舌間の顔をまじまじと眺めていました。のろのろした口振りの中に、何か緊迫したものが感じられて、それが僕の口をつぐませたのです。

「あんたが屋上にいるのが判ったから、わたしも登ってきた」舌間はゆっくりと両手を伸ばし僕の肩に手をかけた。「一体何を知った？」

「何も知らないですよ」

「じゃ知らしてやる」舌間はにやりと笑いました。

「今ここで、知らしてやる！」

そう言ったかと思うと、舌間は矢庭に両手に力をこめて、僕の肩を押した。それはおそろしい瞬間でした。小柄な身体の割にはその力は烈しくて、僕の上半身はコンクリートの手すりにねじ伏せられた。

(突き落すつもりだな!)全身の毛穴がひらいて、汗が一斉にふき出てきた。僕はもう自分がどんな動き方をしたか、ほとんど記憶にありません。僕は全力をつくして反抗しながらも考えた。(殺される。殺される!)

格闘は長い時間ではなかったと思う。なにしろ僕の方が身体は大きいし、力もあるので、すぐに僕は押しつけられた手すりから逃れ出た。舌間の顔はめらめらと殺意に燃え、まっさおになっていました。格闘の際にボタンが弾け飛んだらしく、詰襟の前がはだけ、白いシャツがそこからのぞいていました。僕は烈しい呼吸の下から言った。

「あんたは俺を殺す気か」

舌間はも一度僕に飛びかかろうとしたが、僕がすぐに身構えたので、あきらめたようでした。そしてにやりと笑って、つかつかと手すりのそばに歩み寄った。血を凍らせるようなそれはすごい笑いでした。そして手すりから半身を乗り出して、下を見おろしながら、大声で叫んだ。

「たすけてくれ。たすけてくれえ!」

その叫び声と共に、彼の身体はぐらりと手すりを越え、そのまま頭を下にして、道路に落ちて行きました。

あとで僕が警察に引っぱられて調べられたことは言うまでもありません。たすけてくれという絶叫は道路の人々も聞いたわけだし、それと同時に舌間の身体が落ちたのだから、僕がやったと疑われるのも当然です。

しかし幸いにも、偶然に別のビルの屋上から、僕の行動の一切を眺めていた人がいて、その証言で僕はやっとたすかった。

それに舌間のことをいろいろ調べて見ると、その職務を利用して、この二年間に百万円ばかりの会社の金を横領していたことが判って、それが舌間の自殺の原因だと断定されたのです。

しかもその百万円の金を、舌間は自分の家に入れていない。彼の家の生活は、彼の日常と同じく極めて質素で、一体その巨額の金はどうしたのか、どう費消したのか、全然判らなかったという話です。

舌間と僕とのかかわり合いは、こういう形で終ったけれども、言いようもなく後味が悪かった。第一僕は彼にかかわり合いながら、何ひとつとして知ることが出来なかった。僕のことを一体彼がどう考えていたかも。

僕は今でも、夢の中であの「たすけてくれ！」と言う絶叫を聞き、汗まみれになってうなされることがある。おそらく死ぬまで僕はうなされつづけて行くことでしょう。

II

春日尾行

夕方のことです。

二、三日来うらうらと暖かく、おだやかないい天気がつづいていました。僕は所在なく縁側にあぐらをかき、庭樹を眺めたり空ゆく雲を見上げたり、こんな夕方にはビールが好適だなどと考えてみたり、うつらうつらとしているうち、ふっと人の気配がしたので、見ると長者門の下にぼんやり立っているのは、矢木君なのでした。矢木君というのは、僕の友人で、歳は僕よりも一廻り少い。職業は画家ということになっていますが、あまり画が売れてる話も聞かないし、まあ画家の卵といったところでしょう。

矢木君は僕の方を見て、眼をしばしばさせ、照れたようなまぶしいような、妙な笑い方をしました。そしてしずかに口を開きました。

「今日は」

「おはいりよ」

と僕は答えました。

矢木君は縁側に近づいて来ました。見ると彼は右手に重そうに、ビールを半ダースほどぶら下げているではありませんか。今しがたビールのことを考えていたばかりなので、僕はもう頬がむずむずと弛《ゆる》んで、にこにこ笑いがこみ上げてくるのをどうしても止めることが出来ませんでした。矢木君はビールをどさりと縁側に置き、自分も腰をおろしながら、庭をぐるりと見廻しました。

「はあ。ここの桜も満開ですな」

「こんな暖かさだから、どこの桜だって満開だよ」

「はあ。そんなものでしたな」

矢木君はそんな間抜けな返事をしながら、急に声を低めてひとり言のように呟きました。

「やはり、棒引きということにしとこうかな。いや、それでは少し――」

「何の話だね？」

と僕は聞きとがめました。矢木君という男は、日頃からどこかトンチンカンなところがあって、話の通じないことがよくあるのです。矢木君はエヘヘと笑いながら、まぶしそうに僕の方に向き直りました。

「実はね、あなたにね、六千八百円ばかり貸してあるでしょう。その金のことですけどね――」

「僕に貸してある?」

僕はびっくりして、さえぎりました。

「僕は君から金を借りた覚えはないよ」

「覚えがなくったって、あなたは僕に借りているのです。そいつを棒引きに——」

「棒引きにもポン引きにも――」

と僕は呆れて、嘆息しました。

「君は時々トンチンカンになるようだね。なにか夢でも見たんじゃないのかい。季節の変り目だから、用心してしっかりすることだね」

「夢じゃないですよ。うつつのことですよ」

矢木君はすこしも騒がず、たしなめるような口調になりました。

「自分では気がつかないでも、先様の方でそんな具合になってる。よくあり勝ちなことです。今からビールでも飲みながら、説明して上げたいと思うんですが、都合はいかがですか?」

「ビールは結構なことだが、一体――」

「はあ。話の最初は、腕時計からです」

「腕時計?」

「そうです。腕時計です」

そう言いながら矢木君は靴を脱いで、ごそごそと縁側に這い上って来ました。

以下、ビールを酌み交しながら、矢木君がめんめんと物語った、昨日一日の彼の行動です。だから、以下の文章で、僕というのは、もちろん矢木君のことです。

『はあ、その腕時計というのはね、四、五日前、酔っぱらった僕の友人が、僕の部屋に置き忘れて行ったものなんですよ。まだ真新しくって、何でも一万五千円出して買ったんだそうです。なかなか感じのいい、しゃれた型の時計でした。

で、友達が取戻しに来ないもんだから、この四、五日、僕が重宝して使ってたわけなんですが、さて昨日の朝のことです。昨日は日曜でしたね。朝遅く起きて、井戸端で歯をていねいにみがき、さて顔を洗おうと、掌にこてこてと石鹼を塗りつけた時、ふと気が付くと、手首にその腕時計をつけたままじゃありませんか。僕はあわてて、革をつまみ上げるようにして、それを外した。外したまではハッキリ覚えてるけど、それをどこに置いたか、それが全然ハッキリしないんですよ。きれいさっぱりと記憶から拭い取られているんです。

なぜこんな妙な記憶脱落があったかと言うと、それが全部じゃないでしょうが、ちょっとした理由があったのです。と言うのは、つまり、井戸端にいたのは、僕一人じゃない。顔を洗っている僕のすぐそばに、駒井美代子嬢がつつましくしゃがんで、じゃぶじゃぶと洗濯をしていたんです。

駒井嬢というのは、僕と同じ家に間借りしている、二十前後の女性です。もちろんまだ独身で、どこか会社にタイピストとして勤めてる。ちょっと可愛い顔をしてるし、身体つきもなかなか良い。いつかモデルになってくれと頼んで、断られたこともあるんですけどね。なかなか気性の烈しいところもある娘《こ》なんです。その娘が、日曜だものだから、シャンソンか何か口吟《ずさ》みながら、洗濯してたというわけです。

で、しゃがんでいる関係上、僕の位置から、その可愛い素足の膝頭が、スカートの間からちちらちらとのぞけて見える。え？　膝頭だけじゃなかろうって？　ええ、ええ、そんなものが、とにかくちらちらと見える。画描きだって、そんなことはありますよ。つい頭がくらくらして、とたんに記憶が脱落したんでしょうな。僕は邪念を追っぱらうために、盛大な水音を立てて、ジャブジャブと顔を洗いましたよ。

さて僕が顔を洗ってる間に、駒井嬢はさっさと洗濯を済ませて、物干場の方に行ったらしいのです。タオルで顔を拭き上げると、彼女の姿はもうそこには見えなかった。やれやれと思いながら、さっきの腕時計はと探すと、そこらに見当らないじゃありませんか。ポンプの台の上にもないし、吊棚の上にも見当らない。僕はギョッとしましたよ。なにしろ一万五千円ですからな。急いで記憶を探り廻しても、どこに置いたか、ついハッキリしない。物干場の方からは、駒井嬢が口吟む〝巴里の屋根の下〟か何かが、ほがらかに聞えてくるんです。

「盗られたんじゃないかな」

　とっさにそう僕が思ったのも、無理な話じゃないでしょう。僅かの時間の間に、物体が消失する。物理的にも不可能な話ですからな。僕はいきなり嫌疑を駒井嬢にかけた。あんな虫も殺さぬ顔をして、あいつ存外のしたたか者に違いない。素足を見せびらかしたのも、色仕掛で僕の頭を痺《しび》れさせようという、そんな邪悪な魂胆だったかも知れないぞ。そんなことを頭で忙しく考えながら、僕は井戸端に棒立ちになっていました。五分間も立ちすくんでいたようですな。

　しかし、立ってただけじゃ、腕時計が出て来る筈もない。じゃ駒井嬢をつかまえて詰問するか。証拠がないんだから、そんなわけにも行かない。シラを切られりゃ、それっきりですからね。

　僕は憂鬱で腹の中が真黒になって、そこで二階の自分の部屋に、しおしおと戻って来たんです。折角のいい天気なのに、何と幸先が悪いことだろう。一万五千円もする時計を失くすなんて、何という阿呆なことか。僕はもうむしゃくしゃして、外出する気にもなれず、出窓に頬杖をついて、空を眺めたり地面を眺めたりしていたのです。そして三十分も経ったでしょうか』

『ふっと下を見おろすと、この下宿の玄関から、駒井嬢が出て行くところじゃありませんか。アッと僕は思って、急いで窓から離れ、机の上のスケッチブックを小脇にかかえて、大急ぎで階段をかけ降りたのです。その時の気持で言えば、どうしても放って置けないような気がしたんです。

「俺の時計を、どこか古物商にでも売りに行くんじゃないかな?」

そんな疑いが、ちらと頭に浮んだ。靴をつっかけて表に出ると、三十米ほど先を、駒井嬢がゆうゆうと歩いて行く。ひとつ尾行してやれ。パッとそれで心が決ってしまった。古物商あたりで、売買の現場を押えて、そして時計を取戻してやろう。そんな気持だったですな。そして僕は、何食わぬ顔をして、そっと彼女のあとをつけ始めたんです。

彼女は横丁を出て、駅の方に歩いて行きます。十米ばかり遅れて、僕がついて行く。他人を尾行するということは、へんな楽しさがありますな。やがて彼女は足を止めて、とあるミルクホールに入りました。僕はと言えば、やはり足を止めて、ちょっと考え込み、そして同じくミルクホールの扉を押しました。駒井嬢の視線が、チラと僕を突き刺したようですが、しかし僕は素知らぬ顔をして、別の卓に腰かけました。

駒井嬢が注文したのは、牛乳とトーストです。僕もお腹が空いていたので、同じものを注文しました。

食べ終ると、彼女は手提げから金を払って、外に出る。僕も同じく外に出る。十米の距離を保ってついて行く。彼女は妙な表情で、二度か三度か振り返って僕を見たですな。それから街角の本屋に飛び込んだ。すなわち僕も飛び込む。もう尾行すると言うより、多少は厭がらせの気分もあったようです。何しろ一万五千円ですからねえ。

彼女はちらちらと僕を横目で見ながら、それでも〝オール讀物〟か何かを一冊買ったようです。ぐいとそれを手提げに押し込むと、ぷんぷんしたような動作で表に出た。僕も急いで表に出たら、いきなり待伏せていたように彼女が詰めよって来ました。

「あんた、何であたしのあとをつけるのよ――」

「つけてやしないよ」

と僕は答えました。

「あんまりいい天気だから、散歩してるんだよ」

「散歩するんだったら、あたしの歩くところと、別のとこにしたらどう？」

「そりゃ僕の勝手だよ」

僕もつけつけと言ってやりました。

「僕が歩いて行こうとすると、前をウロチョロされて、こっちの方がよっぽど迷惑だよ」

駒井嬢の眉根がキリリと上りました。怒ったらしいんです。尾行されて、時計が売れないもんだから、怒ったんだな。僕はそう解釈して、追い討ちをかけるように言葉をつぎました。

「それとも、つけられて困るなんて、何か後暗いところでもあるのかい？」

「そら、やっぱりつけてるんじゃないの！」

と彼女はキンキン声を立てました。

「今朝の井戸端ででもさ、変な眼付であたしの脚を見詰めたりしてさ。あんた、少し変態じゃない――」

僕はたちまちどぎまぎしました。なにしろ真昼間の街なかでのキンキン声です。僕がたじろいだのを見ると、彼女は鼻をつんと反《そ》らして、勝ち誇ったようにくるりと向うをむき、トットッと歩き出しました。井戸端での俺の視線に気付かれていたとは不覚だったな。しかし次の瞬間、僕は直ちに狼狽から立直って、とたんに猛然たる敵意と闘志が湧き上ってきたですな。もうこうなれば、宇宙の果てまでも、どこどこまでもくっついて歩いてやる。僕もはずみをつけて、トットッと足を踏み出しました。

駅前まで来ると、彼女はキッと振り返った。僕ははっと電柱に身をかくしたから、気付かれなかったらしいです。それから彼女は、手提げを小脇にかかえて、傍にあるパチンコ屋にそそくさと入って行きました。電柱のかげから飛び出して、僕もパチンコ屋の前に行き、内の様子をそっとうかがいました。日曜のことですから、猛烈に混んでいましたな。僕も五十円出して玉を買い求め、人混みの中にまぎれこみました。こちらも玉を弾きながら、彼女を見張ろうという寸法です。彼女は一番奥の一台にとりついて、今やパシパシと弾いている。僕は表側の手洗い台の傍にやっと空き台を見付けて、おもむろに玉を入れ、パチンパチンと打ち始めました。彼女を見張るのが主ですから、自然と指にも熱がこもらない。邪魔になるスケッチブックを台の上に乗せ、彼女の動静と玉の動きを、かたみにうかがっていたんです。そして十分も経ったでしょうか』

『人混みを横柄にかき分けて、奥の方から出て来る男がいたんです。そいつは、丁度空いていた僕の傍の台に取りついて、いきなりピシンピシンと玉を打ち始めたんです。

その打ち方が、一風変っていたですな。玉を穴に入れる。ハンドルに全力をこめ、ヤッと懸声をかけて玉を弾き上げる。玉は大速力で、台の中を七、八回も回転し、それからカランコロンところがり落ちる。ふつうだと、玉をあまりぐるぐる回転させないように弾き上げるのですが、この男のはめちゃです。しかも、ヤッ、ホウ、と言ったような懸声が入るんです。とてもにぎやかなやり方でした。

そこで僕も興味をおこして、ちらちら横目でそいつを見たりした。それは縁の太い眼鏡をかけ、チョビ鬚を立てた、でっぷり肥った紳士です。四十五、六にもなりますかな。まあ重役風と言えば、そうも言えましょう。左掌には玉を四、五十、わし掴みに掴んで、懸命に玉弾きに没入している。

そんなやり方だから、ほとんど当り玉が出ない。やり方を教えてやろうかと思ったけれど、それも差出がましい気がして、横目で見ているだけ。時たま当り孔《あな》に入って、ジャラジャランと玉が流れ出ると、男は肥った躰を大きくゆすって、ホッホウホウと言うような奇声を出して喜ぶ。傍若無人とも言えるし、無邪気だとも思える。僕はついその男に気をとられて、注意をそこに向けてるうちに、ふと気がついて奥の方をうかがうと、駒井嬢の姿が見えないじゃありませんか。アリャアッと思って、あわててそこらを探して見たが、彼女の姿は全然見当らない。

僕は急いで表に飛び出した。あたりをきょろきょろ見廻した。見当らなかったですな。僕がちょっと隣りの男に気をとられてる隙に、彼女は出て行ったらしいんです。突然僕は腹が立って来ましたよ。全く地団太を踏みたくなった。

「畜生め」

と思わず僕は呟いた。そしてスケッチブックを取りにパチンコ屋に戻ると、丁度隣りの男は最後の玉を弾いて、それがムダ玉だったらしく、

「ほう。ほう」

と嘆声を洩らしながら、出て来るところです。てらてらした額に、汗の玉が五つ六つふき上っている。それを見たとたん、僕は急にこの男がすこし憎らしくなって来ましたね。

僕がスケッチブックをかかえ表に出ると、男は額の汗を拭きながら、駅舎の方に歩いてゆくところでした。僕はその後姿を見た。その瞬間、ある考えが僕の胸に浮び上って来た

んです。

「駒井嬢のかわりに、今日一日、この男のあとをつけ廻してやろうか！」

どうしてこんな奇妙な考えが浮んで来たのか、僕にもよく判らない。すこしはやけっぱちになってたんでしょうな。それとももう一つ、俺の邪魔をしたこの男が、今日一日どんな行動をとるか。そんな無償の好奇心みたいなものもあったようです。

そこで僕は、瞬間に心を定めて、スケッチブックを小脇にかかえ直した。こういうことは気合いのもんですな。男は切符を買っている。傍に寄ってうかがうと、新宿までの切符らしい。僕もつづいて新宿までの切符を買いました。時間はもう正午に近かったですな』

『日曜日だから、電車もめちゃくちゃに混んでいました。

この男は、でくでく肥ってるくせに、人混みをうまくかき分ける才能があるらしく、満員の車輛にするりと辷《すべ》り込んだ。同じ車輛に乗り込むのに、僕は一苦労しましたよ。それでも、エンジンドアにスケッチブックをはさまれたまま、どうにか発車した。

新宿の街がまた大にぎわいでした。うらうらといい天気だし、暖かいし、休日だしという訳で、有象無象どもが家をあけて、ぞろぞろと浮かれ出たんでしょうな。おかげで男のあとをつけるのは、大変でしたよ。刑事や探偵の苦労がしみじみと判りました。もっともこちらは、刑事みたいにホシを追ってるんじゃなく、意味なく人をつけてるんですけどね。

男はつけられているとは露知らず、すっすっと人混みを縫って歩く。こちらは無器用に人にぶっつかったりして、あとを追う。男は新宿の地理にくわしいらしく、ふっと横丁に曲り込んだ。あぶなく姿を見失うところでしたよ。

裏街にちょっとした喫茶店みたいなのがあった。扉に金文字で〝喫茶軽食ワクドウ〟と書いてある。ワクドウとはまた妙な名前ですな。僕の故郷の方言では、ワクドウとはひき蛙のことですが、あまり上品な名前じゃないですな。男はこのワクドウの前に立ち止り、ちょっと腕時計を見て、扉を押して内に入ったんです。そこで僕もあとにつづいて入った。

食事時だから、客も割に入っていました。隅の方の卓に、赤いトッパーコートを着た若い女が、ひとり掛けていた。男は、やっほう、というような声を立てて、その卓に近づいて行きました。女はじろりと男の顔を見ました。年は二十四、五見当の、ちょっと険はありますが、なかなかの美人です。男が卓につくと、女はすぐに口をききました。

「遅かったじゃないの」

「うん、ちょっと」

「あなた、いつも約束の時間に遅れるわね。この前だって、そうだったわよ」

「すまん、すまん。ついパチンコに熱が入り過ぎたもんだから――」

「パチンコだって。あたしとパチンコと、どっちが大切なのよ」

どうしてそんな会話が耳に入るかと言うと、運良く隣りの卓が空いていて、そこに掛けることが出来たからです。両方の卓の間には簡単な仕切りがあるのですが、声はほとんど筒抜けでした。僕は耳を立てて、その会話を聞きました。

「何にする？」

と男が聞きました。

「あたし、お腹が空いたわ。朝食を抜いたんですもの」

男は指を立てて給仕を呼び、カレーライスとコーヒーを二人前注文しました。僕も即座に指を立て、給仕に同じものを注文しました。さっきトーストを食べたばかりで、お腹は空いてなかったのですが、行きがかり上そういうことにしたのです。どうせ尾行するからには、相手と同じものを食べ、同じ行動をした方がいいと思ったんですな。そうした方が、相手の心理の意識が良く理解出来る。まあ言ってみれば、そんな魂胆です。ところが、同じものを注文したことが、男の注意をひいたらしく、彼はくるりと振り返って、仕切り越しに僕を見ました。そして女に向って、小さな声でささやきました。

「お隣りも、カレーとコーヒーだとよ」

やがて注文品がそれぞれ運ばれました。白飯にどろりと黄黒いカレーがかけてある。ワクドウという言葉を思い出して、とたんにちょっと食欲が減退したですな。しかしメニューを見ると、百円と書いてある。百円の品物を食わなきゃ勿体ないですからな。とにかく押し込むようにして食べましたよ。耳は相変らず隣席の方にそばだてながら。

隣りではぼそぼそと、映画を見る相談か何かをしています。男はチャンバラが見たいらしいが、女の方は洋画を主張する。しきりに押問答をしていたようですが、どういうはずみか男が、ストリップはどうだ、などと言い出して、女からぴしりと掌を叩かれた模様です。僕は思わずクスリと笑いました。

「だって、女の裸ってものは、あれでなかなか芸術的だよ。うん」

「莫迦《ばか》ね、あんたは。あんなもののどこが面白いの？」

かすかな笑い声と共に、急に声が低くなり、何かささやき合う様子でした。それから二人は、相談がまとまったらしく、立ち上って表へ出て行った。遅れてはならじと僕も支払いを済ませ、ワクドウを出ました。二十米ばかり先を、二人はよりそいながら、ぶらぶらと歩いている。

二人は洋品店に寄りました。僕は歩道の電柱によりかかって、しばらく待っていました。やがて二人は出て来た。女は明色の手袋をつけていました。約束の時間に遅れた罰か何かで、買わせられたんでしょうな。二人が動き出したので、僕もぶらぶらと行動を起しました。人混みは相変らずだけれど、今度は向うの速力が鈍いので、つけるのはそれほど困難じゃない。ことに女のトッパーコートは、赤くて目立つので、見失う心配がありません。それから二人は洋画専門のM座の前に足を止め、男が切符を買いました。離れたところから見ていると、二人はモギリ嬢に切符を渡し、どうやら二階に上って行く様子なんです。

二階は、れいのロマンスシートというやつです。これには困りましたな。ロマンスシートというやつは、二人で買うものに決っているし、僕は一人なんですからな。

よっぽどここで尾行を止して、下宿に戻ろうかと思ったんですけどね。もしここで尾行を止めたら、俺は朝から一体何したことになるんだと思いましてね、一人だったけれど、思い切ってロマンスシートの切符を買い求めました。

ええ、ええ、バカだってことは、その時も百も承知です。尾行したって、一文の得にならないことは、初めからハッキリしてるんですからね。でも人間には、気持の行きがかりってものが、確かにあるんですよ。そういうことで、人間は時々バカなことをやる。バカをやらない人間があったら、お目にかかりたいですねえ。人間のやることったら、総じてバカですよ。僕だって、そしてあなただって、同じことですよ』

『ロマンスシートの料金も、なかなか僕に辛かったが、皆が二人連れなのに、僕一人で腰かけているのも、相当に辛かったですねえ。

れいの二人は、中央から右寄りの席に、肩をすりよせて掛けていました。僕はその斜め後方の席に、ひとりぽつねんと腰をおろしました。

スクリーンの方はろくろく見ない。うっかり映画などにひき入れられると、さっきの駒井美代子嬢を取り逃したと同じようなことになる。そう思って、もっぱら二人の後姿ばかりに注意を払っていたのです。一体この二人はどういう関係にあるんだろう？

男の方はさっき話した通り、三等重役的タイプですが、トッパーコートの女と夫婦関係にあるとは、全然思えない。しかし、恋愛関係としては、男の方が野暮ったすぎる。妾関係でもないようだし、情婦みたいなもんかな、などと考えてもみたんですが、世間知らずの僕には、そこらがハッキリとは判らない。

すると暫くして、暗がりの中で二人の顔が相寄ったと思うと、いきなり接吻したらしいんです。図々しいもんですな、暗がりといえども、スクリーンの照り返しで、はっきりそれと判る。男の方が積極的で、女の方は厭がってるような風情でした。映画館の席で、背後から見られてるかも知れないのに、あのチョビ鬚にくすぐられるのは、あまりゾッとしないんでしょうな。しかし接吻したからには、この二人はある程度とある種類の色情関係にある、と考えて僕は思わず緊張しました。思えば僕も阿呆な役割でしたな。わざわざ高い金を払って、映画はろくに見ず、二人の接吻を看視してたんですからな。

どういうつもりか、その時僕はスケッチブックをがさごそと膝の上にひろげ、その接吻のシルエットを、簡単なスケッチとして描いたりしたのです。描いたって、どういうこともない。絵描きの本能みたいなものですかな。そのうちにお見せしますよ。

とにかく二人は、三十分ばかりの間に、四度接吻しました。それから僕は尿意を催してトイレットに行き、大急ぎで戻って来ると、丁度二人は扉から廊下に出て来るところでした。危なかったですな。映画がさほど面白くなくて、出るところだったらしいんです。もう一足おそかったら、取り逃すところだったかも知れません。

　男は眼鏡ごしに、じろりと僕の顔を見ました。そして妙な表情を浮べました。何か思い出そうとして思い出せないような、そんな奇妙な表情です。女の方はトットッと階段を降りて行く。僕も何気ないふりをよそおって、階段の方に歩いた。男はそこでグフンとせきばらいをして、急ぎ足に僕を追いこし、女と肩を並べました。階段を並んで降りながら、男は女に何かささやいている模様です。僕はわざとゆっくりした足どりで、そろそろと階段を降りました。

　映画館を出て、彼等がまっすぐに歩いて行ったのは、駅です。駅で男は切符を買い求めた。某私鉄の切符だということは判ったが、どこまで買ったのか、それはついに判らなかった。男が妙な顔をした以上、あまりあつかましく近々とくっついて歩くわけにも行かなかったんです。ええ、僕は生れつき、それほど心臓が強くないんですよ。

　僕は大急ぎでポケットを探った。もう余すところ、百円足らずしかない。ワクドウとM座の支払いで、とたんに嚢中《のうちゅう》が乏しくなって来たのです。二人の後姿は、すっすっと改札の方に遠ざかって行く。どこまで切符を買ったんだろう。どこかへしけこむつもりかな。そうだとすれば、相当遠距離かも知れないぞ。僕は惑乱しましたな。追うべきか諦めるべきか。次の瞬間、朝からの得体の知れない情熱の方が、ついに勝ちを占めました。是が非でもと、僕は歯をかみ鳴らすようにして、切符をせかせかと買い求めました。今日一日は、尾行の鬼となってやる！

買った切符は、最短距離のやつです。もちろん乗越して、乗越賃金を払う覚悟でした。二人の姿は、もう見えません。でも電車が判っているから安心です。と言っても、一足違いで発車されると一大事ですから、僕は駅の地下道を小走りに走りましたよ。

十三時五十分発各駅停車。その電車の最後尾の車輛に、二人は乗っていました。女は座席に腰をおろしていましたが、男の方は立って、吊革にぶら下っていました。僕は気付かれないように、車掌室の真鍮《しんちゅう》棒に背をもたせ、もっぱらプラットホームの方ばかりを見るようにしていました。はたから見れば、気軽に郊外スケッチに赴く若い画家、そんな風に見えたでしょうな。尾行者などとは誰も悟らない。間もなくベルがいっぱいに鳴り渡り、発車です。

ところが、駅を五つ六つ過ぎる頃から、男は僕の存在に気付いたらしいのです。ちらっちらっと僕の方を見るらしい。あるいは窓ガラスを鏡の代用にして、僕の動作を見張っている様子なのです。僕の方も、駅に停る度に、彼等が下車するかどうか確かめる必要があるので、どうしても視線がそちらに行く。それまで男と女は、何か話し合ったりしていたのに、僕に気付いてからは、男はすこしずつ無口になって来たようです。妙に怒ったような、不安なような、ふくれたような顔になって来ました。

女の傍の席が空いたので、男は腰をおろしました。僕に気付いているのは男の方だけで、女はまだのようでした。気付かれたらもう仕方がない。そう思って、僕はもう窓外を眺めるふりは止して、大っぴらに二人を眺めることに心を決めました。つまり、気持の上で居直ったんですな。居直りたくもなりますよ。朝から貴重な時間と貴重な金銭を費やして、ここまでやって来たんですからな。それともう一つ、朝から傍若無人にパチンコをやったり、きれいな女性とあいびきみたいなことをやったり、こちらは生活と芸術に苦労してるのに、愉しげに人生を享楽している。金も相当豊富に所持しているらしい。すなわち僕は、この男に、もはやかすかな嫉妬と憎悪を感じていたらしいんです。それは相手の女が、大変きれいな女だったせいもあったでしょうな。

　きれいな女だったですよ。あなたにも、一度お見せしたい位です。ちょっと険を含んだ、するどい顔付の女で、身体つきもなかなか良かった。駒井美代子の比ではありません。脚なんかカモシカみたいにすらりとしていましたね。頭には形良くベレー帽をかぶっている。

　男の方でも、駅に着くたびに、僕が降りないか降りないかと、考えてるらしいんですな、がたりと停車すると、じろりと僕をにらみつける。僕もじろりと向うを見る。僕はもちろん向うの氏素姓は知らないのですが、向うからすれば、この僕はなおのこと気味悪い存在に違いありません。絵描きみたいな風体のくせに、どこまでもついて来るんですからな。

　そして電車は、やっとＱという駅に停りました。女がすっと立ち上りました。男はじろりと僕を見てつづいて立ち上りました。扉が開く。二人は出る。別の出口から、僕も歩廊に降り立ちました。男はギョッとした風に、僕の方を見ました。

Q訳での下車客は、相当な数でした。Q遊園地が、ここにはあるんです。子供連れの客が多かったのも、そのせいでしょう。それらがどっと改札口へ押しかける。その混雑に紛れて、僕の靴をぐいと踏みつけた奴がいます。飛び上るほど痛かったですな。見ると僕の横にいるのは、れいの男なんです。混雑にまぎれて傍に忍び寄って、わざと僕の足を踏みつけたらしいんです。

「いてて！」

と僕は思わず悲鳴を上げました。男はにやりと快げに笑い、そのまま改札口を出て行った。この野郎、と思って僕もそのあとを追った。乗越賃金でちょっと暇どったけれども。

Q遊園地は、ここから一粁《キロ》ほど隔てた小高い丘の上にあるんです。駅前から遊園地まで、子供電車が出ている。子供電車と言ったって、トロッコに色を塗り、それにテント屋根をかぶせただけの、お粗末なしろものです。二人は年甲斐もなく、嘻々《きき》としてそれに乗込みました。僕ももちろん乗り込んだ。二人のすぐうしろの座席です。もうこうなれば意地でしたな』

『遊園地内も、桜が満開でしたよ。

このQ遊園地に僕は初めて来たんですが、なかなか繁昌してるんで、おどろきましたよ。うじゃうじゃの人の波です。設備も割にととのっていました。子供自動車やウォーターシュート。野球場や動物園。子供連れで遊びにゆくには、手頃のところですな。あんまり人が多いんで、砂ぼこりが立ち、折角の桜もうすよごれて、まるで紙屑か何かをくっつけたみたいに見えましたな。

僕はまかれないように、忠実に二人のあとにくっついて歩いた。その頃から女の方も、少し変だと思い始めたらしいです。時々不審げなまなざしで、僕の方を見る。

二人はウォーターシュートに乗ったり、吊下げ飛行機に乗ったりする。年甲斐もなく、そんなことが楽しいらしいんです。僕はと言えば、そんなのに乗ってみたいんだけど、生《あい》憎《にく》懐中が乏しいんで、乗れない。うっかり乗ると、帰りの電車賃がなくなるおそれがある。仕方がないから、連中が乗っている間は、スケッチブックを開いて、そこらの写生などをして暇をつぶしていました。連中が降りて来ると、またついて歩く。無償の情熱はいいけれど、さっき踏まれた足は痛いし、そろそろくたびれては来たし、イヤになって来たですな。しかし、ひるむ心を引立て引立てして、番犬のようにつきまとって歩いた。

それはビックリハウスというやつでしたな。窓のない小さな建物で、内に入ると何かビックリすることがあるらしいんです。男は二人前の切符を買った。一枚十円だけれど、僕には買えない。だから、どんなビックリか、僕は今でも判らないです。

建物の入口に、係の少女が立っている。そしてその前まで行って、男は女だけを建物の中に入れました。するとそれで定員だと見えて、少女が扉をしめた。そのとたんに男はくるりとふりむき、顔をきっと緊張させて、僕の方へまっすぐつかつかと歩いてくる。ちょっとばかりこちらも緊張しましたな。

「おい。君は一体、誰から頼まれた?」

男は僕のそばにピタリとよりそい、低い声でそう言いました。やや凄味を利《き》かせた口調です。僕は身構えたまま黙っていました。だって返事のしようがないですからね。すると男の声は急にやわらかく、意外にも哀願の調子さえ帯びて来たんです。

「え、誰に頼まれた。トミコからか?」

ビックリハウスから、わあわあとけたたましい混声が流れ出ました。内部の叫声喚声を拡声器で表に流しているんです。人寄せのためでしょうね。

「え。トミコだろう。な、依頼主はトミコだろう」

僕はわけも判らないまま、重々しくうなずきました。すると男は絶望したように頭をかきむしりました。

「そうか。やはりトミコか」

男はうなり声を上げました。そして忙しく手を内ポケットに突込むと、ワニ皮の財布を引っぱり出しました。そして左手で僕の腕を摑みました。

「な、金ならいくらでも出す。その報告を握りつぶしてくれんか。頼む」

予想外に事態が進展したので、面食ったのは僕です。僕は思わず目をパチパチさせました。何が何だか五里霧中ながら、とにかく僕が何かと間違えられてるらしいこと、そしてそのことでこの男が絶望して、僕に金をくれたがっている、そのことだけはやっと了解出来ました。男はおっかぶせるように言葉をつぎました。

「え。いくら要るんだ。いくら？」

「一万五千円」

とっさにその金額が口に出て来た。やはり無意識の裡《うち》に、あの腕時計のことを心配してたんですな。そう言ってしまって、自分でもびっくりした位です。

「なにい。一万五千円だと？」

そして男は笛のような嘆声を発しました。

「そりゃ高い。いくらなんでも高過ぎる。少し負けてくれ」

「イヤです」

こうなれば僕も必死です。折角金をくれると言うのに、ここで所定の金額を頑張らなきゃ、友達に会わせる顔がない。男の顔は赤く怒張して来ました。すこし声を荒らげて、

「負けろ！」

「イヤだ」

「考え直せ！」

「じゃ金は要らん。その腕時計をくれ」

男はあわてたように右の手首を引っこめました。

「無茶言うな。この時計は三万円もする」

「じゃ、金よこせ」

そして僕は、いきなりスケッチブックを開いて、接吻のデッサンを見せてやりました。

男はさっと顔色を変え、それから、へなへなと身体から力を抜いたようでした。

「そうか。それじゃ仕方がない」

男はしぶしぶと財布から紙幣《さつ》束を出し、むこう向きになって数えてる様子でしたが、直ぐに向き直って、束を僕の眼前につきつけました。そして沈痛な声で言いました。

「ここに九千円ある」

「九千円では足りない」

「だから、あと六千円は、名刺に書くから、そこで受取ってくれ」

「大丈夫でしょうな。そこは」

「大丈夫だ。それより君の方は、大丈夫だろうな。俺からしぼって、またトミコから取ったら、承知しないぞ。いいな」

「大丈夫だ。三橋〔正雄〕とは違う」

男はせかせかと名刺と万年筆を引っぱり出し、裏に何か書き始めました。追っかけられるような動作です。ははあ、女がビックリハウスから出て来ないうちに、事を処理してしまいたいんだな。そう僕は気付きました。ちょっと気の毒な気持でしたよ』

『僕は名刺を受取り、大急ぎでビックリハウスの前を離れました。早くあっちに行け、と男が言ったせいもあるのですが、ぐずぐずしてると男の気持が変って、金を取戻されそうな気もしたからです。急ぎ足で駅の方に戻りながら、僕は名刺の表を読みました。鴨志田竜平。そう印刷してあります。あの肥っちょの名前なのでしょう。裏をかえすと。『拝啓。この名刺持参人に六千円渡してやってくれ。そちらは忙しいか。こちらはとても忙しい。アハハ。オテル殿。竜平』

と書いてあります。せっぱつまってこれを書いたくせに、何がアハハだと、僕はいささか軽蔑と憐憫《れんびん》を感じましたな。

男の説明では、僕が残金を受取る先方は、神田駅近くのおでん屋だということでした。オテルというのはそこの女将らしいのです。男とオテルとはどういう関係にあるのか、急いでいたもんで、その時はつい聞きそびれてしまいました。

さて、神田駅で降り、男が教えた道筋をたどり、そのおでん屋の表に来た時は、もうあたりはすっかり暗くなっていました。七時ちょっと過ぎていましたかな。縄のれんからそっとのぞいて見ますと、五坪か六坪程度の小ぢんまりした店構えです。お客が一人入っています。台の向うには三十前後の、白粉《おしろい》の濃い女が、おでん鍋の中味を箸で調整していま す。これがオテルだな、と思いながら、僕はガラス扉をがらりとあけました。

「今晩は」

と僕は言いました。オテルさんはちらと僕の風体を見て、つっけんどんに言いました。

「似顔画はお断りですよ」

僕がスケッチブックを持っているので、間違えたらしいのです。

「似顔描きじゃないよ。飲みに来たんですよ」

そう言って僕は台の前に腰をおろしました。一杯飲んで、それから用事にとりかかろうというつもりなんです。

「あら、そう。それはそれは」

オテルさんは急に愛想良くなって、いそいそとおちょうしをつけました。僕は莨《たばこ》に火をつけ、ちらりちらりとオテルを観察していました。どうも水商売上りらしいな。ちょっとヒステリー気味なところもあるらしいぞ。さて、どんな具合に切出してみるかな。

おちょうしのカンがつき、おでんを一皿注文して、僕はおもむろに飲み始めました。九千円という大金がポケットにあるし、ゆったりした気分でしたな。昼間ワクドウでカレーライスを食べたきりですから、腹はぺこぺこで、おでんも旨かったし、お酒ははらわたに沁み渡ったです。適度の運動の後の酒、これはこの世の極楽ですな。

先客は三十五、六の、ちょっといなせな請負師らしい風体の男です。オテルさんと親しげに冗談口をきき合ったり、盃《さかずき》をさしたりさされたり、古くからの顔馴染のように見えました。男が言いました。

「今日はオテルさん一人かい。オフサはどうした」

「ありゃ一昨日クビにしちゃったわよ」

とオテルさんは眉をひそめて、はき出すように言いました。

「へえ。何でクビにしたんだね」

「どうもこうもないよ。あの女、見かけによらず淫乱でね、店の名にかかわるからさ」

それから二人の間で、オフサという女の話がやりとりされました。僕は黙ってそれを聞きながら、盃を傾けていました。オフサというのは、この店の雇い女らしく、何か男と間違いをおこして、それで追い出されたらしいのです。しかしその件については、オテルさんはあまり口にしたくないらしく、最後に不快げに眉をひそめて、嘆息しました。

「もう、男も女も、あたしゃ全然信用しないことにしたよ」

「カモさんじゃないのかい。オフサに手をつけたのは」

男は盃を口に持って行きながら、ズバリと言いました。オテルさんはぎょっとしたらしく、顔をこわばらせたが、直ぐに忌々しげにうなずきました。

「実はそうなんだよ。ほんとに癪《しゃく》にさわるったらありゃしない」

「そうだろうね。カモさんったら、女癖が悪いからな。イカモノ食いというやつだよ。それでどうしてオテルさんは見破ったんだね？」

「オフサの日記を調べてみたのさ。どうも様子が変だったからね。すると、ところどころに鴨の絵が書いてあるのさ。あたしゃ初めニワトリの画かと思ってさ、何でニワトリが描いてあるのかと考えてるうち、ハッと気が付いたのさ。癪にさわるじゃないの。鴨志田と寝た日の心覚えに、その画を描いたってえの」

　僕は驚きましたな。カモさんというのが鴨志田の事とは、今迄思いもしなかったからです。これは少々風向きが宜しくない様子です。

「それで、オフサを問い詰めて白状させたのが一昨日。直ぐにクビにしてやったわ」

　オテルさんはコップに冷酒を注いで、ぐいとあおりました。眼がすこし吊上っています。

「そいじゃ、ばれたことはカモさんはまだ知らないのかい」

「そうなんだよ。やって来たらとっちめてやろうと、手ぐすね引いて待ってるのだけどね。何だい、ろくに手当もくれない癖に、ひとかどの旦那面しやがってさ！」

　僕はと言えば、おちょうしも空になったし、皿のおでんも食い尽したし、ここらで口を入れなければ、ますます具合が悪くなる予感がしたものですから、おそるおそる口を出しました。

「じ、じつは、カモさんから頼まれて、やって来たんですが――」

「え。なに。カモ？」

　とオテルさんはきりりと僕の方に向き直りました。

「一体何を頼まれて来たのさ？」

「こ、これを」

　僕は急いで名刺を差出しました。声もいくらかかすれたようです。オテルさんは名刺をひったくるようにして、忙しくそれを読み下しました。額の静脈がもりもりと盛り上ったようです。

「何だい。六千円。よくもそんなことが言えるわね。バカにしてるわ」

「でも、僕は六千円、どうしても要るんですよ」

「あんたは一体誰なの。何者なの。鴨志田とどういう関係があるのさ！」

「関係というほどじゃないけれど、僕はあの人に六千円貸しがあるんです」

「貸し？　あの人は、他人様から金を借りるような男じゃないわ」

「だって、チャンと貸してあるんですよ！」

　と僕は言葉に力をこめました。

「鴨志田さんは明晩こちらにお伺いすると言ってましたよ。その時、色々説明するって」

　これは僕がウソをついたのです。そう言えばオテルさんの気持が和んで、金を出してくれるかも知れないと思ったのです。するとオテルさんは、軽蔑的な口調ではき捨てるように言いました。

「六千円なんて大金は、家には今ないわよ！」

「こんな店をやってて、無いわけはない。無いとは言わせませんぞ！」

僕も腹が立ったので、つい税務吏員みたいな口を利きました。

「ないわよ！」

とオテルさんは怒鳴りました。

「ある！」

「ない！」

オテルさんはヒステリックに叫んで、手を棚に伸ばし、一冊の帳面を投げつけるように僕によこしました。帳面は台の上でハラリと拡がりました。

「疑うんなら、それを見てよ。それが全部のツケの帳面よ。来る客来る客、皆ツケばっかりで、現金は一文も入りゃしない。ウソだと思ったら、金箱《かねばこ》見せてやろうか。え？」

そのキンキンした声を聞きながら、僕の視線はその帳面の一頁に、ひたと釘付けにされていたのです。ここまで言えば、もうお判りでしょう。その沢山の名前の中に、あなたの名前と、その下に金額、六千八百円也と、チャンと記入されてあったんです。偶然も、こうピッタリ行くと、もう言うところないですな。しかし、あなたがあんな変てこりんなおでん屋の常連だとは、ちょっと驚き入りました。僕はおもむろに口を開きました。
「じゃ、このツケを僕が取って来て、それを僕のものにしていいかい？」
オテルはびっくりしたように僕の顔を見、首を伸ばして帳面をのぞきこみました。僕はあなたの名のところを指差しました』
『オテルさんとの談合は、それでまとまったんですがね。
僕の貸金は六千円だし、あなたのツケは六千八百円でしょう。差額の八百円を払ってゆけと、オテルさんはしきりに主張するのです。僕は素直に払いました。それと今飲んだ分の勘定。これが二百二十円です。二十円というハシタ金がなかったので、僕はあちこちポケットを探ってると、上衣の内ポケットに何かコリッとした固いものが入っている。何だろうと思ってつまみ出して見ると、僕は思わずアッと驚愕の叫び声を上げましたよ。それは一体何だったと思います？　なんと腕時計だったんですよ。今朝盗られたとばかり思っていた腕時計が、チャンと内ポケットに入っていたんです。何ともはや驚きましたな。これが内ポケットに入ってる位なら、僕は一体何のために今朝からせっせと動き廻ったか、わけが判らんじゃありませんか』
矢木君はそこまで話して、ぐっとコップのビールを飲みました。もうそろそろ日暮れ時です。半ダースの瓶もほとんど空になりました。いい気持に酔っぱらって、身体の節々がとろけてゆくような感じでした。

「それは一日御苦労だったね」

と僕はけだるく口を開きました。

「しかしまあ、時計が出て来てよかったな」

「あの洗面の時、大事なものだと思って、無意識に内ポケットにしまいこんだんでしょうな。駒井嬢の膝頭のおかげで、すっかりそれを忘却してしまったらしい」

そして矢木君は、とろりとうるんだ眼を僕に向けました。

「それでと、つまり、僕はあなたに、六千八百円の貸しがあるわけになりますな。これは一体——」

「棒引きだよ」

と僕はたしなめてやりました。

「その上僕から金を取ろうなんて、それはむさぼりと言うもんだよ。芸術家ともあろうものが、そんな慾張りでは、絶対に大成しないよ。棒引きにしなさい。そうすれば僕もたすかる」

「それもそうですな。では、そういうことにしますか」

矢木君はけろりとした表情でそう答えながら、残りのビールをぐっと飲み乾しました。

十一郎会事件

年少の友人早良《さわら》十一郎君が、ある日の夕方、極上等のウィスキー瓶を一本ぶら下げて、ふらりと私の家を訪れてきた。早良君は職業は画家だが、画家としてはまだ無名の方だから、自宅で画塾を開いて子供たちから月謝を取ったり、キャバレーの飾りつけを手伝ったりして、ほそぼそと生計を立てている。この早良君がこんな上等のウィスキーを持って現われたから、私もすこし驚いて訊ねてみた。

「柄にもなく上等のウィスキーをたずさえているじゃないか。一体どうしたんだね。キャバレーでちょろまかしでもしたか？」

「そんなことをするものですか。正直一途の僕が」早良君はちょっとイヤな顔をした。「貰ったんですよ」

「貰ったって？　誰に？」

「それを今から、お話しようと思うんです」そして早良君は瓶を眼の高さに差し上げてコトコトと振り、中身を吟味するような眼付をした。「その前にこれをあけようと思うんだけど、大丈夫だろうなあ、これは」

「大丈夫?」

「いや、何ね、毒でも入ってるんじゃないかと、ちょっと考えたんですよ。でも大丈夫ですよ。濁ってもいないし、ちゃんと封印がしてある」

「イヤだよ。そんな怪しげなのにおつき合いするのは」私は思わず大声を出した。「それは持って帰れよ。僕のうちのを出すから、それで間に合わせよう。僕んちのはそれほど上等じゃないが」

「そうですか。それじゃお宅のを頂戴いたしましょう」早良君はけろりとして自分の瓶を風呂敷にしまった。「こいつは誰かに売りつけてやることにしよう。そうだ。田辺の奴に売りつけてやろうかな。個展にも来て手伝ってくれたし」

「あっ、そうそう。個展を開いたってねえ」と私は言った。「成績はどうだった。すこしは売れたかい?」

「ええ、それなんですよ」と早良君は困惑したような、まぶしそうな眼付をした。「話もそこから始まるんですよ」

以下が、僕の家の安ウィスキーを飲みながら、早良君が物語った話だ。

あなたは御存じないかも知れませんが、個展を開くというのは、案外金がかかるんですよ。とても貧乏画描きの僕なんかには、開けそうにはなかったのですが、Q画廊の主の山本氏ね、これがとても義侠心のある人物でね、僕が個展を開きたがっていることを人伝に聞いたんですな、人を介して、十日間タダで画廊を貸してやろう、と言ってきてくれた。嬉しかったですなあ。山本氏の義侠心も嬉しかったけれど、山本氏がそう申し出るからには、きっと山本氏が僕の実力を認めたからに違いない。そのことが無性に嬉しかったです。

で、その日からあれこれ金策して、ええ、会場費はタダでも、他にいろいろ金がかかることがあるんですよ。期日の前の日に、作品二十五点、すっかりまとめ上げて、Q画廊に搬入した。夜を徹して壁面にかざりつけた。並べ方によって効果がぐんと違いますからな。効果が良ければ、人も感動して、ついふらふらっと買おうという気になる。いや、何も売ることばかり考えてるわけじゃないのですが、売れないより売れた方がましですからねえ。三つでも四つでも売れたら、ケチな内職をやらずに済むし、その分だけ画業に打ち込めることになるし。

そして飾りつけ終って、僕は腕を組んで考えました。人間というものには競争心という奴がある。会場をぐるりと一廻りして、まだどれも売れていなければ、ハハア、まだどれも売れていないな、じゃあ買うのはこの次にしよう、そう思ってさっさと帰って行くかも知れない。ところが作品の一つか二つ、売約済みの赤紙が貼ってあれば、ハハア、なかなか売れ行きがいいんだな、早いとこ買わないと売り切れてしまうかも知れんぞ、てんで大あわてして売約を申し込むことになりはしないか。そう僕は考えた。よし、ニセの売約済みの赤札をひとつ貼っておこう。我ながら人間心理の深奥をついたアッパレな企みでした。

で、どの絵に赤札を貼ろうか？

売れそうな絵に赤札を貼ると、折角その絵が欲しい人がそれを見て、ああ売約済みか、それじゃ諦めよう、てんで買わずに帰って行くでしょう。それじゃ困る。あんまり売れそうにない、出来の悪い地味な絵をえらぶにしくはなし。

そこで僕は二十五点の絵をあれこれ見くらべた揚句、海老を描いた六号の絵をえらび出しました。お皿の上にエビが二匹乗っている絵で、制作年月は新しいのですが、構図が月並で、二十五点の中では僕の最も気に入らない作品でした。そんな作品だから、場所も画廊のすみっこです。その絵の下に、郵便ハガキ大の売約済みの赤札をべたりと貼りつけてやりました。ニセ札《ふだ》とは言いながら、売約済みの赤札を眺めるのは、割にいい気分のものでしたねえ。

そして午前九時、個展の第一日を開いた。会場の入口には署名簿と、御感想うけたまわり帳というのを出しました。御感想うけたまわり帳というのは、絵全体あるいは個々の絵について感想を書き入れて貰おうという考えで、それで自分の画業の向上の資としようという僕の心算でした。

で、Q画廊は場所が場所だし、割によく人が入ってくれました。学生街に近いから、学生もよく入ってきた。学生の中には無遠慮な奴がいますねえ。僕がいるのに、友達同士大声で絵の批評したりする。批評ならいいけれども、批評じゃなくて悪口ですな。海老の絵を見てこう言った奴がいる。

「へえ。これがエビかい。俺はまた赤芋とばかり思っていた」

すると相手の奴が相槌を打った。

「こんな絵を買った奴の顔が見たいな。きっとそいつは鰈《かれい》みたいに眼が曲ってるんだよ」

僕はハラワタが煮えくりかえったが、じっと辛抱しました。いくら悪口雑言されても、見に来てくれたからにはお客さまですからねえ。襟首つかまえてぶん殴るというわけには行かない。

こうして三日経ちました。僕は朝九時に画廊に出勤、午後五時までそこにいる。規則正しい、ちょいと勤め人みたいな生活です。一日中詰めていないことには、何時なんどき買い手が出てくるか判らないですからねえ。

ところが三日過ぎても、売約済みはあのエビの絵だけで、内心僕もがっかり、いささかのあせりも感じ始めました。個展のいろんな雑費も、絵の三枚や四枚売れることをあてにして、あちこちに借金したんですからね。売れてくれないと実際に困るんですよ。

そして四日目になりました。朝からいい天気で、観覧者の入りも多く、時折感想うけたまわり帳をのぞくと、

「なかなか前途有望だ。しっかりやれ」

だの、中には女文字で、

「とても感動しましたわ。御精進をいのります」

などと言うのまであって、絵はまだ一枚も売れないが、僕はいくらか気分が浮き浮きとなり、やがて午後四時頃になりました。

その頃です。林十一郎というふしぎな男が僕の前に姿を現わしたのは。

「やあ、あなたが早良十一郎画伯ですか」

とその男は帽子を脱いで、僕にピョコンと頭を下げました。僕はその時会場の隅に仕切られた狭い控え室で、椅子にぐったり腰をおろしてうつらうつらと居眠りを始めていたのです。なにしろ慣れない朝九時出勤ですからね、午後ともなればつい眠気がさしてくるのです。僕は眠りを破られて、びっくりして立ち上りました。

「そうです。僕が早良ですが——」僕はにこにこと愛想よく笑いました。ひょっとするとこの男は絵の買い手かも知れないと思ったからです。「何か御用で?」

「僕はこういう者です」男はそそくさとポケットから真新しい名刺を出しました。「偶然表を通りかかって、あなたのお名前を拝見したものですから」

その真新しい刷り立ての名刺を見ると、林十一郎、と印刷してあり、十一郎会幹事、という肩書きがついています。僕はびっくりしてその林十一郎という男の顔を見ました。

「十一郎会？　へえ、そんな会があるんですか？」

「あるんですよ」林は重々しくうなずきました。「それについてちょっと話があるのですが、そこらでつめたいお茶でもつき合ってくれませんか」

僕も居眠り最中ではあったし、何かつめたいものが欲しかったものですから、会場に隣接した絵具売場のヒロちゃんという女の子に会場のことを頼み、林と一緒に出かけることになりました。

さて、林の案内で近所の喫茶店に入ると、彼は直ぐにつめたいコーヒーを二つ注文しました。そしてハンカチを出して顔をごしごし拭いたが、ふとあわてたように指で鼻髯をぐいぐい押えるようにした。林は鼻下にかなり見事なヒゲをたくわえていました。そのヒゲはいやらしいほど漆黒で、毛並の一本一本がそろっていて、なんだか林の顔にはふさわしくないような印象を受けました。林の年頃は四十五、六と言ったところでしょうか。恰幅のいい、眼鏡をかけていて、そうですな、ちょいとした少壮重役とでも言ったタイプでした。ヒゲを押えながら、林は僕に静かな口調で言いました。

「どうですか、個展の景気は。相当に人が入っているようですね」

「おかげさまで」僕はコーヒーをすすりました。「初の個展としては大成功のようです」

「そうそう。売約済みの札なんかも貼ってありましたな」そして林は上目使いに僕をちらりと見た。「あのエビの絵、なかなかうまく描けてますな。感心しましたよ」

「そうですか。有難うございます」

「売約済みでなかったら、僕が買いたいほどだった」林はため息をつきました。「買い手はどなたですか」

「買い手はさる貿易会社の社長さんです」ニセ札だと言うわけにも行かず、僕はにこにこしながら答えました。「どうですか。エビだけでなく、他にも二十四点作品がありますが」

「いや、僕が欲しいのはエビの絵なんですよ」林はまた鼻鬚を押えながら、あたりを見廻して声を低くした。「どうです、早良さん。あなたもひとつ、十一郎会に加入しませんか」

「そうですなあ」

と僕は渋った。だって十一郎会ってどんな会か、まだ全然判らないのですからねえ。すると林はたたみかけるように言いました。

「あなたの十一郎は、どの手の十一郎ですか。十一番目に生れた十一男というわけでしょうな」

「いや、僕は三男です。大正十一年生れというわけで——」

「ああ、そうですか」林は急にがっかりした声を出しました。「それじゃ会員になる資格はないな」

「十一男じゃないとダメなんですか？」僕は興味を起して訊ねてみました。「大正十一年や昭和十一年生れじゃダメ？」

「ええ。本当は十一男じゃないと資格がないんです」

そして林はしげしげと僕を眺め、何か考えている風でしたが、やがてややはしゃいだ声になって、

「しかし、どっちの十一郎にしたって、十一郎は十一郎だ。奇しくも同じ名前を持っているということは、因縁というものでしょうね。どうですか。お近づきのしるしに、そこらで一緒に夕飯でも食いませんか」

「そうですね」

僕は時計を見た。もう五時近くです。画廊に戻ってもイミないし、また十一郎会というへんてこな会にも興味を感じたものですから、ついそのままのこのこ林十一郎のあとについて喫茶店を出ました。

林は先に立ち、そしてさっさと入って行ったところは、一軒のウナギ屋です。さっきの喫茶店でも、僕の嗜好《しこう》も聞かずいきなりコーヒーを注文したし、今度も否応《いやおう》なしにウナギ屋に案内する。この林という人物は相当身勝手で、他人の意志を無視する傾向があるな。その時僕はそう感じました。

それで僕らはトントンとウナギ屋の二階に通された。林の注文で酒も来ました。

「どうです。イケる口でしょう」

そんなことを言いながら、林は僕におちょうしをつきつける。僕も酒は嫌いでないので、遠慮なく盃をあけました。やがて頃合いを見はからって僕は訊ねました。

「先ほどのお話の十一郎会って、どんなんですか?」

「ああ、そうそう、十一郎会ね」林はウナギにぱくりと噛みついた。「実は海老原《えびはら》十一郎という大金持のお爺さんがいましてね」

以下林の話をまとめてみると、その海老原十一郎という金持爺さんは、福岡県の貧農の十一男として生まれ、刻苦精励して中年にして炭鉱主となり、現在は億という金を持っている立身出世の典型みたいな人物だそうです。その十一郎爺さんは、自分が十一男として生れたばかりに、学校にも行かして貰えず、大へんに苦労した。だからその同苦の人々を集めて、十一郎会というのをつくり、若くて学資のない十一郎には学資を出してやり、困っている十一郎には金を融通してやり、そんな具合にして陰徳をほどこすと同時に、自分の若い日の苦労を記念したい。そう思い立ったんだそうです。そう思い立ったのが三年前だというのですが、現在では会員も全国に散在し、数も百三十名に達しているとのことでした。林十一郎は盃を傾けながら、あわれむような眼で僕を見ました。

「あんたも十一男だとよかったんだけどねえ。海老原老は絵が大好きで、だからあんたのいいパトロンになるんだがなあ」

「そうですねえ」僕も自分が十一男でなく、三男に生れたことをひどく悔やむ気持になった。「それは残念だったなあ。海老原さんという人はそんなに絵が好きなんですか？」

「うん、海老原老は自分の名にちなんで、エビの絵が大好きで、蒐集《しゅうしゅう》してるんですよ」林は鬚を押えながら言った。「だからさっきも偶然あんたのエビの絵を見てね、あなたも名前が十一郎だし、そのエビの絵だし、これは海老原老に知らせたら喜んで、直ぐ買おうと言うだろうと思ってね。でも、大正十一年生れの十一郎だとちょっと困るなあ」

「困ることはないでしょ」と僕もあわてて頑張った。「海老原老はエビの絵が好きなんでしょう。描き手が十一郎であろうとなかろうと、それは関係ないじゃありませんか」

「それもそうだねえ」林はすこし酔いが廻ったらしく、とろんとした眼で僕を見ました。

「でも十一男の十一郎画伯だと、高く買って貰えると思ってさ。それにあのエビの絵はもう売約済みなんでしょう」

「それはそうですが」僕はよっぽどあれはニセの売約済みだと告白しようとして、やっと踏み止まった。ニセの売約札をつけていたなんて、芸術家としての心根のほどを疑われますからねえ。「しかし、エビの絵なら僕はまだまだいくつも描きたいと思っているんですよ。エビというやつは僕も大好きだし、実際あの優美な姿態は何度描いても描き飽きませんからねえ。フライにして食べてもおいしいし――」

「そうだねえ。十一郎の好《よし》みにおいて、紹介状を書いて上げようか」林は眼をしばしばさせながら僕を見ました。「一度訪ねてみますか？」

「ええ」僕は喜んでうなずいた。「個展でも終ったらお訪ねしてみます」

「ああ、それじゃまずい」林は掌を振りました。「海老原翁はね、明日の夕方、福岡の方にお帰りになるんですよ。今度の上京は今年の秋の末になると言ってたっけ」

「じゃ明日の午前中にでもお伺いしてもいいですよ」

「明日の午前？　それはずいぶん性急だなあ」林は濁った声を出して笑いました。「そうですか。それじゃここで紹介状を書きましょう。くわしく書いた方がいいな。ええと、あなたの住所は？」

僕は住所を教えるかわりに、僕の名刺を一枚渡しました。そして僕は便所に立ち、やがて戻ってくると、林は女中を呼んで封筒を持って来させたところでした。そして便箋をその封筒の中に入れ、糊をつけ、表にさらさらと万年筆で海老原十一郎様、早良十一郎持参、林十一郎拝、としたためました。僕はその十一郎づくしの紹介状を有難く押しいただき、大切に内ポケットにしまいました。それから林はポンポンと掌をたたき、女中を呼び寄せて言いました。

「お勘定を願います」

「あら。もうこちらから」女中は掌を僕に向けた。「いただきましたんですのよ」

「なんだ。トイレかと思ってたら、そんな心遣いまで」と林は僕にぺこりと頭を下げ、あわてて鼻鬚を押えました。今考えるとこの林十一郎のヒゲは、どうも付けヒゲだったらしいんです。インチキな奴ですな。

「ひょんなことでお近付きになれて、それに御馳走にまでなって――」

「いえいえ。こちらこそ、十一男でなくて失礼しました」と僕も頭を下げました。「で、海老原翁の東京のおすまいは、どちらですか？」

そして林から地図を書いて貰い、ウナギ屋を出ました。もうあたりはそろそろ暗くなり、空には星が二つ三つチラチラとまたたいている。林十一郎とはウナギ屋の表で別れました。別れぎわに林は僕の手を握って、

「海老原翁に会ったら、僕のことづてとして、れいの仕事の方は着々進んでいると、そう申し上げてくれたまえ」

と頼みました。僕は承知して、それから画廊に戻っても仕方がないから、ぶらぶらと駅に歩き、電車で家に戻ってきました。今日はひょんないきさつでひょんなことになったが、あるいはこんなことから運が開けるのかも知れないぞなどと考え、いい気持のまま寝床に入り、そのままぐうぐう眠ってしまいました。

明けるとまた翌朝もいい天気で、見上げても一天雲ひとつありません。僕は一張羅《いっちょうら》の夏服を取出し、プレスをして着用、白いハンカチを胸のポケットにさしはさみ、家を出た

のが午前九時です。いくら芸術家とは言え、身なりは大切ですからねえ。林の地図によると、海老原翁の邸宅というのは杉並区東田町というところで、そこらに着いたのが大体十時半頃でした。ところがそこらのどこを探しても海老原という家がない。大金持というからには小さな家に住んでいるわけがない。億という金を持っているくらいだから、邸宅も少くとも一町四方ぐらいはあるだろう。ところがそんな大邸宅はどこにも見当らないのです。僕は歩き疲れ、またきちんとエチケット正しく夏服を着用に及んでいるものですから、暑くて汗もたらたら流れてくるし、とうとうそこらの氷店に飛び込んで、氷イチゴを食べながら、そこのおかみさんに訊ねてみた。

「ここらに海老原さんというお宅を知りませんか。さっきからぐるぐる廻って探しているんだけれど」

「海老原さん」おかみさんは氷をガシガシかく手を休めて、いぶかしげに振り返りました。

「さあ、知りませんね」

「じゃあ、十一郎会というのは？」

「十一郎会？　それも初耳ですよ」

「海老原さんというのは、大金持だから、お邸《やしき》も小さくない筈ですよ。それを地元の人が知らないなんておかしいなあ」

「大金持ですって？　ここらにゃ大金持なんてあまり住んでませんよ。貧乏人ばかりですよ。何かの間違いじゃないんですか」

　どうも話がハッキリしないものですから、僕は氷イチゴの代金を払って店を飛び出し、折よくそこに通りかかった郵便配達夫にも訊ねてみたが、海老原なんて家はないと言う。そこで林の地図を取出して（この地図の書き方も不正確でいい加減のものでしたが）配達夫と二人で検討してみますと、その海老原邸に相当するのはヤナギ湯という銭湯で、そのヤナギ湯の主人も海老原姓ではないとのことです。まさか海老原翁ほどの大富豪が、銭湯如きに居候している筈はないし、何だか狐につままれたような気持で配達夫にお礼を言い、それ以上探し廻る気力も尽きて、僕はとぼとぼと引っ返した。さっき食べた氷イチゴをこぼしたらしく、僕の一張羅の白ズボンの膝のところが、うす赤くシミになっている。何だかむしゃむしゃした気分で電車に乗り、そして正午頃Q画廊に着きました。

　Q画廊に着くと絵具売場からヒロちゃんが顔を出して言いました。

「やあ、いらっしゃい。今日は遅かったのねえ。朝寝でもしたの？」

「朝寝なんかするものか」僕はやや不機嫌に答えました。「人を訪問してたんだ」

「あら、そう言えばこんな暑いのに、パリッとした服を着てるのねえ。でも早良さんにはその服は似合わないわ。やはりあなたは、よれよれのワイシャツに、コールテンのズボンなんかがよく似合うわよ。それじゃあまるで狼が衣裳を着けたみたいでおかしいわ」

　そしてヒロちゃんは掌を口にあてて、さも可笑しそうにコロコロと笑いました。ヒロちやんというのは、ちょいとソバカスのある可愛い子なのですが、それでいて、なかなか口が悪いのです。

「今日の午前中はどうだった？　何も変ったことはなかった？」話題を変えるために僕は質問しました。「たくさん見に来てくれたかね？」

「そうね。いつもと同じぐらいよ」そしてヒロちゃんは身体を乗り出すようにして画廊の一隅を指差した。「あのエビの絵、持って行ったわよ」

「持って行ったって？」びっくりして僕がその方を見ると、絵の列がそこだけスポッと空白になって、エビの絵が見えなくなっているじゃありませんか。「持って行ったって、誰が？」

「あら、誰がって、あなたは知らなかったの？」

「知るにも知らないにも」僕はわけも判らないまま、じりじりと腹が立ってきて、ヒロちゃんに詰め寄った。「絵を持って行くったって、黙って持って行く筈がない。君が渡したのか？」

「そうよ」事態険悪と見てヒロちゃんは少々しょげたようでした。「だって貴方の名刺を持ってるし、自分が購入主だなんて言うんですもの」

「名刺？　僕の名刺？」僕はびっくりしました。「どこにその名刺はある？」

ヒロちゃんはポケットの中から名刺を取出しました。見ると紛れもなく僕の名刺で、裏を返すと『この名刺持参の方にエビの絵をお渡し下さい。Q画廊カントク殿。早良十一郎』と、なかなか達者な字で書いてある。もちろん僕の字ではありません。その名刺の達筆を眺めている中《うち》に、どこかで見かけたような字の型だと気がついたとたん、僕はあわてて内ポケットからあの十一郎尽くしの紹介状を引張り出していた。二つをつき並べて調べてみますと、字の太さと言いくずし方と言い、まさしくあの林十一郎の筆跡で、僕が昨夜彼に渡した名刺に相違ありません。

僕はエビの絵のかかっていた場所に飛んで行き、またヒロちゃんのところに走って戻って来た。そしてヒロちゃんの肩を、ふくよかな肩をつかんでゆさぶった。

「この名刺を持って絵を取りに来たのは、どんな男だった？　四十五、六の、眼鏡をかけた、鼻ヒゲを生やした奴かい？」

「いいえ、ヒゲなんて立てていなかったわ。それに眼鏡も」ヒロちゃんは痛そうに肩をくねくねさせながら答えました。「ああ、そうそう名刺をくれたわ。自分はこういう者だって」

ヒロちゃんが別のポケットから取出した名刺を見ると、まさしくあの十一郎会幹事の『林十一郎』の名刺です。僕はそれをひったくり、ヒロちゃんの肩から手を離し、まあヒロちゃんをいくら責めたって仕方がないわけなので、最後の訓戒を垂れてやりました。

「名刺なんかをウカウカと信用するやつがあるものか。責任問題になってくるんだぞ。代償に接吻の一つや二つでは追っ付かないんだよ」

「イイだ」ヒロちゃんは口をとがらせて反撃しました。

「誰があんたなどに接吻なんかさせるもんか。ほんとに、イイだ」

僕は朝からてくてく歩き廻り、またわけの判らない事件にくたくたとなり、腹も空いてきたものですから、そのままぷいと画廊を飛び出してソバ屋に行った。そしてモリソバをつるつる食べながら、昨夜から今日にかけてのことを考えました。あの林十一郎という男は昨日、あきらかに僕をだます目的をもって近づいた。僕をだまして今日の午前中、ありもしない十一郎会本部におもむかせ、そのすきをねらってエビの絵を盗み出した。そこまでは鈍感な僕もはっきり判るのですが、どういうわけでそんな手数をかけて、エビの絵を持って行ったのか。それが僕にはよく判らないのです。あのエビの絵は、僕の作品としてはそれほど上出来のものでないし、盗むなら他の作品を持って行きそうなものですからねえ。

モリソバを三つツルツルと平らげて、四つ目に取りかかろうとした時、僕はハッとあの紹介状のことを思い出した。一体居るか居ないか判らない海老原という老人に対して、林十一郎は僕をどういう紹介の仕方をしたのか。僕は箸を置き、おもむろに紹介状を取出して封を切りました。

『早良十一郎画伯』と便箋の最初はそんな呼びかけの文句から始まっていました。『貴下がこの文面を読むのは、すでにカンカンに怒っておられる時だと思いますが、あのエビの絵は決して盗んだのではない。お借りしたのである。本来ならば買うべきところを、すでに他に売約済みのこととて、こういう余儀なき手段をとった。個展の最終日までには必ずお返し致します故、決してジタバタ騒ぎ立てることなく、不問に付せられよ。もしジタバタ騒ぎ立てる節には、エビの絵は永久に返却せられざるものと心得られたし。以上。林十一郎拝』とあり、二伸として『林十一郎も余の偽名なる故、探索するはムダなり』と記してある。僕が思わず、

「やりやがったな！」

と大声で叫んだので、ソバ屋のお客が皆箸を止めて僕の方を見た。僕は恥かしくなってこそこそと身体を縮め、ふたたびツルツルとモリソバを食べ始めた。林の奴は、昨日僕がウナギ屋の席を外した時に、すでにエビの絵の持ち出しの成功を確信して、こんな文章を書き綴ったに違いありません。そんな大それた奴のウナギの勘定まで、わざわざ自発的にこちらで支払ったなんて、なんという僕はお人好しなのでしょう。腹が立ってきたからまた箸を置いて、僕は左右の拳固《げんこ》で自分の顔をゴッゴッと殴りつけたら、またソバ屋中のお客が面白そうにまた気味悪そうな眼付で僕を見た。狂人かと思ったのかも知れません。そこで僕も自分を殴るのは中止し、それにもう食慾もなくなって来たものですから、四つ目のモリソバは半分ぐらい食い残し、こそこそと勘定を済ませてQ画廊に戻ってきた。控え

室に入って腕を組み、ふうと大きな溜息をついた。今日で五日になるというのに絵は一枚も売れないし、囮《おとり》戦術の売約済みのエビの絵は、巧妙にたくらまれたペテンにひっかかって、何処かへ持ちさられてしまった。くさらざるを得ないではありませんか。

あのエビの絵は、先ほど申しました通り僕としては上出来でなく、持って行かれても大した損害ではないのですが、だまし取られたということが面白くない。よし、警察に届けてやろうかとも思ったのですが、まあまあ事を荒立てず、しばらく様子を見て、絵が無事に戻ってくるかどうか、あわよくば僕の手で林十一郎の頸《くび》根っこをギュウと押えてやりたい、などと考えているうちに、翌日になりました。すなわち六日目です。その六日目の午後一時頃、乗用車で乗用車でQ画廊にぐいと乗りつけて、そしてつかつかと入ってきた若い女性がいる。乗用車で乗りつけてくるようなのは初めてですから、僕もびっくりして控え室からのぞくと、しゃれた洋装の美人で、帽子からネットを顔に垂らしている。歳は二十四、五くらいでしょうか。その女性が乗用車を乗り捨ててさっそうと会場に入ってきたから、田辺がびっくりしたらしく僕の脇腹を小突いてささやきました。

「おい、おい。すごいのがお前の絵を見に来たぞ」

田辺というのは僕の画の仲間で、丁度その時画廊に遊びに来ていて、控え室で僕と世間話をしていたのです。僕も思わず、おお、すごいな、と口から出そうになったが、なにしろ田辺は画の仲間であると同時に競争相手でもあるのですから、ここぞとばかり丹田に力

を入れて、平然たる声で、

「うん。俺の絵は割かた若い女性に人気があるんでね、あんなの、毎日三人や五人はやって来るんだよ」

と言ってやりました。件《くだん》の女性は僕の絵を一枚一枚、気に入ったらしく首をかしげたり、近づいて絵具の効果をしらべたり、次々丹念に鑑賞して行く風でしたが、れいのエビの絵のあったコーナーまで行くと、ふっと立ち止って不審そうに両側の絵を見くらべています。配列上どうしてもそこにはもう一枚かけられてあるべきところですから、いぶかしく思ったに違いありません。あまりしげしげとそこらを見廻しているものですから、個展主としても僕は説明の義務を感じ、立ち上ってつかつかとその女性に近付いて行きました。僕の足音でその女性はふり返った。

「僕が早良十一郎です」

と僕は名乗りました。昨日みたいな夏服の正装でなく、よれよれワイシャツの腕まくり姿だったことは、少からず残念なことでした。

「ここにはね、も一枚絵がかかってる筈なんですけれどね。事情があって取り外してあるのです」

「ああ、あなたが早良先生でいらっしゃいますか」女性は涼しげな声で言いました。「そうでしょうねえ。ここだけ壁面がポッカリあいていますものねえ。あたし、室内装飾の方をやってるもんですから、ちょっとこの壁面の空きが気になったんですのよ。で、その絵は売れたんですの？」

「いいえ。売れたならいいんですが、複雑な事情がありまして――」立ち話もなんですから、と僕は彼女を誘った。「さあ、ちょっと控え室にお立ち寄りになりませんか。貴女みたいな室内装飾の専門家に見てもらえるのは、僕としても光栄です」

すると彼女は誘いに応じて、トコトコと控え室の中へ入って来ました。そこで僕は控え室に頑張っている田辺に、

「おい、君。そこらの喫茶店からつめたい飲物を二人前、至急運んで来てくれ」

もちろんこれは田辺を控え室から追い出すための発言です。田辺は僕から書生あつかいされて、頬をぶうとふくらまして、しぶしぶ控え室を出て行きました。

彼女は僕に対して椅子に腰をおろし、暑そうに顔のネットをかき上げました。

「実はねえ」と僕はものものしく声をひそめました。「あの絵は盗まれたんですよ」

「盗まれた？」彼女はすっかりおどろいた様子でした。

「ええ。そうなんですよ。それが実に大胆不敵な、細心綿密な、まるでルパンか何かのような怪盗で」

それから僕はあの林十一郎の出現、ウナギ屋の件、十一郎会の件、杉並区東田町の件、ソバ屋において紹介状を開いた件などを、彼女にくわしく話してやりました。彼女は美し

い眉をひそめたり、低声《こごえ》で相槌を打ったり、うなずいてみたり、実に熱心に僕の話を聞いてくれました。

僕がこんな美しい女性とじっくり話し込んでいるものですから、絵具売場の方からヒロちゃんが気にして、ちょくちょくのぞいては僕をにらんだりしています。ざまあ見ろと思って、たいへんいい気持でした。

「ツケヒゲなんかして現われたところは、全く計画的なのねえ」僕が話し終ると、彼女は嘆息するように言いました。「でも、よくツケヒゲをお見破りになれたのねえ」

「そりゃ僕は画描きだから、物を見る眼は常人以上にするどいですよ」

「そうでしょうねえ」

彼女はうれわしげに眉をひそめて、僕を斜めに見上げるようにした。僕は美女から感嘆されたような気がして、いい気持だったですな。

「で、この事件、警察にお届けになったの？」

「いや、警察になんか届けませんよ」と僕はしずかに煙草をくゆらした。「まるまる盗まれたとしても被害は僅少ですしね。それに相手が今後どう出て来るか、絵を戻すか戻さないか興味を持って眺めているんですよ。それに現在の警察なんか、あんまりあてになりませんからねえ」

そう言って僕が平然と煙草をくゆらしているものですから、彼女はますます感服した風

でしたが、ちらと小型の腕時計を見て、

「あら、時間だわ」と小さく叫んだ。「室内装飾の会が二時から開かれるので、今日はこれで失礼しますわ。見残した分はこの次見に来ることにするわ」

「そうですか。またどうぞ」

彼女はネットをおろし、トコトコと画廊を出て行こうとしたが、ふと思い直したように立ち止って、感想うけたまわり帳の前に行き、何かすらすらと書きつけたようでした。そして待たせて置いた乗用車に打ち乗り、さあっと午後の街を彼方に消えて行きました。僕は直ぐ入口のところまで小走りに走り、うけたまわり帳をのぞいて見ると、

『先生の寛大にして広漠たる心境が、それぞれの絵によくあらわれていて、たいへん感心いたしました、ますます御精進のほどを。一女性』

そう書いてあった。寛大にして広漠、とは、僕の性格をよく言い当てていて、僕の方も彼女の眼のするどさに少からず感心しましたな。


「それで、そのエビの絵、戻って来たのかね」と僕は訊ねた。

我が家の安ウィスキーを、二人でほとんど一本あけたから、早良十一郎君の額や頬ももうすっかりあかくなって、言葉つきも舌たるくなっている。

「ええ戻って来ましたよ。個展の最終の日にね」

「当人が持って来たのか?」

「いや、当人じゃないです」早良君は掌をふった。

「アルバイト学生のメッセンジャーボーイだったですな。そいつがエビの絵と、化粧箱入りのウィスキー一本を運んできた。誰から頼まれたんだと訊ねたら、それが全然判らないんです。通りがかりの紳士に託されたとか何とか言うんですがね。ウィスキーについていた手紙を読んでいるうちに、そのメッセンジャーボーイはふっと画廊から姿を消してしまってね、気がついたらもう何処にもいないんですよ」

「へえ。それは早良画伯に似合わぬ不手際だったな。それでその手紙には何と書いてあった?」

「あんまり面白くないので、破って捨てましたけどね」早良君はまたグラスを口に持って行った。「まあその手紙の文言が本当かどうか判らないんですがね、実業家仲間の素人の絵の会があって、それに課題としてエビの絵というのが出たんだそうです。何だかずいぶん多額の賞金がかかっていて、その林十一郎なる人物は、その賞金が欲しかったと言うんですな。ところが自分で描くには自分の力量に自信がないし、それで偶然見た僕の個展のエビの絵を利用することを考えたが、すでに売約済みの赤札が貼ってある。そこであんな手段を弄して持ち出した。まことに済まなかったという文言でしたがね」

「へえ。たかが素人の画会に出品するために、なかなか手のこんだことをしたもんだね」

と僕は疑わしく言った。「その林十一郎という奴は、実業家か重役か知らないが、そんなインチキまでして賞金が欲しかったのかな」

「そうでしょうね。今は極端なデフレで、実業家と言えども現ナマを手にしたがっていますよ」

「実際にその画会に出品したのかな。そしてその賞金は？」

「出品したことは出品したらしいです。僕のサインが消してあったから。サインを消して自分のサインを描き込み、そしてまたそれを消して送り返してきたらしいのです」

そして早良君は面白くなさそうに舌打ちをした。

「賞金は取れなかったらしいですな。その手紙の最後に、貴下の作品はあまり上出来ならざりし為、賞金は逸したるも、絵の借用料ならびに警察に届けざりし御好意を謝して、ウィスキー一本をお届けする、なんて書いてありましたよ。全くバカにしてやがる。玄人《くろうと》の僕の絵が、素人の画会で入賞しないなんて」

「それはきっと、選者の目が利かなかったんだろう」と僕は早良君をなぐさめた。「それで林十一郎は、どうして君が警察に届けなかったことを知っているんだろう」

「それですよ」早良君は膝を乗り出した。「どうもあの翌日やって来た美人が怪しいと思うんです。あの女はきっと林十一郎に頼まれて、様子を見に来たんじゃないか。警察に届けたかどうか、探りに来たんじゃないかと思うんですよ。その翌日また見に来ると言って置きながら、それきり姿を全然あらわさなかったし、前後の事情を考えると、どうもあの美女はスパイだったらしい。あんな美しい女がそんなことをするなんて、僕も考えたくないんだけれど、僕の最終的な推理としてはそうですな。全くもって油断もすきもない世の中だ」

そして早良君は瓶に手を伸ばしたが、もうそれは空になっていたので、ちょっと眼を宙に据え、そばの風呂敷からごそごそと自分のウィスキーを取出した。

「ついでにこれもあけますか。毒なんかは入っていないと思うけど」

「それがそのウィスキーか。それはしまって置きなさいよ。これ以上飲むと二日酔をするよ」と僕はさし止めた。「それで十日間個展をやって、絵は何枚売れた？」

「一枚も売れませんでしたよ。収入としてはこのウィスキーが一本だけです。現在の不景気は予想以上に深刻らしいですな」

早良君は憮然《ぶぜん》としてそう嘆いた。

尾行者

1

奥さま。御報告申し上げます。

今日で三日、御主人の調査にあたりましたが、結論を先に申しますなら、御心配の線はまだ出ていません。

毎朝お宅を出るのが、七時三十分から三十五分の間ですね。あなたはお嬢ちゃんと御一緒に、門前に立って、一分十秒前後見送っていらっしゃる。

御主人が二本目の電柱の角でふりかえって手を上げ、お嬢ちゃんが小さな掌でそれにこたえる。この挨拶がすむまでの時間は、二秒と狂いません。三日間の平均は、一分十一秒足らずでした。

美しい光景です。多分八年の間、そういう送迎の光景がつづいてきたのでしょう。

今朝はあなたは変な眼で、通りすがりの男をごらんになりました。口髭の濃い、縁無眼《ふちなし》鏡をかけた、外交員風の男をです。あれが変装したわたくしなのです。見わけがおつきにならなかったでしょう。変装はわたくしの得意とするところなのです。

役所に着くのは、八時十五分から二十分の間、そして退庁時間は、五時五分から十分でした。したがって六時前の帰宅は、直線コースをたどったという証拠になります。執務時間中たまに所用で外出し、その足で帰宅なさるとか、あるいはよそに廻るという例外も勿論考えられますが、原則的には以上の通りなのです。

役所には新聞記者の詰所があり、記者クラブと呼ばれています。Q君という飲み友達の記者が協力してくれました。いいえ、調査費用のかさむ心配はありません。飲み友達ですし、クラブであくびをしているよりは、退屈しのぎになるといった腹なのです。失礼な言い方をお許し下さい。Q君は酒飲みですが、玄翁《げんのう》でたたいても割れないほどの口の堅い男です。

「庶務課だったら、イカレ型の給仕が一人いるよ。あいつに聞けばいい」

とQ君は言いました。

「女の子はいけないよ。敵につつ抜けだ。逆スパイは古来、陽当りの悪い女でインテリと、相場がきまっている」

Q君は地下食堂のカツ丼で、給仕を手なずけました。

わたくしどもは一隅に陣どりました。反対の隅のテーブルで、御主人はカレーうどんを食べていました。差出がましく恐縮ですが、御主人に治療を勧めて下さい。爪楊枝《つまようじ》を三本も折るほど、御主人のムシ歯は悪化しています。口のあけ具合、爪楊枝の使い具合から察しますと、右上の奥から二本目か、三本目と思われます。

「坂井君。君の課のことを書いてやるぜ。何か美談のごときものはないかね？」

Q君が釣り出しにかかりました。坂井少年はうまそうにカツ丼に食いついたまま、左手で自分の首をすとんと叩き、上眼使いをしてにやりと笑いました。

「バカだな。君のクビを飛ばして、何の足しになるかい。美談だよ。悪くすると表彰ものだぜ」

「大過なきは出世の近道だよ」

少年もなかなか達者なもんです。

「課長はどう？　やかましいんだってね」

とQ君はたたみかけました。

「ガムシねえ」

少年は思わせぶりに首をふりました。

「ガムシ？　ガムシとは面白いあだ名だね。来歴を言ってみな」

「恰好がガマ、女癖が悪くてマムシ、だからガムシと言うんだろう。よく知らないよ」

「知らないって言いやがる。名付親のくせに。係長は？」

「ブラかな」

「へえ。そいつは新型だね。うつろいやすいは政党の名前ばかりと思ったら、君が来て以来、庶務のあだ名も総辞職じゃないか。そのブラってのは、銀ブラのブラか？」

「世の中は、なんのヘチマと思えども、てな顔つきでいるけどさ、ブラリとしては暮されもせず。そのブラさ。達者なもんだよ。来春の異動で、課長はかたいね」

「呆れたガキだよ。おれよりも詳しいぜ」

とQ君はわたくしに笑いかけて、さりげなく、

「吉富さんはどうだい？」

と切り出しました。いよいよ御主人の番です。忌憚《きたん》なく、部下の声をお伝えします。

「ノロイーゼはいいね」

坂井少年は言下に答えました。

「へえ。かしこいようでも、やはりアプレだね」

Q君はくすくす笑いました。

「そいつを言うなら、ノイローゼだ」

しかし坂井少年は動ずる色もなく、けろりとして言いました。

「ノイローゼじゃないんだよ。判らねえかなあ。こう墓地に向いてね、Qさんから先の人

がかかればノロイーゼ、ぼくら生きのいいのがノイローゼ。同じ病気でも、かかりようで二つさ」

「墓地に向いてと来たな。まあいいさ。ところでノロイーゼは、そんなにいいのかい？」

「そんなにいいってことはないけどさ、反応がノロイんだよ。生れつきもある。一つには、承知で呆ける。大石内蔵《くら》、昼あんどんの血筋だね。政治なんかに道楽気をおこさないで、官僚街道を進めば出世するけれど、行きつく先は、また家老どまりだね。殿様の柄じゃないね」

　坂井少年はQ君の誘導と、カツ丼のお礼心もあって、御主人に関し、なお若干の有益な証言を提供してくれました。毎朝少年は御主人に『新生』一個を買いにやらされます。御主人の昼食はうどんのモリか、まれにはタネモノをおごることもある。ソバはあまりお好きじゃないようですねえ。地下食堂で二十円乃至《ないし》四十円の出費です。

　月給二万円と少しのうち、御主人の小遣いが三千円で、もう少し節約して欲しいと奥様が御冗談にねだった時、

「煙草代と昼飯代を引いて、いくら残ると思う。月に一度か二度の友達づき合いもさせない気か」

　と御主人が言われた由、うかがいましたけれども、煙草代約千二百円、昼飯代が約八百円、残額の千円が娯楽、交際費と、帳面づらはそうなっていても、奥さまのお言葉通り、

どこかおかしいところありと、わたくしもにらみました。

案の定、副収入が判明しました。二ヵ月に一度か、三ヵ月に二度ぐらい、名もない雑誌に経済記事などを頼まれて書き、その稿料が月平均二千円程度になるようです。正確な使途は目下不明ですが、三日のうち、一晩は新宿で学校友達と飲み、四ヵ所安酒場を歩き、その二ヵ所で御主人が勘定をもって、概算八百円程度の散財でした。

中の一日は、最短距離を通り、六時前に帰宅なさった筈です。

あとの一日は、同僚の一人と東京温泉の大衆浴場につかり、あとで屋上の外れにある碁会所で将棋を三番、うち二回は御主人の勝ち、そして中華ソバをとって食べました。

御主人の出費は四百円あまりで、同僚はラーメン代だけ支払っています。

以上がこの三日間の中間報告ですが、奥様が懸念なさるごとき事実は、まだ気配も見えません。

読後火中のこと、くれぐれもお願い申し上げます。

2

奥様。御安心下さい。御懸念の向きは依然、兆《きざし》もございませんでした。

定時に退庁して、地下鉄で渋谷に出た御主人を尾行したのです。わたくしはハッピを着て、職人に変装していました。

とあるビルの前を、四、五へん……六、七へんにもなりましょうか、御主人が往復なさった時は、何かあるかと思いましたが、何ごともおこらず、道玄坂に戻って百軒店《ひゃっけんだな》まで散歩、それから下北沢乗換えで帰られました。

事情はかんたんです。ビルの中には、ボディビルの体育場が出来ているのです。御主人が体の衰えを意識していると、いつぞや奥様はおっしゃいましたが、三十八歳と言えばまだ衰える齢ではありません。思い切ってボディビルをお勧めになったらいかがですか。御主人も若干その気になっておられるようですから。

散歩中、にぎやかな通りで足をとめたのは、洋装店、家具店、靴屋、菓子屋などの前でした。あの日奥様がお召しになっていらっしゃったカシミヤのスーツは、御主人のお見立てとか。わたくし、瞼の裡に今もはっきりと灼きつけて憶えていますが、ほんとによくお似合いでした。お世辞と受取られては困りますけど、ほんとにこの世の方ともおぼえませんでした。

家具屋の前では、三面鏡の前で、一番長く足をとどめていたようです。うつり具合をためすつもりか、頬ぺたをぶっとふくらませたり、にやにや笑いをしてみたり、約三分間。

靴屋では女靴の棚をしばしごらんになり、洋菓子店前でかなり躊躇《ちゅうちょ》なさったのは、お嬢さんのお土産を考えられたのでしょう。結局、駅前で、ビニールの袋に詰めた百円のキャンデーをお求めになりました。

奥様の御心配も、わたくしの尾行も、まるっきりムダなような気がしてなりません。世間には、奥さま、わたくしのように終電前ではめったに帰らない、不心得な亭主も多いのです。御主人は模範的です。理想の夫です。いいえ、誇張やお世辞ではありません。良人《おっと》の鑑《かがみ》といっても過言ではありません。それにしても、わたくしはなぜ、こんな余計なことまで申し上げるのでしょう。

平生なら、事務的に、官報のように、切りつめた文章で、御報告する筈ですのに。

奥様にお目にかかったのは、月曜日でした。

事務所の入口でためらっておられる奥様に話しかけて、事務所を通さずに私的な御協力をお誓いしたのは、ほかでもございません。

このような方が不仕合わせであっていいものか、そう思ったからなのです。この所業がうちの所長に知れれば、クビになるぞという判断がはたらきながら、わたくしはそうせずにはいられませんでした。

どうぞ御懸念が晴れますように。

最初、わたくし、御主人をのろいました。やがて、同じ三十八歳の男でありながら、世間はなんて不公平なんだろうと、柄にもなくわたくし、ひがみました。あなたが不仕合わせになるのなら、この世には神も仏もない。神も仏も信じないわたくしが、しんからそう思ったのです。職業柄臆測はつつしむべきですが、今となってはわたくし、八年前の結婚当時と変らぬ初々しさを、お二人の間に感じます。

倦怠期……とあなたはおっしゃいました。万一それが倦怠期であるとしても、何とふくらみのある倦怠感でしょう。

顔を合わせれば口汚なくののしり合い、お互いの愚行の積み重ねで、こじれにこじれた自嘲や自愛の思いが、憎しみという形しかとり得なくなってしまったわたくしどもの夫婦仲を、奥さま、是非一度ごらんに供したいくらいです。

とんだおしゃべりをして、申しわけございません。今後は一切、事務的に処理いたします。読後火中のこと、くれぐれも。

3

奥様。わたくし、平静です。極めて平静にこの報告をしたためています。平静にしたためようと努力しています。

今日は土曜日で、半ドンでした。御主人は地下食堂で花巻ウドンを食べました。花巻とは渋いですねえ。しかし、どうせ食べるなら、値段も同じですから、タヌキかキツネウドンの方が、カロリーが高くて栄養的だと思いますが、いかがなものでしょう。

それから、将棋をさした同僚に、二人の女事務員と、四人連れだって、東劇で映画見物です。男二人が半々に切符代を出しました。お勤めの間には、奥様、こうしたつき合いも、時にはしなくてはならないものらしいです。

映画が終ると、尾張町に出て、二人の女事務員は地下鉄にもぐりました。それから御主人と将棋氏は、日劇のミュージックホールへ、どちらが誘うともなく、はいりました。

ストリップが終った時、二人はつまらなそうな顔付きで、席を立ち、外に出ました。外に出て、御主人は帽子をとり、どういうつもりか頭髪をごしごし引っ掻き、フケを落す仕草をなさいました。男性として申しますが、奥さま、御主人にボディビルを是非お勧めになって下さい。気休めにはなるでしょう。身体の衰えよりも、衰えを必要以上に意識することがくせものです。これは坂井少年のいうノロイーゼの兆候です。

将棋氏とは有楽町で別れ、千駄ヶ谷駅で御主人は下車しました。

奥様。わたくし平静に御報告しているつもりですが、違いましょうか。平静であるという自信のもとに、わたくしこのお便りをつづけます。ずいぶん思いあぐんだ上での決心なのです。どうぞ奥さまも冷静にお読みになって下さい。

御主人が途中下車した時、わたくし、てっきりどなたかお知合いを訪ねるものとばかり思っていました。そう言えば、有楽町で将棋氏と別れたあと、公衆電話でひとしきり話していたのが、今思い出されます。

御主人はあの界隈に多い旅館の一つにおはいりになりました。

旅館と申しても、奥様、御存じでしょうが、逆さクラゲなのです。それだけならまだいい、と申してはなんですけれど、実は、もっといけないことが起りました。

玄関先に丹前姿の女があらわれ、御主人の腕をとるようにして、さも待ちかねた風情で内に招じ入れたのです。

錯覚ではない。断じてない。まだ明るい五時前のことです。それに、たった一人の身寄りを、どうして見間違えましょう。その女というのが、奥様、わたくしの実の姉だったではありませんか。

敗戦後家の姉は、幼い三人の子供をかかえて、人並以上の苦労をしました。わたくしどもの両親は、戦時中、相次いで病死したのです。

姉は敢然とヤミ屋の仲間に入り、伝手《つて》をたどって鉄火場の物売りにまで出かけました。戦後二年目に復員したわたくしは、行くあてもなく、しばらくの間、身ぐるみ姉の世話になったのです。

誇りだけは高かった往時の箱入娘は、いくたの艱難《かんなん》を経て、筋金入りのいい姐御《あねご》になっていました。やがて姉は小金が出来たらしく、中央線沿線に小さな洋装店を開きました。堅気に戻ったわけです。三人の子供たちも不自由なく、すくすくと学生生活を送っています。

子供たちの将来を考えて、ずいぶん迷ったこともあるようですが、いくらわたくしが再婚をすすめても、うんとは言いませんでした。

ふつうなら、吉富さんが奥様の御主人でなければ、このことも姉のために、泣いて祝福して上げたいところです。そう言えば、因縁めきますけれども、死んだ義兄はお宅と同じ役所に勤めていたのでした。

わたくし実は、ふとした不行跡の尻ぬぐいを姉に委せて以来、姉の家にいることが出来なくなり、それで余儀なくこんな私立探偵みたいな仕事をやっているのです。それ以来姉の家には、敷居が高くて寄りつけないのです。

奥様。わたくしにはもう奥様のお心を推し測るゆとりはなくなってしまいました。

わたくしは思い切って、半ばやけっぱちになり、その旅館の玄関に入りました。年増の女中がお世辞笑いをうかべて、迎えました。わたくしは訊ねました。

「いまの二人連れは、よく来るの？」

女中は警戒の色を示しました。

「警察の方ですか？」

わたくしが否定すると、女中は厭味な笑顔をつくって、急にぞんざいになりました。

「場違いな真似はよしてよ。悪趣味ねえ。まさか新聞記者じゃないでしょうね」

「新聞記者じゃないよ」

わたくしは食い下りました。

「隣の部屋は空いてるかい？」

「お隣じゃ騒々しくて、眠れませんよ。お連れさんがいるのなら、静かな部屋はまだいくつもございますよ。おひとりだけじゃあ、ちょっとねえ」

わたくしはが逆上気味の頭をかかえて、旅館から退散しました。

奥様。この手紙がどんなに奥様のお心を傷つけるか、お察し出来ないではありません。でも、わたくしは今はっきりと知ったのです。奥様はこの世の喜怒哀楽には瀆《けが》されないお方です。あなたの美しさは、形でもなければ、色艶でもない。内側から輝く女性の美しさを、あなたはわたくしに初めて教えて下さいました。永遠の女性という言葉がウソでないことを、青春をろくに知らずに過したわたくしは、くたびれ切った結婚生活の果てに、こんな形で見出したのです。

奥様。

申し上げるだけは、申し上げました。勝手ですが、今日限りわたくしは、調査の任を辞退させていただきます。読後火中のこと、くれぐれもお願いいたします。

4

奥様。

わたくしは、なんというあわて者でしょう。

即日速達という郵便制度は、信用出来るものでしょうか。出向いて仔細を申し上げればいいのですが、お許しのない訪問は出来ませんし、たいへん困りました。この即日速達が、昨日の書面よりも、先に着くことを、心から祈っています。

別に『キノウノテガミヨムナ、ソクタツヲサキニヨマレタシ』という電報も打ちました。せめて電報だけでも、昨日の手紙よりは、早く着きますように。

今日必要な金が、明日でなければ算段出来ないために、わたくしども甲斐性なしは、どんなに惨めな思いをさせられることでしょう。

そして今日判らなければならないことが、明日でなければ判らないために、わたくしども思慮足らずのノロイーゼは、どんなに寂しく情ない道化を演じなければならないことでしょう。わたくし、時折、しんから、映画のフィルムをあべこべに巻き、小説を終りから読み、明日から今日、今日から昨日と、さかのぼる手はないものかと考えることがあります。

今日、日曜日の夕刻、一日握っていた前の手紙を投函したあとで、わたくしは思い切って姉を訪ねました。

奥様。せめて、せめてこのわたくしの勇気をほめてやって下さい。でなければ、立つ瀬がございません。

姉はびっくりして、わたくしを迎えました。よれよれの変装服で行ったものですから、姉はわたくしのことを、よほど落ちぶれていると思ったのでしょう。ウナ丼などを取寄せて、御馳走してくれました。

そのウナ丼をぱくつきながら、わたくしは、それとなく、姉に告白をうながしました。いえ、うながすと言うより、自白を迫ったという方が、正確かも知れません。

ところが姉は、けらけらと笑い出したのです。

「見たの、あんた？　悪いことは出来ないものねえ」

わたくしはかっとなり、ウナギの一片を箸から畳に取り落しました。

わたくしはその瞬間、完全に姉を侮蔑し憎悪しました。あのきりっとした気性の姉が、こんなにだらけた女になろうとは、もう言葉も出ないような気持でした。でも、わたくしは気を取直して言いました。

「姉さんが、幸福になれるのなら、お祝いするつもりで来たんだ。はぐらかすなよ。おれに、黙っている法はないだろう」

姉は笑いつづけるのです。そして苦しげに、わたくしの詰問の合間を見て、

「バカねえ」

と二度ほど呟きました。

そして姉の言葉のごとく、わたくしはバカだったのです。なにゆえにバカであったか。奥様。お聞き下さい。

わたくしをたぶらかした張本人は、麻雀《マージャン》だったのです。

御主人は課長のガムシに呼びつけられ、姉は洋裁店の上顧客《とくい》である課長のゼロ号夫人に呼ばれ、ガムシの部屋で十一時半まで、おつき合いをしていたのです。隣室では騒々しくて眠れないという、あの女中の言葉のどこに偽りがあったでしょう。隣室の麻雀では眠れるわけがありません。

姉の説明で、わたくしは頭がぽかんとなり、ウナ丼をごそごそ食べ終って、姉の家を辞しました。

姉の言葉は本当だろうか、一抹の疑念もあったものですから、帰途千駄ケ谷で降り、れいの旅館に参りました。この度は逆上いたしません。女中にいくらか握らせて聞き出した事実は、まさしく姉の言った通りでした。

奥様。

わたくしがなにゆえにバカか、お判りになったことと存じます。でも、わたくしは我慢

がなりません。わたくしはたいへん憎みます。ガムシと逆さクラゲと、ゼロ号夫人と麻雀を。

そしてわたくしは、ちょっぴりと憎みます。十余年浮気ひとつ出来ないで過した姉の潔癖を。

奥様。御主人は潔白でした。姉も……。姉には、一番違いで宝クジをあてそこなったような、そんな口惜しさを覚えます。しかしそれも、奥様とお嬢さんのために、誰よりもわたくしは嬉しいのです。

御主人が時たま遅くお帰りになる事情は、以上で納得がお行きになったことと存じます。お宅で外の出来事を話さないのは昔からの習慣だと、奥様はご自分でおっしゃいました。原稿料と麻雀によって、小遣いがあり過ぎたり、またなさ過ぎたりする謎、これで氷解したわけです。

御主人のへそくりは、民主主義に反するかも知れませんが、せめての学友や同僚や、ごく狭い範囲でのつながりは、知らぬふりして認めて上げて下さい。御主人と一列に申しては失礼ですが、わたくしどもには今の社会では、その程度にしか人と人との結びつきが許されてないのですから……。

奥様。

今宵は奥様の孤独と御主人の孤独と、お二人のふっくらとした倦怠感と、お嬢さんの健康のために、わたくしは独りどこかの安酒場で乾盃いたす所存です。

残ったのはわたくしの愚かしさだけでしたが、負け惜しみでなく、わたくしはそう思いません。恥を忍んで申せば、奥様、わたくしは今仕合わせです。はかなく、いつ消えそうな形ながら、仕合わせなのです。

最後に御無心がございます。ヘマな調査の報酬は断じて頂きません。そのかわり、大道の流行遅れでいいのです。ネクタイを一本いただかして下さい。わたくしはもの持ちがいいたちで、五本あるネクタイは皆頂きもので、これまでの愚行の歴史がこれにこもっているのです。奥様。ぜひネクタイを一本……。

読後火中のこと、なにとぞお願い致しておきます。

「え、僕が留守番に？」

古木君は西瓜を食べる手を休め、びっくりして問い返した。

「そうだよ。今夏の夏休みは、是非君に頼みたいと、この間から思っていたんだ」

薄く禿げかけた古木君の額を、真正面に見詰めながら、私は言った。

「そ、そりゃやらないとは言いませんがね、夏休みというと――」

「まあ四十日というところだ」

「四十日――」

赤い果肉を食べ終って、白い果皮の見える西瓜を置き、古木君は長嘆息した。彼の西瓜の食べ方には特徴がある。赤い果実は食べ残さず、タネも少ししか吐き出さない。三分の二は呑み込んでしまうらしい。だから彼が食べたあとの西瓜は、昼間の月に似てしらじらとしている。物を粗末にしない精神があると私は見た。

「四十日とは、ずいぶん長いですな。その間常時ここに居なければならないんですか？」

「いや、そうじゃない。ちょっとした用事なら、玄関に鍵をかけて出かけてもいいよ。ただし寝泊りだけはここでやって貰いたいんだ」

「用事というのはそれだけですか」

「うん。あとは来客とか電話の応対だね。ラジオを聞きたけりゃ聞けばいいし、昼寝したけりゃ昼寝をしてもいいよ」

つき合っている人々に、いろんな型がある。たとえば顔を見ると、猫をかまうようにからかいたくなる型がある。これは老若を問わない。何かいやがらせを言いたくなる型がある。中に用事を頼みたくなる型があって、古木君はこれに属するのである。彼は頭髪は薄くなっているが、齢はまだ四十三、四で、半年ぐらい前からこの男に留守番を頼もうと、私は目星をつけていた。

「米屋、酒屋、魚屋などに電話をかけて、持って来させればいい。費用はもちろんツケにして、あとで僕が払う。君はたしか大酒飲みではなかったね」

「ええ。ちょっと咽喉《のど》を湿す程度」

「それならよろしい」

私はうなずいた。

「その他にお礼として一万円出そう」

古木君はまだ独身のアパート住いで、何を仕事にしているか知らないが、しょっちゅうぶらぶらしているように見える。明治時代の言葉で言えば『高等遊民』的なところがあるのだ。このせちがらい世に、そんな境遇はめずらしい。

「何もしないで一万円はありがたいですがね、留守番じゃ一度僕は失敗しているんです」

「一度や二度の失敗は誰にもあるさ」

古木君に決心をつけさせるために、私は台所の冷蔵庫から、ビールを二、三本持ち出して来た。アルコールで話をきめてしまおうとの魂胆である。古木君はそれを一息に飲み干したので、また注いでやった。私も半分ぐらい飲んだが、胃の中で西瓜の汁とビールがまぜこぜになるようで、気分が出なかった。

「で、その失敗とは、どんな失敗かね?」

「ええ。それがその――」

と、古木君は頭をかいた。

やはり夏休み前のことです。僕は高等学生で、ドイツ語の先生に呼ばれましてね。どうもその学期はドイツ語の出来がよくなかったので、お目玉を食うんじゃないかと、おずおずして出かけたら、果して第一の理由はそれでした。

案内を乞うと、先生の奥さんが出て来て、応接間に通され、やがて先生が現われました。

いつも学校では詰襟服を着て、髭をはやしてこわい先生でしたが、その日は和服です。胸をはだけて、胸毛が見える。肌があかくやけています。顔も少々あかくなっているところを見ると、酒が入っていたのかも知れません。いきなり僕を睥睨《へいげい》して、

「君、一学期のドイツ語の成績、なっとらんじゃないか」

「はあ」

　僕は小さくなりました。

「二学期三学期、よっぽど勉強しないと、取返せないぞ。やる気が一体あるのか？」

「そりゃもちろんありますけれど――」

「約束するか？」

「約束します！」

「いやいや、君は故郷に戻ると、海水浴したり遊んでばかりいるに違いない」

　先生は憮然として髭を撫でました。

「わしは君の行動をこの間からつらつら観察していた。君は誘惑にもろい。強い意志に欠けている」

「そうでもないつもりですが――」

「いや。そうである」

　先生は卓をどしんと叩きました。すると合図のように美しい奥さんが、奥から出て来て、

先生にはビールのジョッキを、僕には氷水を運んで来た。生徒というのはつらいもんですな。先生がビールを飲んでいる間に、氷水で我慢せねばならないとは。でもその氷水はうっすらと甘味がついていて、割にいい味でした。

「君は意志が弱い。人から何か頼まれるとイヤとは言えない。人に用事を頼まれやすい人相、つまり頼まれ顔というやつだ。ドイツ語で言うと――」

何とかリッヒという型に属するそうですが、その言葉はもう忘れました。

「ドイツ人にもそんな人がいますね」

「いるよ」

先生はジョッキを傾けて、髭を泡だらけにしました。それを手の甲で拭き、着物になすりつけながら、

「君の一学期のドイツ語の点は、二十点だ」

「二十点？」

僕は内心おどろきました。せめて四、五十点は取っていると思っていたのに。平均六十点以上取らなきゃ、落第です。平均六十点以上取るためには、二学期三学期に八十点以上取らねばならぬというわけです。

自ら泣きっ面になったのでしょう。先生は急にやさしい声になって、

「君には語学の才能があるから、秋冬と頑張れば、進級だけは出来るじゃろ。あんまり心

配するな」

「はあ」

やっと私は愁眉《しゅうび》を開きました。僕らの担任がこの先生なので、百万人の力を得たようなものです。すると先生はまた元の声に戻って、

「それには勉強。勉強が第一だ。故郷に帰って遊んでいるべきところじゃない。わしの家に一夏止宿して、ドイツ語の勉強に励みなさい」

「え？　泊りこみですか？」

「そうだ。君の教科書はカータームルだったね。あの本を最後まで読み、文法的に研究し、二学期三学期に具えなさい。判らないところは辞書で調べるとすぐに判る」

「僕の辞書は夏休みにそなえて、質屋に入れてしまったんですが――」

「質屋？」

先生はぎろりと僕をにらみつけました。

「辞書を質屋に入れて、この夏休みは一体どうしてドイツ語を勉強するつもりだったのかっ」

僕が返事に困ってうつむいていると、先生は追打ちをかけるように、

「だからわしの家に来なさい。辞書類は書斎にたくさん取りそろえてある」

「しかし先生の邪魔になるでしょう」

「邪魔にはならない。わしたちはこの一夏妻《さい》の故郷に行って、翻訳かたがた静養に努めるつもりだ。妻の故郷はいいところだぞ。小さな漁村で、泳ぎも出来るし、魚釣りも出来るし――」

僕はがっくりしました。つまり先生は僕をドイツ語の不成績にかこつけて、留守番をさせようと言うんですな。頼まれ顔もいいところです。

「しかし僕の父や母が――」

僕だって早く帰郷して、泳ぎだの登山したい。そこで最後の抵抗をこころみました。

「いや。君のお父さんには、わしが手紙を書いてあげる。心配はするな」

「二十点の件も、親爺に報告なさるつもりですか」

「いや。そこは適当にごまかして上げよう」

先生はにやりと笑い、手を打って奥さんを呼びました。美しい奥さんが出て来て、僕に丁寧にお礼を言いました。

「おかげさまで、ほんとに助かりました。自分の家のように、気楽にふるまって下さいましね」

こうして僕はだまし打ちのように、陥落させられてしまいました。一学期にもっと勉強しとけばよかったと、後悔してももう遅い。

こうして先生から鍵をあずかって、留守番にいそしむことになりました。しかしよその家に閉じこもって、ドイツ語の勉強をするなんて、何ともうっとうしいものですな。先生が言い置いたものと見え、米屋はちゃんと期日ごとに届けて来るし、魚屋八百屋は御用聞きに来てくれる。食べるものは事欠かないが、あまり食欲が出ない。暑いですからねえ。ことにこの地方都市は四方を山に囲まれた盆地で、海っ気は更になく、ひどく暑くてむんむんするのです。つまりフライパンで煎られているようなものですな。

「うん。あれは暑いところだ」聞いている私も相槌を打った。「夏は暑いかわりに、冬はめっぽう寒い」

そうでしょう。その暑い盛りに勉強しようなんて、どだいムリな話です。そこで僕は先生の言葉通り、昼寝をしたりラジオを聞いたり、先生の書棚から怪しげな挿画のついた本を捜し出して、面白そうな箇所の抄訳をこころみたり、そんなことで時間をつぶしていました。先生が何と言ってやったか知らないが、故郷の父から手紙が来て、

「暑い折柄帰郷もせず、ドイツ語の勉学にいそしみおるとは感心の至り。よく先生の命令を聞いて所期の効果を上げられたし」

命令を聞こうにも聞かないにも、先生は新妻同伴で海水浴に出かけているんですからね

え。僕はその手紙を読んでくさりましたよ。

この留守宅にちょいとした異変が起きたのは、夏休みも半分以上過ぎた頃でしょうか。ある夕方、僕は玄関に鍵をかけて、街の銭湯に出かけました。大体僕は長湯の方で、一時間余り入浴して、すがすがしい気分で戻って来ました。玄関の鍵をがちゃがちゃあけて茶の間に入る。思わずあっと声を立てました。チャブ台の前に見知らぬ男が大あぐらをかいて、ビールを飲んでいたのです。

「君は誰だ?」

僕は大声を出しました。すると向うは落着いて、反問しました。

「そういう君こそ誰だ」

「僕は古木と言って、先生から留守番を頼まれたものだ」

「おれは林と言ってな」

彼はゆっくりした口調で答えました。

「先生に頼まれて、君が実直に留守番をしているかどうか、見に来たんだよ」

林というのは僕より三つ四つ年長で、顔色もあまりよくない。服装もふだん着で、お粗末なものでした。腕力も弱そうなので、僕はいくらか安心して、チャブ台に対してあぐらをかきました。すると林は僕にビールを注いでくれました。私は訊ねました。

「どうやってこの家に入ったんだね」

「おれも先生から鍵を預ってんだ」

林は悠然と答えました。

「実を言うと、おれは先生の遠縁に当るんだよ。だからよく先生に用を言いつけられるんだ」

「するとこのビールは？」

「冷蔵庫の中に入っていた。このアスパラガスの罐詰《かんづめ》、わりにうまいよ」

「それ、先生のじゃない。僕が買って入れといたんだぞ」

僕だってビールぐらいは飲みたいですから、買って来ておいたのです。それをむざむざと見知らぬ男に飲まれては、たまったもんではありません。すると林はすこしも動ぜず、

「そうか。君のか。そりゃ悪かったな」

立上って、

「では酒屋に電話して、取寄せよう。なになに、任せとけ。代は先生につけとけばいい」

ビール一打《ダース》に清酒一本、それから各種罐詰を注文して、ビールはごしごしと冷蔵庫に詰め込みました。戦前のことですから、電気冷蔵庫でなく、頑丈な氷冷蔵庫です。清酒を持ってチャブ台に戻り、茶碗酒の酒宴を始めました。話し合って見ると案外さっぱりした男で、僕もいい気持になり、

「今日は泊って行けよ」

と言ったら、

「そう願おうか」

というわけで、茶の間に二人枕を並べて寝ました。そして林が言いました。

「おれが泊ったということ、先生に知らせない方がいいよ。あいつ、豪放磊落《ごうほうらいらく》をよそおっているが、案外神経質なところがあるからな」

「そうかい。じゃおやすみ」

むし暑い夜でしたが、なにぶん酔っているものですから、二人とも大いびきでぐうぐう眠ってしまいました。

朝宿酔《ふつかよい》気分で十一時頃眼をさますと、林の姿はもう見えませんでした。枕もとに紙片《かみきれ》があり、

「とても楽しい一夜だった。その中またお訪ねする。林生」

と書いてありました。

それから三日後のことです。私は退屈して映画でも見る気になり、鍵をかけて出かけました。何とか言うドイツのオペレッタ映画でしたが、当時の僕の学力では理解出来ません。もっぱら日本語の焼付〔字幕〕にたよって鑑賞、八時頃家に戻って参りました。玄関の鍵をあけ、さっきから便意を催していたので、早速入ろうとすると、内側から鍵がかかっている。扉をコツコツたたくと、内からえへんと応答がありました。

ていたのです。

「今来たばかりだ」

私は茶の間に戻って、やがて林と交替して、便所に入りました。ある疑問が僕をとらえ
「ああ、林君か。いつ来たんだね？」

「おれだよ。林だよ」

(確か玄関を入る時、土間に履物は何もなかった。あいつ、どこから入っただろう？)

手を洗って茶の間に出て来ると、もう林は勝手に冷蔵庫からビールや罐詰を出して、チャブ台に並べているところでした。僕は質問しました。

「君は一体どこに靴を置いたんだね」

「そ、そこだよ」

林はすこしあわてて庭先をさしました。

「暑いからねえ。戸をあけて置いたんだ」

「戸をあけるって、君は玄関から入ったんだろ」

「そうだよ」

「じゃ靴のまま上って、庭の戸をあけたのかい？」

「冗、冗談言うなよ」

林はビールの栓を抜きました。

「戸をあけてから、靴を庭の方に廻したんだ」

「ふうん」

僕は何か割り切れないまま、コップを飲み干しました。

「君は玄関から入り、また玄関の錠をおろしたのか。どうせ僕が戻って来ることは知ってるくせに」

「あははは」

林は可笑しそうに笑いました。

「留守番の第一課は、用心ということだよ。用心に用心を重ねても足りない。つまりおれは便所に入るに当って、その間に空巣が入ったら大変だからねえ、玄関に鍵を掛けといたんだ」

「なるほど、留守番の第一課は用心か」

僕はほとほと感心して、林にビールを注いでやりました。林という奴はやせっぽちの癖に酒豪で、僕の酒量はせいぜい三本程度だけれど、彼は五本や六本は平気です。しきりに飲み干しながら、隣の部屋を指して、

「あの部屋にコケシがたくさん並んでいるが、あれは先生の趣味かね?」

「いや、奥さんが趣味で集めているらしい。ずいぶん各地方のものが集められているそうだよ」

「ふん。奥方の趣味なのか」

「何だ。君は遠縁の者のくせに、奥さんの趣味も知らないのか？」

「いや、おれは先生の方の遠縁でね。貴美子さんとは関係がない。だからコケシの趣味のことは知らないんだ」

趣味談義から世間話になり、それから身の上話になりました。身の上をもっぱら語ったのは僕の方で、彼は僕に同情して、

「ドイツ語の不出来を理由にして、君を自宅に監禁するなんて、とんでもない野郎、いや、先生だなあ。同情するよ」

「しかしどうして僕に留守番を頼んで、遠縁の君に頼まなかったのかな」

「あいつ、おれが大酒飲みだということを知ってんだ。だからうぶな君に頼んだに違いない」

それから林は涙っぽくなり、泣き声で愚痴をこぼしたりし始めたので、僕は無理矢理に彼を寝かしつけました。泣上戸《なきじょうご》というんでしょうな。翌朝眼がさめると、彼はもう出て行ったらしく、姿は見えませんでした。

「朝飯も食わず、鼠みたいな妙な男だな」

戸をあけ放ちながら、僕は呟きました。

「でも悪い人間じゃないらしい。あの顔を見れば判る」

夏休みも終り近くになり、先生からハガキが来ました。留守番御苦労ということ、八月三十日に戻るから留守宅をきれいに掃除しておくように、というカンタンな文面です。勉強がはかどったかなどとは、一行も書いてありません。つまり僕の勉強なんか、どうでもよかったのでしょう。

先生帰宅の前々日の夜、また林がやって来ました。例の如くちょっと僕が留守した隙に忍び込み、茶の間でビールを飲んでいました。

「今晩は」

僕は思わずあいさつをしました。どちらが主人でどちらが客なのか、あまり林が悠然としているので、ついこちらがお客のような感じになってしまう。

「やあ。古木君か。まず一杯飲みたまえ」

僕はとりあえずぐっとあおり、ポケットから先生のハガキを出して、林に見せてやりました。林は眉をひそめてそれを読みました。

「明後日か」

「うん。そうなんだ。それについて君に頼みがあるんだが、明日掃除をやるから、手伝ってくれないか」

「うん。掃除をね」

林は首をかしげていましたが、やがて、

「やくざにも一宿一飯の義理というものがある。よろしい。手伝おう。そのかわり今夜はじゃんじゃん飲むぞ」

「手伝ってくれるか。それはありがたい」

で、その夜はビールと罐詰の総揚げで、林も酔っぱらい僕も酔っぱらい、共に寮歌をうたったりして、翌朝眼をさましたのは、十二時頃です。林はすでに起きて朝飯をつくって、僕を揺り起しました。

「おい。もう昼だよ。早く起きろ」

林のつくった飯はよくたけていて、味噌汁もうまかった。僕がつくるのより、はるかに上々の出来です。ほめると林はてれて、

「おれ、案外炊事はうまいんだ。器用に生れついたんだね」

飯がすむと、食器と昨夜の残骸を片付けました。林は箒を出して、せっせと茶の間や他の部屋をはき、書棚の整理やほこり取りなどをやりました。僕は台所の掃除と庭の草むしり。主として外廻りの清掃をやりました。隣家との竹垣に、しなびたような朝顔が三つ四つ咲いていたのを、今でもありありと思い出します。

午後五時頃掃除がすんで手を洗い、夕食でも食おうとさそったら、林は手を振って、

「いや。今日は家に帰ろう。すこし疲れたから」

そして玄関から出て行きました。その後姿はへんに淋しくわびしそうでした。きっと不幸な男だと僕は思いましたな。

予定の如く先生夫妻は、三十日に帰って来ました。よく掃除されているので、先生は満足げに家の中を見廻し、書斎に入りました。夫妻ともすっかり日焼けして、まっくろです。思うさま泳いだり、魚釣りをしたに違いありません。

「よく勉強が出来たかね」

「はあ。どうにか。一所懸命にやりました」

奥さんがつめたい紅茶を運んで来ました。

「林君という人が時々訪ねて来て、泊ったりしましたよ」

「林？」

先生の眉が動きました。

「林って誰だい？」

「何でも先生の遠縁にあたるんだと言っていましたが——」

そして僕は林の風貌などを説明しましたが、先生には心当りはないようです。奥さんをかえりみて、

「貴美子。お前に心当りあるか？」

「いいえ」

夫人も眉をひそめました。

「一体誰でしょう」

「そんな為体《えたい》の知れない男を、どうして泊めたりしたんだ？」

「酔っぱらって、動けなくなったからです」

「酔っぱらった？　酒を買ったのか？」

「いいえ。林が酒屋に電話をかけて取寄せて、先生のツケにしろと——」

「おれのツケだと？」

先生は怒ったと見え、顔が一段と赤黒くなりました。

「そんな為体の知れない男に、御馳走したり寝泊りさせたりして、全く怪しからん。何か持って行かれはしないか。貴美子も調べなさい」

それで書斎や茶の間などを調べると、別になくなったものはないようです。夫人が納戸から声を上げました。

「あら、コケシが一つなくなっているわ。秋田から送ってもらったあの小さなの」

「コケシ？」

先生は怒鳴りました。

「コケシの一つや二つ、どうでもよろしい」

先生が次に発見したのは、茶の間の隅の半畳です。上に乗るとぶかぶかとする。これはおかしいと畳を上げて見ると、床板がその分だけ切り取られ、二、三枚外されていました。なにぶん戦前の借家ですから、造りが雑で床下が高く、自由にもぐり込めるのです。

「奴、ここから出入りしてたんだな」

「玄関の鍵を先生から預っていると申しておりましたが――」

そういえば林の出入りぶりは変だった。いつの間にかチャブ台に坐っていたり、便所に入っていたり、鼠みたいな男だと思っていました。留守番は用心が第一だと、逆に説法されたりして、僕もいい面の皮です。しかし一体彼はどうしてそんな細工までして、この家に入りたかったのでしょう。

先生は僕を書斎に呼んで、こんこんと訓示をしました。

「幸い被害は僅少に済んだが、君は用心の義務を怠った」

「はあ」

「君に手当を出そうと思っていたが、変な男を引き入れたりビール類の大量をわしのツケにしたり、もう手当はやらんことにする」

「はあ」

ひどいことになったもんだと、僕は忌々しく頭を下げました。

「でも長いこと御苦労だった。飯でも食べて行きたまえ」

「いや。結構です」

僕は自分の荷物をとりまとめ、学校の寮に戻りました。運動場はむんむんと草が茂り、寮生のほとんどが戻って来ていました。皆くろぐろと日焼けしているのに、僕は元のままで、

「よっぽど根を詰めて勉強したんだな」

と皆にからかわれ、たいへん面白くない気持でしたな。

一週間ほど後、寮の僕宛てに林から手紙が来ました。封を開いて見ると、

「夏休みはいろいろお世話になった。事情はもう判ったことと思う。おれはアキスを働くつもりで床板を切り取ったが、君が外出をあまりしないので、困ってとうとう居直る気で押し入った。実のところあの家のものを洗いざらい持ち出すつもりだったが、君とビールを飲んでいる中に情がうつり、ほとんど何も持ち出せなかった。君の責任になると思うと、出来なかったんだね。君は実にいい性質の人間だ。その好さをうしなわず、世の中を渡ってほしい。おれみたいなやくざな男にはなるなよ。ではさようなら。林生」

この手紙を読んだ時、僕は舌打ちしたいような、哀しいような気持になり、ばりばりと破って屑籠の中に捨てました。え？　成績の方ですか？　二学期三学期とあまり試験が出来なかったのに、ドイツ語は及第点を取り、無事進級が出来ました。やはり先生が甘い点をつけてくれたのでしょう。

それから何年か経ち、戦況はますます苛烈となり、国民兵の僕も召集されました。国民兵を召集するぐらいだから、戦況ことごとく非で、僕らはそれでも海兵団で三ヵ月の訓練を経て、実施部隊に編入されました。実施部隊と言っても、軍艦でなく、陸上部隊です。実施部隊の訓練もなかなか楽ではありませんでした。

ある日のこと僕が便所に行くと、そこから出て来た下士官がある。敬礼しながらふと顔を見ると、まさしくあの林でした。僕はびっくりして、通り過ぎて行く林の袖をつかんで、

「林君。君は林君じゃないか」

と呼び止めると、彼はふり返り、

「何だ。初年兵のくせに、君よばわりをしやがって――」

そう言いかけて、僕の顔を凝視して、

「何だ。お前は古木じゃねえか。教授の家に留守番をしていた――」

「そうだよ。林君」

「よせやい、林君だなんて。実はおれは林姓じゃない。駒田というんだ。以後駒田兵曹と呼べ」

「そうですか。駒田兵曹。久しぶりですねえ、お元気の様子で安心です」

「うん。あの時は迷惑をかけたな。ここでは何だから――」

駒田はあたりを見廻して、

「巡検後、烹炊所《ほうすいじょ》の下士官室に来い。話もあるし、うまいものを御馳走してやるから」

「そうですか。楽しみにしています」

その夜の巡検後、僕は吊床を降り、暗い中を烹炊所に行きました。駒田は私を待っていたらしく、兵に汁粉を持って来させ、僕に勧めました。さすが烹炊所だけあって、兵には配給されない甘味品が山とたくわえられているようです。僕がうまそうに汁粉をすするのを見ながら、あの頃の話となり、

「どうだい。先生は怒ってたかい」

「ええ。かんかんになってね、留守番手当がふいになりましたよ」

僕は箸を置き、

「駒田兵曹は一体どんなつもりで、あの家をねらったんですか？」

「そのことか」

駒田は腕を組み、ちょっと考え込んでいました。あの頃と違って顔もやけ、骨格もたくましくなっていました。

「実を言うとあの教授夫人貴美子は、いわばおれの初恋の女だったのだ。おれが中学生、彼女が女学生でね。愛を誓ったわけじゃないが、おれは早くえらくなって、あいつを嫁に迎えることを夢想していた」

「なるほど」

「そしておれは一所懸命に勉強して、あの高等学校に入った。おれが二年の時、おどろいたことには、貴美子があのドイツ語教授のとこに嫁入ったじゃねえか。おれは腹が立つし、恨めしかったね。将来の設計ががらがらとくずれ落ちるような気がしたね」

「よく判ります」

「一週間ぐらい経って、やっとおれは落ち着いた。おれの自分勝手な片思いだということが、身にしみて判ったわけだ。でも、おれは貴美子に手紙を書いたね」

「恋文をですか?」

「恋文なんかを書くかよ、このおれが!」

駒田は腕組みを解いて、苦笑いをした。

「おれは率直に書いた。おれの心境をね。そして結婚のお祝いと将来の多福をね。それですっぱりと貴美子のことはあきらめた。するとその手紙をあのへボ教授が読んだらしいんだね。おれは教授室に呼ばれた」

「それから?」

「高校生徒のくせに、教授夫人にラブレターを出すのは何ごとだ、と言うんだね。いくら弁解しても通らない。第一あれはラブレターじゃない。そう説明しても、てんで教授には通じない。新婚当時なので、頭がかっかしているんだ。教授会にかけて、退校処分にすると言うのだ。仕方なくおれは頭を下げてあやまったよ。まったく腹が煮えくり返るような気持だったね」

「その気持、よく判ります」

「しかしそれからが問題なんだ。教授会にはかけられなかったが、あの先生の奴、試験の度におれにひどい点をつけやがる。おれが悪かったと思って、懸命に勉強しても、採点はゼロに近いんだ。初めておれは奴の魂胆が判ったね。全くもって卑怯極まる」

「ふうん」

「そしてその学年、ドイツ語が致命傷で、とうとうおれは落第をした。こんな目に合わせられりゃ、勉強もばからしくなって、やる気がしない。おれは退学届けを出して、学校を飛び出した。お前ならどうする？　じっと辛抱するかい？」

「そんな目に合ったことがないから、はっきり言えないけれど――」

　僕は答えました。

「やはり飛び出したでしょうな」

「そうだろ」

　駒田はうなずきました。

「退学しても、高校中退なんか雇ってくれるところはない。ぶらぶらしている中に、あのヘボ教授が夏休みになると、ずっと留守にするという情報も聞きつけた。だからおれはあいつの家に空巣に入り、あらいざらい家財を持ち出して、物質的打撃を与えてやろうと思い立ったんだ。今思えば、みみっちい浅墓な考え方だったな。あいつをやっつけるには、他の方法を取るべきだった」

「なるほど。そういう事情でしたか」

「で、いよいよ押し入って見ると、君という留守番がいる。おれのことを疑いもしない。お前とビールを飲んでいると、少しばかばかしくなってね。先生の辞書類を持ち出して質入れにしても、いくらにもならないだろうし、あいつはあいつでまた買い込むだろう。うっかり質入れして、それで足がついたら、おれの一生は台なしになる。だから空巣はやめて、ただ君とビールを飲んだだけで済ませた」

「ずいぶん飲みましたね」

「うん。でも最後の掃除の日、納戸からコケシを一本失敬した」

彼は立ち上って、自分の衣嚢《いのう》の中から、何か持って来ました。見ると一本の小さなコケシです。ずいぶん持ち廻ったと見え、コケシの肌は艶をうしない、くろずんでいました。僕が受取ってしげしげ見ると、何だかそのコケシの顔は、貴美子夫人に似かよっているように思えました。僕はしばらくあれこれ眺めた揚句、さりげない低い声で聞きました。

「あなたはまだ貴美子夫人が忘れられないのですね」

「ああ」

駒田はうめくように言いました。

「あいつは憎い。憎いけれども、忘れられない。おれは今でも、あいつのことを好きなんだ」

僕は黙っていました。しばしの沈黙のあと、駒田は顔をそむけるようにして言いました。

「もう遅いから、お前はもう帰れ」

「古木一水〔一等水兵〕、帰ります」

僕は立ち上って敬礼をしました。駒田は顔をそむけたまま、黙って手を振りました。僕は暗い中を兵舎に戻り、吊床の中で横になりました。何やかや頭に浮かんでは消え、いつまでも眠れませんでした。

駒田とその部隊にいたのは、約半箇月ぐらいなものでしょう。ある夜駒田が僕の居住区にやって来て、話があるからと言うので、吊床を降り煙草盆へ行きました。駒田は僕に「ほまれ」を一箱くれ、そしてささやきました。

「二、三日中におれは転勤になるんだ」

「え？　どこへ？」

「大きな声を出すな。実はサイパンだ」

「サイパン？」

米軍の島伝い作戦がもう始まっていた頃です。僕は言いました。

「じゃしばらくの別れですね。またどこで会えるやら――」

「しばらくどころじゃない」

駒田はたしなめました。

「第一生きて還れるかどうか、怪しいもんだ。ま、おれにはまだ死ぬという実感はないが、何だか青春を空費したような気がして、それだけが心残りだ」

そんな話をして別れました。駒田と会ったのは、それが最後です。サイパンが玉砕したのは、それから二箇月後、六月十五日のことでしたかしら。玉砕の報を聞いた夜、僕は吊床の中で駒田のことを考え、涙が出て仕方がありませんでした。駒田はほんとに可哀そうな男でした。


僕は無事に、時には命のあぶないこともありましたが、内地で終戦を迎え、復員することが出来ました。生きて帰れてよかったと思います。しかし生きている価値は何か、今でも僕にはよく判らない。

終戦の翌年の秋、僕は用事があってあの街に行き、あのドイツ語教授の家を訪ねました。家は焼けずに残っていて、故郷から呼び寄せたのでしょう、貴美子夫人は老女と二人で住んでいました。先生の消息を訊ねると、おどろいたことには、先生は死んだと言うのです。なんでも学校が爆撃され、宿直にあった先生は火叩きで防火の途中校舎が傾き、落ちて来た煉瓦が頭に当った。夫人の名を呼びながら、応急処置所で死んで行ったそうです。

「お墓でもお詣り願えませんかしら」

僕は夫人に連れられて、墓地に行きました。墓地は小高い丘の中腹にあり、木の墓標が立っていて、先生の名が書いてありました。

「早く墓石を立てたいと思うんですけれど」

と夫人は僕に言いました。

「まだ物資不足で、当分の間は望みがありませんですわ」

僕は墓標にぬかずき、ただ「さようなら」と一言となえました。もう死んでしまった人に、何の言葉がありましょう。墓地には秋風が吹き、萩やススキやワレモコウが、手入れもされず茂りに茂っていました。

帰途、僕は夫人と並んで歩きながら、

「いろいろ御苦労なさいましたね」

実はサイパンで死んだ駒田のことを、おそらくはコケシを抱きしめて玉砕した駒田のことを話そうと思っていたのです。

「再婚の意志はおありなのですか?」

「いいえ。まだ」

日傘をくるくる廻しながら、夫人は婉然と笑って答えました。

「まだその機会もありませんし、母にすべてを任していますから――」

そのにこやかな笑顔を見て、僕にむらむらと憎しみの情が胸にあふれて来ました。女とはこういうものか。駅近くで別れるまで、僕は駒田のことは口に出さなかった。今考えても、口にせずによかったと思っています。貴美子夫人にも、それ以後一度も会いません。よき人でも見つけて、再婚したでしょう。

「ふうん。話はそれだけかね？」

ビールを飲みながら私は言った。古木君もコップを傾けながら答えた。

「ええ、それだけです。思うに人生とは、空しいものですな。運命のままに人は生き、苦しみ、それで死んで行く。それだけのもののような気がしてなりません。あなたはそうは感じませんか？」

III

鏡――「破片」より

隣の家に、妙な男が引越してきた。

引越してきたその夜、その男は次郎の家に、鋸《のこぎり》を借りにやってきた。いくらかおでこで、耳が狐みたいに切立っていて、撫で肩で、どことなく身のこなしに、へんに女性的な感じのする男であった。玄関の暗がりに立ち、小腰をかがめて、押しつけるような声で、

「如何でしょう。ひとつノコを、貸してやって頂けませんか」

揉《も》み手さえしている様子である。次郎はだまって立ち上って、台所の棚に鋸をとりに行った。その間、男はしきりに首を伸ばして、次郎の家の内部を、じろじろとのぞいていたらしい。再び次郎が玄関に出てくると、はっと頸《くび》をちぢめるような動作をしながら、

「これは、これは。では、明日にでも、すぐお返しに参上つかまつります」

男が鋸を持ってそそくさと帰ってゆくと、次郎はなんだか落着かない気分になって、土間に飛び降りると、玄関の扉をいつになく厳重に戸じまりをした。次郎の家は、四畳半と

六畳の二間で、玄関から首を伸ばせば、家中が全部見渡せるのである。お粗末な借家造りで、二軒長屋の片側の家であった。男が引越してきた隣家というのは、つまり次郎の家と背中合わせになった、反対側の家なのである。家主が権利金をつり上げたのか、そこは長いこと空屋になっていた。

それから一週間経っても、男は鋸を返しに来なかった。

ある日曜日、次郎は急に鋸が要ることがあって、隣の家にそれを取り返しに出かけた。隣と言っても、背中合わせの形になっているので、その玄関まではぐるりと迂回しなければならないのである。するとその玄関には「仁木寓《ぐう》」という新しい表札がかかっていた。仁木という姓なのだと思いながら、次郎はとにかく玄関の扉を引きあけた。この家を訪問するのは、これが次郎にははじめてであった。そのとたんに次郎は、なんだか奇妙な感じの空気が、全身にぶわぶわと押し寄せてくるのをかんじた。

扉の音を聞きつけたと見えて、仁木が奥の部屋から飛び出してきた。女物と見まがうばかりの派手なハンテンを、ぞろりとまとっている。どうぞ、どうぞ、と切なく誘うものだから、次郎は下駄を脱いで、とことこと六畳の部屋に上った。さて座布団に坐って、仁木と相対して見ると、それでも座の空気は妙に落着かなく、ふしぎな違和感が次郎を膜のように包んでくるようであった。次郎は眼をきょろきょろさせて、しきりにあたりを見廻した。

「なにぶん、まだ一向に、かたづきませんで——」

弁解するような口調で、仁木はそんなことを言ったりした。しかしその部屋は、割にきちんとかたづいていた。次郎に奇妙な違和感をあたえるのは、その部屋の形や調度の有様なのであった。それは次郎の家の内部と、そっくり裏返しになっていた。背中合わせの家だから、四畳半六畳台所という間取りも、そのまま逆になっていたし、仁木の乏しい家具や調度類も、大体次郎の家をひっくりかえした位置に、きちんと配置してあった。そのことが次郎には、なんだか生理的に面白くない感じであった。やがて次郎は低声《こごえ》で催促した。

「じつはこの間お貸しした鋸を——」

「あ。すっかり忘れておりました」

派手なハンテンの裾をひるがえして、仁木はひらりと台所の方に立って行った。のぞくともなしにそこをのぞいていると、仁木の台所にも、次郎の台所と同じような棚があって、次郎がいつも鋸をしまう場所から、今仁木が鋸をとり出そうとしているところであった。嘔《は》きたいような厭な戦慄が、その時かすかに次郎の咽喉《のど》をはしった。

やがて鋸をもって自分の家に戻ってきても、次郎は何かへんに落着かなかった。自分の家でありながら、自分の家ではないような気がした。彼はしきりに家中を見廻して、眉根を寄せたり、また何かを考え込む顔付になった。そして立ち上って鋸を、六畳間の袋戸棚の奥深くしまい込んだ。

それから四、五日経った。扉をがたがたと引きあける音がして、仁木がまた玄関に入ってきた。

「へえ、こんにちは。どうかビールの栓抜きを、貸してやって貰えませんか。直ぐお返しにあがりますが」

茶簞笥《ちゃだんす》の抽出しをごそごそ探している間中、次郎は背後に仁木の粘っこい視線をかんじていた。栓抜きぐらいは自分で買えばいいじゃないかと思ったり、また貸したくないような気持になったりして、なかなか栓抜きは見付からなかった。やっと抽出しの底から見付け出すと、次郎はむっとした表情で、それを仁木の掌に手渡した。仁木の掌は、女のそれのように小さく、柔かそうであった。その掌で栓抜きをにぎってぺこぺこ頭を下げながら、仁木はあたふたと戻って行った。そしてその栓抜きも、仁木は返しに来なかった。

三日目になると、次郎はそれが要るという訳ではなかったが、何だか放って置けないような気分にかられて、杉の生籬《いけがき》をぐるりと迂回し、仁木の玄関にのりこんで行った。この前と同じように、仁木はハンテン姿で勢よく玄関に飛び出してきた。

「さあ。よくいらっしゃいました。さあ、どうぞ。どうぞ」

六畳間に上って、座布団に坐りこむと、次郎はこの前の妙な感覚が、身体によみがえってくるのを感じた。しかもその奇妙な感覚は、この前の時よりも、なぜだかずっと明瞭で、ずっと切実な感じであった。

「ああ、栓抜きでございましたね」

仁木は横這いに部屋のすみに行ったと思うと、見るとそこには次郎の家のとそっくりの茶箪笥が置かれていた。次郎は咽喉の奥がグッと鳴るような気がした。この前訪問したときは、この茶箪笥はなかったものである。あれ以後に買ったものに違いなかった。その同じ位置についた抽出しを、仁木の手がしきりに探っている。

「ええと、たしかにここに、しまって置いたんだがなあ」

それから四、五日すると、仁木はフライパンを借りに来た。それを取戻しにゆくと、今度は四畳半の部屋に、次郎の家のと同じ型の長火鉢が殖《ふ》えていて、鉄瓶がシュッシュッと湯気を立てていた。その鉄瓶の把手《とって》の形も、次郎の家のとそっくりであった。

「なにしろ戦災でみんな焼かれてしまいまして――」

仁木は揉み手をしながら、あやしい眼付でお世辞笑いをした。

「――それでも少しずつ、おかげさまで、道具がととのって参ります」

それから四、五日目ごとに、仁木は何かしら次郎の家に借りに来た。ある時はシャベルであったり、梯子であったり、針と木綿糸であったり、ある時は歳時記であったり、すり鉢であったり、昨日の夕刊であったり、またある時はピンセットであったり、灌腸器《かんちょうき》であったりした。とにかくよく考えつくと思うくらい、仁木はいろんなものを次々に、次郎の家に借りに来た。借りて行っても決して戻しには来ないので、その都度次郎は取戻しに行かねばならない。するとその度に、仁木の家には品物が殖えたり家具の位置が変ったりして、つまり細部にいたるまでしだいに、次郎の家の内部と全くそっくりになってくるのを、次郎は目撃し感知した。そっくりと言っても、正確に言えば、そっくり裏返した訳であった。たとえば長火鉢にしても、どこからどう探してきたのか、形や大きさは次郎の家のとそっくりのくせに、どういうものか抽出しだけが逆の位置についていた。壁のしみまでが、そっくり逆の形についている。背中合わせの共通の壁だから、あるいはそれが当然だとも言えるが、次郎はそれにも不気味な感じを押え切れなかった。

(あいつの家がそっくり、おれの家の裏返しになってしまえば、その時おれはどうしたらいいだろう?)

自分の家の長火鉢の前に坐っていても、ふとそんなことを考えると、次郎はひどく不安な気分になり、居ても立ってもいられなくなって、おろおろと部屋の中を歩き廻る。仁木の家では近頃猫を飼い始めて、その猫がまた次郎の家のと、双生児みたいによく似た猫であった。ただ斑《ぶち》だけが逆になっていた。そんな猫を飼うのも、仁木の自由な筈であった。

次郎はそれを阻止する権利も強制力もなかった。そのことが次郎の不安に拍車をかけた。

(どうしたらいいだろう。どうしたらいいだろう?)

飯を食っている時でも、逆の形で飯を食っている仁木の姿を思い浮べると、次郎は急に食慾を喪失した。便所にしゃがんでいる時でも、同じことが頭にひらめくと、すぐに便意が消滅する。だから次郎はこの頃、永いこと便秘状態がつづいていた。そして四、五日目毎に、仁木は相変らず玄関にあらわれて、丁寧な言葉使いで、何か道具器具の借用を申し入れる。その翌日になると、次郎は強迫観念のかたまりのようになって、じっとしておれなくなり、仁木の家に取戻しに行く。仁木の家を見ることは、恐いことである筈なのに、そうせずにはいられないのであった。その度に仁木の家の中は、次郎のにそっくり逆に近づいてくるのが判る。

大晦日に近い日であった。貸したパレットナイフを取戻しに、次郎は仁木の家を訪れた。そして自分の身体も裏返しになった感じで、仁木の部屋の座布団に坐りこんでいた。長火鉢の向うでは、派手なハンテンを着込んで、仁木の顔がにこにこ笑っている。近頃仁木はすこし肥ったようだ。

「はあ。パレットナイフでございますか。すぐにお返し申し上げます」

次郎はもじもじしながら、落着かなくしきりに周囲を見廻していた。もうほとんど完全に、何から何までそっくりになっている。柱時計の位置から、本棚の位置や、本棚に並べられた書物の色まで、次郎の部屋とまったく同じであった。その時何かがチラと視野の端にひらめいて、次郎は思わずそちらに視線をずらした。茶簞笥の上の壁に、新しい見慣れない鏡がかけてある。次郎の家には鏡はなかった。ついに仁木の家の家具が、自分のそれの模写からはみ出してきた。と直覚した時、次郎の胸にやってきたのは、安堵という感情ではなくて、むしろするどい新しい不安であった。その異質の不安がいきなり、針のように次郎の胸を突刺してきた。やがて彼はかすれたような声を出した。

「か、かがみを、買いましたね」

「はあ。おかげさまで」

仁木は次郎を見詰めながら、あわれむようににこにこ笑っている。次郎はあやつり人形のようにそのまま立ち上って、ふらふらと鏡の方に近づいた。鏡の中でも同じく次郎の姿が立ち上って、ふらふらと鏡面に近づいてくるのが見える。次郎は次郎の顔を見、次郎のうしろの調度や家具類を見た。そこには次郎の部屋があった。背後からしずかな声がした。

「昨晩、夜店で買い求めましたが、いい鏡でございましょう?」

その声は、仁木の声のようでなかった。しかしどこか聞き覚えのある声であった。誰の声だったか思い出さないうちに次郎の背筋はぞっとちりけだった。

侵入者

写真班

玄関のブザーが重苦しく鳴り響いた。二度短く、三度目は長く。茶の間でモリソバをたいらげていた彼は、心臓をどきんとさせ、あわてて箸を置いてよたよたと立ち上った。彼は自宅のこのブザーの音をほとんど聞いたことがない。ふだんの日は勤めに出ているし、日曜日には来訪者はめったになかったのだから。しかしどうもこのブザーの音は心臓にひびく。玄関のブザーと書いたが、玄関にあるのは押しボタンであって、ブザーの音源は台所にとりつけてある。茶の間は台所の隣りにあるのだ。このブザーはずっと前の日曜日、見知らぬ電気屋がやってきて、なかば強制的に取りつけて行ったものだ。取りつけ終って電気屋は言った。電池代だけはおマケにしときます。おマケだって？　電池代だけがおマケだって？　ブザーの響きの充満した台所を、彼は腹を立てながら擦過し、玄関に飛び出した。腹立ちの対象はもちろんブザーそれ自身とそれをとりつけた電気屋。それにそれを許容した自分自身もだ。玄関の扉を押しあけると、そこに見知らぬ男が二人立っていた。一人は四十前後のあから顔の男で、どういうつもりか、ひと握りの赤茶けたような鬚を、顎の下に生やしていた。も一人はそれより少し若い、頭をイガクリ坊主に刈った男で、肩から重そうに大きな写真機をぶら下げている。彼が玄関の扉を内側から押すとたんにブザーの音は鳴り止んだ。ボタンを押しつづけていたのは、顎鬚男の親指だった。

「こんにちは」

今までボタンを押していた指で、顎鬚は自分の鳥打帽のひさしを上方に弾《はじ》いた。

「写真を撮らせて貰いに来ましたよ」

「写真?」彼はいぶかしく、またいらだたしげに反問した。「僕の写真をですか。僕はそんなものを頼まないですよ」

「あなたの写真じゃありませんよ」

顎鬚はにやりとわらい、玄関の土間にずいと入ってきた。イガクリも体をななめにして、片足だけを踏み入れた。二人まるまる収容するには土間は狭過ぎるのだ。そしてイガクリがぼんやりした声で言った。

「小さな玄関だなあ」

「近頃の建築はどこでも玄関が小さいのだよ」顎鬚がたしなめるように言って、ふたたび顔を彼に向けた。「あなたの写真じゃなくて、家の写真ですよ」

「家を写して何になる?」えたいの知れぬ狼狽を感じて彼は天井を見上げたり壁を見廻したりした。「それに僕は……」

「いや、お心使いは無用です」顎鬚はポケットから名刺をさっと取出し、彼が手を出さないのに、それをしゃにむに彼の掌に握らせ、イガクリを目顔でうながした。「さあ」

二人の男は一斉に腰をかがめて、ごそごそと靴の紐をとき始めた。押しつけられた名刺に急いで彼は視線を走らせた。「金融公庫住宅資料調査社写真班・多々良太郎」多々良というのが顎鬚男なのだろう。その顎鬚が靴を脱いでのそのそと上って来た。押し止める間もなかった。つづいてイガクリが上って来た。脱ぎ捨てられた靴で狭い土間は靴だらけになった。彼は余儀なく台所まで後退《あとしざ》りした。廊下も狭いので、後退しないわけに行かない。後退する彼を追いつめるように顎鬚も歩を進め、台所にまで達すると立ち止り、イガクリをかえり見た。

「面白いところに台所があるな」

「そうだねえ」イガクリは写真機を肩からおろしながら、吟味するようにきょろきょろとした。「ふん。こちらが茶の間か」

「ここを撮るか」顎鬚が両手の親指と人差指を使用して四角なワクをつくり、それを自分の顔の前であちこち動かした。「台所から茶の間を見通すか」

「ちょっと待って」彼はあわてて口を入れた。「写真を撮るって、そりゃあ、あんたちょっと……」

「大丈夫ですよ」顎鬚がいやにはっきりした声を出した。

「貴方を撮るのではなく、家を撮るのだ。家というものは、撮られても減りはしない。それにわたくしたちは命ぜられて、家を撮影する責任がある。それでお給金を貰っているんですからねえ。だから家は撮影される義務がある」

顎鬚がしゃべっている間に、イガクリは金属製の三脚をどこからか取出して、ガチャガチャと脚を引き伸ばした。顎鬚は言葉をつづけた。

「そこでわたしたちは家を撮って廻っている。撮るのは家だけですよ。なに、この家が公庫から融資を受けていることは判っていますよ。我々は公庫の名簿で調べて来たんですからな。おい、用意出来たか」

イガクリはしきりに手足や機械を動かした。

「家にその義務があれば、自然家の持ち主にも義務がある」

「義務というと、写される義務？」

「あんた自身には写される義務はないですよ。そりゃ先刻《さっき》から何度も説明した」顎鬚はいらいらして掌を打ち合わせた。「何故かと言うと、あんたはまるまるあんただからだ。ところがこの家はそうでない」

「すると、貴方がたは、いや、貴方がたの、この調査社というのは——」何か言おうと思うのだが、言うことが見付からないので、彼は手の名刺に眼をうろうろとさせた。「これは住宅金融公庫の、外郭団体か何かですか?」

「外郭団体であるか外郭団体でないか、というおたずねですね」もうこれ以上質問は許さぬといったきつい口調で、顎鬚が念を押した。「ではお答えします。外郭団体ではありません!」

あまりにもピタリとした答え方だったので、彼は二の句がつげずたじろいだ。そのすきにイガクリはもう写真機を三脚の上に据えつけ、ファインダーをのぞいたり、横を向いてせきばらいをしたりしている。肩や背中から急に力が抜けて行くような感じで、彼はそのまま茶の間の方にまた二、三歩後退した。(靴を脱がさなきゃよかったんだ)忌々しい気持で彼はそう思った。(この間の電気屋だってそうだった。ごめんください、ごめんくださいと言うもんだから、玄関に出て行って見たら、もうそいつは靴を片一方脱いでいやがった)それも日曜日のことであった。電気屋はもうすこし怒っているらしく、まだ三十にならぬ若い男だったが、目を吊り上げて、唇の端に泡をすこし出していた。そいつはいきり立った声を出した。

「あんたは何度僕に、ごめんください、を言わせるつもりですか?」

「ごめん、ごめん」と彼はあやまった。「奥の間にいたから、つい聞えなかったんです」

「奥の間？」電気屋は軽蔑したような声を出した。「たかが十四、五坪程度のコマギレ住宅に、奥の間も控えの間もありますかいな。こりゃ家の構造が悪いんですよ。玄関の声は奥に通らず、ほとんど外に散るようになっている。これでは玄関の役目を全然果たしていない。ベルをつけなさい。ベルかブザー。ベルかブザーをつけるのは、もうあなたの義務ですよ」

「あなたはどなた？」彼はうんざりして訊ねた。「どういう御用件です？」

「僕は電気器具星です」電気屋は胸のポケットから、ハガキぐらいもある大きな名刺を抜いて差し出した。「この家ではブザーですな。ベルをとりつけるには家が小さ過ぎる」

「で、御用件は？」

「ブザーのとりつけですよ」電気屋はいらだたしげに言って、残った足の踵も靴から引っぱり出した。上《あが》り框《がまち》に片足かけた。「うちのブザーは性能がいいんで評判なんですよ。故障は起きないし、音色はいいし」

「ブザー？　誰がブザーを——」彼はちょっと頭が混乱して、口をもぐもぐさせた。「そ、それは、取りつけてもいいが、値段……」

「値段のことなんか言っている場合じゃないですよ」電気屋の残った足も上にあがってきた。電気屋は彼より三寸ばかり背が高かった。「ブザーをつけなきゃ、来訪者が皆迷惑するじゃありませんか。ね、そうでしょう。現に僕がさっき何度、ごめんください、と言わせられたと思います?」

「そ、それは判るが、つまり君が、ごめんくださいを連呼したのは、つまり、ブザーを売りつけるために――」彼の顔はすこしあかくなった。何が何だかよく判らなくなってきたからだ。「でも、僕はブザーやベルの音は嫌いなんだ」

「なぜ?」

「ごめんください、という声を聞けば、来訪者のおおよその性格が見当つくけれど、ブザーやベルはそういうわけに行かない。ね、そうでしょう」背の高い電気屋を奥に通すまいと、狭い廊下に立ちふさがるようにして、彼は必死に抗弁した。「友達のブザーも、押売りのブザーも、保険勧誘人のブザーも、音色はひとつだ。性格がない。扉をあけるまでそいつの正体は見当がつかない。そんなのは僕は厭だね。ごめんください、の方がよっぽどいい」

「何を言ってんですか、あなたは」電気屋は失笑して、右手を伸ばして彼の肩を押すようにした。「いくらごめんくださいの方がいいと言っても、あなたに聞えなきゃ意味がないじゃないですか。第一あなたは身勝手ですよ。ごめんくださいの連呼で来訪者を疲労させ、疲労させた揚句に正体を見当つけようと言う。トクをするのはあなただけじゃないですか」

彼は肩を押されて二、三歩後退りした。電気屋は手をゆるめず、彼について前進した。

そしてとうとう彼は台所まで押し戻され、うやむやのうちにブザーを取りつけられてしまったのだ。その自分の引きさがり方が、今のこの写真屋の場合とそっくりだと思った時、彼は茶の間に戻りながら身をよじりたくなるような忌々しさを感じた。

(つまりおれがまごまごと押し戻されてしまうのは――)

彼はしょぼしょぼとチャブ台の前に坐り、箸をとり上げながら考えた。(つまりこちらがはっきりしていないためだ。この家がはっきりと自分のものであるという自覚、そいつがこの俺にないためだ)

半年前にこの家を建てた時、それもやっとの思いで建てた時から、その不安定なものが彼につきまとって離れない。それには理由もあった。家を建てた費用の約三分の一は住宅公庫からの借入金であったし、残余の二分の一は彼が勤めている会社からの借金で、そのまた残余の二分の一は親類や先輩からの借金であった。彼が自分で出したのは、総額の六分の一に過ぎなかった。そのことが当初から彼の意識にまつわり、彼の物腰を落着かなくさせている。すべての因がそこにあるようであった。この家が彼の所有物であるというよりも、自分がこの家の付属物であるような、棟木《むなぎ》とかガラス窓とか下駄箱、そんなものと等価値のものであるような気がいつも彼にはしている。(この家がはっきりと俺のものでないとすれば、一体これは誰のものだろう?)

彼は箸をソバにつけた。ソバは伸びてぐちゃっとくっつき合っていた。その二筋三筋を引き剝がして口に持って行く。ひどく不味《まず》い。不味いけれども食べ残すわけには行かないような気持が別にある。彼はまた箸をソバに伸ばした。台所でファインダーをのぞいていたイガクリが、首をかしげてうんざりした声を出した。

「目ざわりだなあ。どけてくれませんか」

「僕をどけろと言うんですか」彼はソバをつまんだままむっとした顔を台所に向けた。やはりすこし声が高くなった。

「あんたじゃありませんよ」顎鬚がなだめるように目尻に皺を寄せて言った。「こいつが言っているのは、そのモリソバのことですよ」

「そうだ。そうだ」イガクリがうなずいた。「公庫住宅写真集にモリソバがうつっていては具合が悪い」

彼は肩をそびやかして何か言い返そうとした。が、すぐに肩を元の高さに戻した。ソバのザルを持って立ち上った。次の間に足を踏み入れた。部屋はもうこれだけしかない。そこをはみ出るともう庭になる。狭い庭には庭樹がたくさん繁っている。彼は部屋のまんなかに坐り、ぼんやりした眼で庭を見廻す。何か不法なことが行われているが、その正体がはっきり摑めない。これが夢なら、何かの拍子にふっと判ってしまうのだが、夢じゃないからそううまくは行かない。カチッとシャッターの音がした。低い声で二人が台所で何か相談し合っている。彼はさっとそちらを振り向き、また顔を元に戻して、思い切ったように不味い残りソバを箸でつまみ上げた。のびて団子状にかたまっているので、それは容易につまみ上げることが出来る。彼はそれを全部無理矢理に口の中に押し込んだ。目を白黒させながらそれを噛んだ。二人の写真班は何かこそこそ話し合いながら、台所から茶の間に移動し、そのまま彼のいる部屋に侵入して来た。まんなかに坐っている彼を無視して、二人は立ったままガラス戸越しに庭の方をしげしげと眺めている。

「ずいぶんごちゃごちゃと樹が生えているねえ」

「そうだねえ。まるで植木市《いち》みたいだな」

彼はまるで自分自身が光を発さない光源体みたいな感じになり、そいつをぶち破るために何か叫び出そうとしたが、口いっぱいに詰め込んだソバのために、それはほとんど声にならなかった。

植木屋

彼の家に出入りしている植木屋は、一体何人なのか。一人なのか、二人なのか、三人なのか、あるいは四人もいるのか、まさか四人以上ということはないだろう。それはひとつに彼が人の顔を覚えるのが不得手のせいもあったし、またほとんど顔を合わさないせいもあったし（しげしげと出入りはしているのだが、彼が勤めの関係上日曜しか在宅しないので)、それに植木屋がしょっちゅう服装や恰好を変えてやってくるのではないかと思われる節もあった。鬚を立ててみたり、また剃り落したり、太縁の眼鏡をかけたり、次に見るとたしか同じ顔なのにかけていなかったり、ジャンパー姿で来るかと思うと、軍隊服を着ていたり、腹がけどんぶり姿であったり、留守番の雇い婆さんの話ではそうであるようだ。婆さん自身が植木屋が何人いるのか見当がつきかねているらしい。もっとも婆さんはすこし耳が遠かったし、視力も不確かになっているのだから、それは無理もない。婆さんの話では七人か八人かいるような具合だったが、彼の家のような小さな庭に、七人も八人も出入りするわけがない。やはり一人か二人か三人かが、さまざまに服装や恰好を変えてあらわれてくるのだろう。何故植木屋がさまざまに恰好を変えるか。植木屋というやつは他人の庭をしょっちゅう模様替えをするのが商売で、その関係上、自分の服装や顔かたちなども模様替えをしたくなるのだろう。

その植木屋(どの植木屋か)が彼の庭に姿をあらわしたのは、ここに引越して来て三日目の日曜日の夕方のことであった。いつの間にかその植木屋は彼の庭(庭というより空地だが)に入って、濡れ縁に腰をおろして足をぶらぶらさせ、いろいろ目測するように頭をかしげたり、指を顔の前で動かしたりしていた。へんな奴がいると思って彼が濡れ縁に出て行くと、その足音に気付いて、植木屋はななめに彼を見上げながらとぼけたような声を出した。

「旦那。こいつはいい庭になりますぜ。ようがす。あっしに任しておくんなさい」

「庭？」

庭をつくるなんて思いもよらなかったし、そんな趣味も全然なかったし、彼はびっくりした声を出した。

「ええ、庭ですよ。この空地は地味《ちみ》と言い、広さと言い——」

「おいおい」と彼はさえぎった。「こんな猫の額のような——」

「いや、広けりゃ広いし、狭けりゃ狭いで、ちゃんとやり方があるんでさ」植木屋は自信あり気に断定した。「あっしなんかには、このくらいの広さが手頃でさ。ようがす。ひとつあっしが身を入れることにしましょう」

「おいおい、早合点しちゃ困るよ。まだ庭をつくるとも何とも——」

彼も下駄をつっかけて庭へ降り、そのでこぼこの空地を踏みしめながら、そう言いかけて振り返った時、もうその植木屋の姿は濡れ縁には見えなかった。早呑み込みして、さっさと退散して行ったものらしい。その日はそれで済んだ。

それから四、五日して彼が会社から戻ってくると、留守番の婆さんがあたふたと彼に報告した。

「何だかへんな人が来て、庭に樹を植えて行きましたよ」

「植木屋だろう」

彼は濡れ縁に出て見た。庭のまんなかにぽつんと椿の木がつっ立っている。へんてつもない恰好の椿であった。

「困った奴だなあ」彼は嘆息し、そして婆さんに言いつけた。「今度僕の留守にやってきたらだな、勝手に樹を植えたり庭をつくったりしても、代金の方の責任は負わないぞって、そう言っといてくれ」

また一週間ばかり経った。彼が会社から戻って来ると、椿に並んで百日紅《さるすべり》が植えられ、庭の隅には孟宗竹《もうそうちく》と南天《なんてん》が植えられていた。彼は婆さんを呼びつけて訊ねた。

「代金の責任は持たないと、植木屋に言ってくれたかね?」

「言いましたとも」婆さんは口をとがらせて答えた。「そうしたら、お代の方は心配なく、なんて言ってましたよ。ある時払いで結構だって」

「ある時払い?」彼は庭を眺めながらおうむ返しに言った。庭に植えられた樹々は、ひとつひとつを見れば一応の恰好をしているが、こう並んでみると妙に不調和な感じがした。眺めているだけでも面白くない気分になってくるので、彼は早々に鑑賞を切り上げて濡れ縁を退散した。

また四、五日目に松と柿が植えられ、次にはザクロと紅葉が植えられた。ザクロは赤く割れた実を点じていた。また一週間も経つと、ラカン槇《まき》に梅に沈丁花《じんちょうげ》があたらしく姿をあらわした。どしどし樹が殖えて行くので、彼は面白くもあり、また気味悪くもあって、下駄をつっかけて庭に降り、樹をひとつひとつ点検して廻った。最初四、五本の時は不調和だったが、こんなに沢山になると何か雑然とした面白さが出て来るようでもあった。彼は嘆息して、婆さんに冗談を言った。

「植木屋の奴、僕のうちに森林でもつくるつもりかな」

婆さんは聞えなかったのか、ぶすっと横を向いて返事をしなかった。

それからも五日か六日毎に、樹の数はすこしずつ殖えて行く。一体どういうつもりだろうといぶかりながらも、彼は樹々の生態にすこしずつ興味を感じ始めていた。（代金はある時払いなどと言ってたが、こんなに沢山樹を持ち込んで、それで商売になるのかな）ザクロは実をたくさんつけ、それがしだいに大きく赤く割れてきた。夕陽がそれにあたると、粒々の色がまことに鮮烈で、それが彼の食慾をしきりにそそった。ある日彼は物干竿でそれを五つ六つはたきおとし、濡れ縁に腰をおろしてもりもりと食べた。ザクロの味は彼に少年の日を憶い出させた。

次の日曜日の夕方、彼が茶の間に寝そべっていると、濡れ縁の方からとぼけたような声がした。

「旦那。旦那」

見ると腹がけどんぶり姿の男が立っている。見覚えのあるような、ないような、ぼんやりした感じの男であった。

「旦那はザクロの実を食べたね」

それで植木屋だと判った。

「食べたよ」と彼は答えた。

「いけないね。ザクロなんか食べちゃいけないねえ」

「いけないか」

「いけないよ。ザクロは食うもんじゃねえ。あれは眺めるもんだ」

「そうか」彼は頭をかいた。「あんまり旨そうだったからな。じゃもうザクロを食うのはよそう。柿にしよう」

「柿？」

植木屋はぎくりと棒立ちになったようだった。そして何を思ったか、そのまま彼の視界をふらふらっと横に切れた。

濡れ縁に出て見ると、もう植木屋の姿はどこにも見えなかった。庭には雑然と樹々がむらがり立っているだけであった。

「おかしな植木屋だな」彼はひとりごとを言った。「まるでイタチみたいだよ」

次の日勤めから戻ってきて庭に立ち、樹群を眺めているうち、彼はふっと柿の木が見当らないのに気がついた。あわてて見廻すと、ザクロも忽然《こつぜん》と姿を消していた。彼は大声で婆さんを呼んだ。

「婆さん、婆さん。ここに生えていた柿とザクロはどうしたね？」

「今日の昼、植木屋さんが掘り起して運んで行きましたよ」

「運んで行った？」植木屋に詰め寄るつもりで彼は婆さんに詰め寄った。「どういうわけで運んだ？　何か言ってたか？」

「へえ。ザクロや柿はこの庭にはあまり似合わないんだってさ」そして婆さんはぼやくように言葉をつづけた。「ほんとにいけすかない植木屋たちだよ。植えたかと思うと運んで行くし、いっこうに落着きがない」

「運んで行ったのは、それじゃこれが初めてじゃないのか？」

「そうですよ」婆さんはぼったりとうなずいた。「入れかわり立ちかわりだから、庭の掃除もたいへんだねえ」

彼は何か言おうとしたが、すぐ思い直して下駄をつっかけ、庭に出た。小森林をなす庭樹のかずかずの、そのひとつひとつを調べて行くと、そう言えば最初の日に植えられた椿や百日紅の姿はなく、その跡には青桐が枝をひろげていたり、孟宗竹が茂っていたところには泰山木がぬっとつっ立っていたりして、彼をおどろかせた。（何でまた俺はうっかりしていたのだろう）朝夕ただぼんやりと庭樹を眺め、眺めるだけで済ましていたのだが、それの内容が次々変化しているとは今まで全く気がつかなかった。彼はなにか懸命にオシッコでもこらえているような気持になって、婆さんをふり返った。

「どういうつもりであいつらは、庭樹をいろいろ入れ替えるんだろうねえ」

「この庭にピッタリするかどうか、ためしてみて、ピッタリしないから持って行くんだというんですけどねえ」婆さんは腹立たしげに鼻を鳴らした。「こんなにごちゃごちゃ植えたんじゃあ、あたしゃイヤだね。ねえ、旦那さん。これじゃあまるで夜店の植木屋みたいだよ」

夜店？　夜店の植木屋だって？　たくさんの樹が次々にどこからか彼の庭に運ばれ、彼の庭で一休みして、またどこかに運ばれてゆく。その過程を彼はちらと脳裡に組立てていた。中継地。貯木場。その想念は彼の頭をガンとどやしつけた。ああ、俺の庭は、俺の庭みたいに見えて、俺のために樹がたくさん生えているように見えて、ただそう見えているだけのことじゃないのか。何時の間にか売られて行く樹々の中休み場所かプールになって、つまり土地をただで使われているわけじゃないかと思った時、彼は突然自分の顔から血の気がすっと引いて行くのを感じ、よろよろと濡れ縁によろめいて手をついた。荒涼としてあおぐらい彼の視界の中で、樹々は枝を振り立て葉をうち鳴らし、すさまじい音を立てて哄笑した。

婆さんが鴉《からす》のような声を立てて、あわててその彼のそばにかけ寄った。

不思議な男

七月四日付朝刊に『盗まれた増上寺仏像見つかる』という見出しの記事が出た。発見された場所は、新宿の某骨董屋で、売りに来たのは上品な背広姿の男、松平慶儀《よしひさ》と自称したという。どこかで聞いたような名だと思い、次の瞬間思い当って、書棚から『根本メモ』と書いたノートブックを取出し、ぺらぺらとめくって見ると、まさしく『松平慶儀と自称す』という一行があった。私は家内を呼んだ。

「根本君がたいへんなことをやったよ」

記事の最後は次のようになっている。

『なお自称松平慶儀は先月二十六日まで中野区鷺宮《さぎのみや》に住んでいたが、その後行方をくらましている』

直ぐにつかまるか、つかまらないか、私は家内と賭けをした。直ぐにつかまるというのが家内で、つかまるのに十日や二十日はかかるというのが私の主張である。根本茂男という人物は、とらえどころのない人物であるし、なかなか抜け目のないところがあるらしいから、私はつかまらぬ説を取ったのだが、その日の夕刊を見ると、もうつかまっていた。私は賭けに負けて、大損をした。どうして直ぐつかまると家内が断定したのか、その理由はいまいましいからまだ聞いていない。

数年前、彼はいきなり私の家にやって来た。私は玄関で応対した。私は人見知りをするたちで、特に初対面の人とは間が持てぬので、部屋に上げないことにしている。上りたいようなそぶりだったが、上げなかった。

「原稿を持参したから、読んで下さい」

そう言った。私はいくらか渋い顔をしたと思う。他人の生原稿を読むということは、全くらくな仕事ではない。しかし結局彼は私に原稿を押しつけた。原稿は東宝撮影所と印刷してある角封筒に入っていた。だから私は訊ねた。

「東宝と何か関係があるんですか」

「ええ。今東宝に勤めているんです」

でもあんまり愚劣な職場だから、辞めようかと思う、と言うようなことをつけ加えた。

原稿は百枚余りのもので、最後の頁を見ると、終っていない。書きかけなのである。書きかけの原稿を持って来るということは、すこし非礼であり、おかしな話だと思ったから、

その旨を言うと、

「ええ。続きはそのうちに持ってまいります」

落着きはらって、そう答えた。落着きはらわれると、こちらも返答のしようがなかった。なにか奇妙な雰囲気をただよわしていて、齢の頃はちょっと見当がつきかねた。二十五ぐらいにも見えたし、また三十五、六にも見えた。表情の動かし方や、光線の具合で、感じが変るのである。その点がいささかカメレオンに似ていた。前述の新聞記事に『上品な青年』とあるが、別にその時私は『上品』とは感じなかった。下品、とも感じなかったけれども。

軍隊に行ったかと聞くから、応召で海軍に行ったと答えると、自分も海軍に行ったと言う。海軍はどこだと訊ねて見た。

「江田島です。江田島の海兵」

その前は学習院にいた、ということである。その時ちょっと変だと思った。学習院から海軍に行くとすれば、学徒出陣の筈だが、学徒出陣なら大竹海兵団かどこかに入団する筈で、海軍兵学校に行くわけがない。復員して東大の仏文に入ったが、講義がつまらないから、中途退学をして、東宝に入社したんだと言う。

その日はそれで玄関先でお帰りを願ったら、翌日また早々とやって来た。

「僕の原稿、いかがでしたか？」

冗談ではない。こちらも仕事がある身だし、たった一日経ったばかりで、読める筈がない。その旨を言うと、がっかりしたような顔になった。それからまた雑談になって、本当は自分は松平姓であって、事情があって根本を名乗っているが、近いうちに松平に復帰することになっているという。松平であろうと近衛であろうと、他人の姓に私は興味を持たないので、自然とそういう表情になっていたのだろう。彼は私をにらむようにして言った。

「僕は、つまり、徳川慶喜の曽孫にあたるのです」

「そうかね」

その日も玄関先で帰った。翌日、電話がかかって来た。

「原稿、いかがですか。今からお伺いしようと思いますが」

まるで波状攻撃をかけられているみたいだ。私はあやまり、まだ読んでないけれども、今から直ぐ読む。読んだら早速感想文を書き、原稿とともに送るから、家に来ないでもよろしい。そう言って電話を切り、直ちに読む作業に取りかかった。

その作品は一口で言うと、ドストエフスキーのイミテイションみたいで、私は買わなかった。率直にその旨を感想として書いた。しかしそれだけでは、つっぱね過ぎた感じがしたから、作品評価は人によって違うものだから、雑誌『近代文学』に持って行ったらどうか、と言うようなことをつけ加えた。

根本君は私のその手紙と原稿をたずさえ、はるばると柿生村在住の近代文学編集同人山室宅を訪問した。温厚なる山室氏は、玄関だけで追い返すことはせず、書斎に招じ上げた。根本君は原稿を預けるだけでは、何時読んで貰えるか心もとなかったのだろう。丁度居合せた同じ編集同人平野謙氏と山室氏を前にして、自作原稿を勧進帳もどきに朗読し始めた。平野氏は三十分ばかりでシンが疲れて、自宅へ逃げ帰ったが、山室氏は逃げ帰りたくともここが自宅だから、逃げ帰れない。数時間辛抱して、最後までつき合ったという。

そしてその作品は、数箇月後から『近代文学』誌上に連載されることになった。

その頃から根本君の行状が、直接間接に私の耳に伝わって来始めた。いい情報ではない。悪い情報である。

あれから彼は急速に、あちこちの作家や評論家の家に出入りするようになったらしく、出入りするだけならいいが、金銭的に迷惑をかけたり、ウソをついてだましたり、ホラをふいたり、たいていの人が怒ったり、ひんしゅくしたりしていたと言う。私は少々責任を感じた。私が紹介しなければ、そんなことにならなかったかも知れぬ。そういう点でだ。

四、五年前にも、それに似たことがあった。作家専門のサギ男で、その時の新聞記事の一部を記すと『子供のころから文学好きだったところから〝作家専門の詐欺〟を思い立ち、世田谷区内の梅崎春生氏宅を訪問「私は先生のファンです。弟子にして下さい」とやったところ、同氏が「私にその力はないから」と現金三百円をくれたのに味をしめ……』あちこちを廻って、しめて二万円をかせぎ、最後に三角寛氏のところで見破られて、警察につき出された。

しかしこの記事には疑問がある。初めからサギの予定ではなく、本当に私に弟子入りするつもりでやって来たのではないか。ところが意外にも三百円（ケチなやり方をしたものだ！）を貰ったので、それからサギを思い立ったのではないかという疑問が、今でも私の心にはある。するとこの男があちこちに迷惑をかけたのは、私の責任ということになる。しかし、このサギ男にしろ、根本茂男君にしろ、どういうわけで最初に私に目星をつけてやって来たのか、私にはよく判らない。これは我が身の徳というより、不徳の部類に属するのだろう。

根本君の情報を総合すると、あの東宝在社もウソ、海兵もウソ、学習院も東大仏文もウソだそうで、その他行き当りばったりのホラやウソは数限りなく、ウソツキ遠藤、あるいはホラフキ遠藤の異名を取った遠藤周作氏（遠藤氏の場合はサービス精神でホラを吹くのであるが）ですら、呆れ果てて出入り禁止を申し渡したと言うのだから、そのすさまじさが思いやられる。その限りないホラやウソのなかで、あの松平云々と言うことだけが、きっぱりウソと言い切れない、何かもやもやしたものがあるのではないか、と言うようなことであった。

そんな全身がウソのかたまりみたいな人物に、遠くから私は興味をもよおしていたが、あれ以来彼は一度も私の前に姿をあらわさないのである。私は生来表情の動きが鈍く、つまり反応が鈍いので、根本君は私をニガテとするのかも知れない。やって来ても玄関から上げないし、松平云々にも格別興味を示さないものだから、やって来ないのだろう。その方が私もたすかる。噂によると根本君は、人によって態度をカメレオンのように変えるそうである。もし彼がしげしげと我が家をおとずれ、そして私の正体、反応は鈍いくせにオッチョコチョイな反面を見破ったら、どういうことになるか。私はたちまち彼の口車に乗せられ、きりきり舞いして、怒ったりわめいたりする羽目になったことだろう。

昨年春、東京新聞から新聞小説の申し込みがあった。承諾したものの、準備の期間は一箇月しかない。あれこれ筋を考えているうちに、ある夕方、私の家の近くのソバ屋の前で、自動車が人をはね飛ばし、そのまま逃走するという事件が起きた。この自動車のナンバーをとっさに見た人物があり、それですぐ運転手はつかまったが、この事件と根本君と組合わせたら小説にならないか、と私は考えた。そこで本式に根本君の行状を調べることになった。彼に迷惑をかけられた人々のところを廻り、いろいろとメモを取った。話を聞けば聞くほど、根本茂男というのはふしぎな人物で、私がどうしても判らなかったのは（今でも判らないが）どういう情熱で彼が生きているのか、と言うことだ。

私は一冊のメモをたずさえ、松沢病院におもむき、旧知の広瀬医師に面会を求め、メモを提出して判定を乞うた。

「その人に逢って見ないと、これだけではやはり診断出来ないですねえ」

と言うのが広瀬医師の返事であった。パラフレニイ、パラノイアなどという名の精神病の症状を説明して貰った。どうも根本君の病状に似たところがあったからだ。帰りに新宿に廻り、西丸四方著『異常性格の世界』という本を買った。この本の『うそつき』という項目は、根本君に関してたいへん参考になった。準備ととのって、私は書き始めた。『つむじ風』という題で、松平陣太郎という青年が、ソバ屋の前で自動車にはね飛ばされるシーンから始まる。新聞に掲載され始めて、二箇月ぐらい経った頃だと思う。根本君は久しぶりに、さっそうと私の家におとずれて来た。ていねいなあいさつをした。

「長い間、御無沙汰いたしました」

いずれやって来るなとは思っていたが、ついにやって来た。ところが、つむじ風のつの字も言い出さぬ。私の方から新宿へ誘い、樽平《たるへい》で酒を酌みかわした。何時まで経ってもつむじ風のことを切り出さぬので、こちらから彼の身の上話を、誘導訊問というわけではないが、聞き出すことにした。海軍兵学校時代に、東京に脱走して、憲兵につかまった話。横浜の大津刑務所に入れられた話。終戦になったからよかったけれど、終らなければ服役の上、水兵に格下げとなり、十一部隊に入れられる筈だった話（その十一部隊というのは、翌日新聞社に電話して調べて貰ったら、私の聞き違いで、懲治《ちょうじ》部隊と言うのであった）。

そしてその日は新宿で別れた。私はすぐに帰宅、今聞いた話をれいのメモに書き加えた。

それから二、三日後、彼は電話をかけて来た。

「先生は僕のことを、小説に書こうと言うつもりがあるのですか」

「どうしてそんなことを聞くんだね？」

「いや、先生があちこちで、僕のことをノートに取って歩いているという噂を、耳にしたもんですからね」

「うん。松平家について、ちょっと知識を得たいと思ったんでね、ノートをしたんだ」

「そうですか。それだけならいいけど、小説にしちゃ困りますよ」

困ると言っても、現在進行中だから仕方がない。

また二、三日して、電話がかかってた来た。

「先生はつむじ風という新聞小説を書いているそうですね。何新聞ですか？」

「東京新聞だよ」

「その小説の中に出て来るのが、そっくり僕だと言う話じゃないですか」

「誰がそんなことを言った？」

彼は二人の編集者の名を挙げた。

「きっぱり君がモデルと言うわけじゃないよ。部分的には似てるかも知れないが」

ごまかしたわけではないが、そんな風にして電話は切れた。

するとまた翌日の夕方、電話をかけて来た。すこし声が荒くなっている。

「今日の夕刊を買いましたよ。ひどいじゃないですか」

丁度その日の夕刊には生憎、大津刑務所だの、懲治部隊が出て来るのである。

「この間の話を、もう使ってるじゃないですか。あれじゃ僕の立つ瀬はない。今から早速お伺いします」

夜の九時頃、彼はやって来た。少々けんまくが荒かった。あんなことを書かれては、はなはだ困ると言う。

「どうして困るんだね?」

松平本家から彼に、月々一万円の仕送りがあるのに、あんな風にかかれては、それが途絶えるおそれがあると言うのだ。この仕送り云々も、私のメモでは、眉唾だということになっている。

「本家の大将は新聞小説なんかを読むのかね?」

「読みませんが、一族の誰かが読んで、注進に及ぶかも知れないですよ」

そこで私は力説した。松平陣太郎と根本茂男の共通するところは、松平姓を名乗ること、それからよくウソをつくこと、その程度のものであって、自動車にはね飛ばされる話とか、その他全部はフィクションである。それにこの小説は、陣太郎の行状記ではなく、松平姓に対する諸人の反応を描くことに力点があるのだから、根本君に迷惑がかかるというのはおかしい。

「ウソをよくつくって、僕が何時ウソをつきました？」

仕方がないから、私は根本メモを彼に提出した。それをめくって行くうちに、彼の顔色はすこしずつ変って来た。このノートは、被害者の談話だけでなく、某被害者が私立探偵を使って調べた資料も含まれているのである。彼の両親のことや、出生地のことまで調べ上げてあるのだから、顔色が変るのもムリはなかろう。こんなに調べてあるとは、予想外のことだったらしい。

彼のめくっているメモが、だんだん終りに近づいて、松沢病院のあたりに近づいたから、私はあわててそれを取り戻した。

彼は憮然として、腕を組んだ。しばらくの沈黙の後、口を開いた。

「ここに書いてあることを、全部使うつもりですか？」

「全部は使わないし、また使えない」

と私は答えた。

「使っては困る部分があれば、今言いなさい。絶対に使わないから。しかし、つむじ風そのものは、僕としては、中止するわけには行かないんだよ」

結局彼は、つむじ風の続行をみとめ、メモの一部の使用を禁止した。モデル問題としては、ここで話がついたわけだ。

それから半月ほど経って、また電話がかかって来て、あのメモの禁止部分は自由に使用してよろしい、と解除を申し入れて来た。どういうわけで、そんな申し入れをする気持になったのか、私にはよく判らない。

それに相前後して、妙な電話が二本かかって来た。両方とも根本茂男の友人と言う男（二本とも名前はちがっていた）からで、根本は今どこにいるか御存知ないか、お宅に最後にお伺いしたのはいつ頃か、というような質問である。最初の時は、真面目に応答、いろいろしゃべっている中に、ふっと気がついた。根本の友人だとのことだが、声はそっくり根本君のものである。二度目の時は、あまり彼については知らぬ、とそっけなくこちらから切った。遠藤周作氏の話では、彼のところにも友人と名乗って、根本の声が電話をかけて来たそうである。

どういう意図をもって、友人になりすまし、電話をかけるのか、私にはよく判らない。遊びの気持なのかも知れないと思う。

その後もう一度、電話がかかって来た。つむじ風が東宝で映画化されると、新聞に小さく記事が出た時である。

「新聞ならいいけど、映画は困りますよ」

「なぜ？」

「本家から仕送りがなくなってしまうじゃないですか」

「本家の大将は、映画ファンなのかね？」

本家の大将は映画ファンでないが、一族の誰かが云々の文句で、かわりばえがしない。

「それは僕に文句を言うより、東宝に文句を言うべきだよ。君は昔東宝につとめてたんだし、何なら僕が君を主役にスイセンしようか」

「冗談じゃないですよ」

結局その電話の会話もうやむやとなり、その後我が家に乗り込んで来ないから、話はついたことになっているのだろう。根本君と私との交際は、以上で全部である。

最初彼が私の家にやって来た時は、まだたしかに姓名は根本茂男であった。ところがつかまった現在では、これまたたしかに松平茂男なのである。新聞記事によると、

『根本茂男は（中略）一昨年秋松平さんと知り合い「小説を書くので松平姓を名乗りたいが入籍させてくれ」と頼みこみ、松平家に養子縁組してもぐりこんだのち中野に分籍した云々』

とある。一昨年秋と言うと、彼が松平出を自称して迷惑をかけ、各方面から逆に追及されていた時分である。戸籍面で自分が松平姓であることを、立証しなければならない羽目に追い込まれていた頃のことなのだ。それにしてもよその戸籍にもぐりこむなんて、どんなにうまい口をきいたのか知らないが、たいへんな離れ業である。

この度の根本君の犯罪はよく調べて見ると、こんな無計画な、バカげた犯罪はない。直

ぐ足がつくにきまっているのに、彼はそれを顧慮することなく敢行した。平素の彼が、直ぐにばれるウソをついたのと、同じやり方である。

古道具屋に売飛ばすのが目的で、彼はこれらの仏像や位牌を盗み出したのではなかろう。ただ自分が松平出であることを立証するために、これらのものを集めたかったのだろう。金に困ってそれを売りに出したばかりに、足がついた。

しかしどうして根本君は、松平家になりたかったんだろう。そのおそるべき情熱は、どこから来るんだろう。それがどうしても私には理解出来ない。戦前ならいざしらず、戦後には名門の価値は大幅に下落している。それなのに松平にあんなに執心したのは、何か深い仔細があるのか。あるいは当人にも判らないのかも知れない。

コラムより

恐ろしさ身の毛もよだち……

応召の時、今まで書き留めた日記帳のたぐいを友人にあずけたところ、その友人がまた外にあずけ、復員してきたらもうどこにあるのか判らなくなっていた。その日記帳がつい近頃、偶然の機会で私の手もとに戻ってきて、久しぶりでなつかしい旧友にめぐり合ったような気がした。一番なつかしかったのは中学五年の時の日記で、昭和七年新潮社版の『新文芸日記』というのである。当用日記でなく、こんな日記を買ったのは、私が文学少年だったせいである。

この日記は文芸日記だけあって、月々の最初の頁に作家の筆跡をのせていて、三月の最初の頁は、江戸川乱歩の筆で「恐ろしさ身の毛もよだち美しさ歯の根も合はぬ五彩のオーロラの夢をこそ。乱歩」と印刷してある。日記が戻ってきて、久しぶりにその筆跡に接し、当時のことを思い出した。当時の私は甚だしい探偵小説熱にとりつかれていて、そのおかげで学校の成績もあまり良好ではなかった。

日記の巻尾の現代文士住所録でしらべると江戸川乱歩氏の住所は「東京市外戸塚町源兵衛一七九」となっている。戸塚源兵衛が当時は東京市外だったというところにおもむきがある。

現代文士年齢表というところを見ると、江戸川乱歩氏は三十九歳のトップに名があげられていて、つづいて小島政二郎、瀧井孝作、佐佐木茂索などの名がある。平林たい子だの伊藤整などはその頃まだ二十八歳だ。三十九歳というと、今の私と同じ年齢である。

日記の末尾に、次のような社告が出ている。

『本日記の月々のはじめに掲げてある文壇十二名家の題辞——その真筆原稿を、本日記の読者諸氏にお頒けします。いずれも色紙に書かれたもので、諸氏の書斎を飾るに足ることは申すまでもありません。

希望者は、巻末挿入のはがきに、某氏筆希望と記し、昭和七年二月一日迄に本社にお送り下さい。希望者多数の場合は、抽籤によって選定します。なお抽籤の結果は「文学時代」三月号で発表します。

新潮社出版』

彼は早速巻末挿入のはがきに、江戸川乱歩筆と記入し、新潮社に送った。そして「文学時代」三月号に私の名はなかった。

戦後乱歩氏と近づきになり、一緒に新宿で酒を飲んだり、映画にチョイ役として共演(競演?)したりもした。そのよしみで言うのではないけれども、江戸川さん、二十数年前の「恐ろしさ云々」の文句を色紙に書いて、それを私にいただけませんか。いや、そのうちにムリヤリにいただきに上ります。

推理小説

雑誌「宝石」が江戸川乱歩編集になって以来、毎号一人か二人かの文学畑の作家に、推理小説を書かせた。結果はどうであったかというと、雑誌評なんかではあまり好評でなかった。純文学の方では専門家でも、推理小説では素人だ。素人はやっぱりだめだ。乱歩編集長も道楽はもうやめた方がいい、というような批評が多かった。

私も書いて不評だった一人であるが、なぜ私が書けといわれたかというと、私が推理小説好きだということになっていたからだろう。江戸川乱歩編集長が編集員を帯同、威風堂々とわが家に来訪、執筆を慫慂《しょうよう》した。乱歩先生じきじきの慫慂では、断るわけにはいかない。

うちの子供たちなんかは、少年探偵団の団長が来たというので、大喜びであった。

引き受けてはみたものの、さっぱり自信はない。結局一ヵ月延ばしてもらって、苦吟して書き上げて送ったが、あまり会心のできではなかった。その反対のできであった。果たして評判も良好でなかった。

つまり私が推理小説が好きだということは、読むことが好きなのであって、書くことが好きなのではない。好きにも二種類あって、そこを誤解したのである。小説好きにも種類がある。

おれは犬が好きだ、という場合、愛犬家の意味の犬好きと、犬の肉を食べるのが好きだ、という二種類がある。それとよく似ている。つまり私は愛玩すればよかったのに、ついあやまって肉を食べて、失敗したのである。

『樽』——推理小説ベスト・ワン

超人的探偵が活躍する小説も嫌いではないが、平凡な探偵がこつこつと謎を解いて行く小説の方を、どちらかというと私は好きである。中学生の頃私はフレッチャーが好きだったが、それも後者だったからだ。超人的探偵はその推理や捜査に当って、読者である私の参加を許さない。つきあいにくいのである。折角探偵小説を読むからには、探偵と同行して犯人を追いつめたいという欲求が、私にはある。

クロフツの『樽』もそんな小説のひとつで、この傾向の小説ではもっとも好きな作品だ。ここに出て来る探偵は凡庸な、ありふれた探偵で、犯人が考えに考えたトリックを、あっちに惑わされこっちに突き当り、ぐるぐると廻り道をしながら、ついに犯人を突きとめて行く。

犯人が考えたトリックの複雑さや深さ、それを端から順々にあばいて行く行き方が、この『樽』の面白さで、ここには天才的な飛躍や構成のムリは全然なく、煉瓦を一つ一つ積み重ねて行く建築的な面白さや快感がある。

それに私はこの『樽』の犯人の悪党ぶりが好きで、つまり探偵小説の犯人の大部分は犯罪を構成させるためのカイライ的人物だが、『樽』のはちゃんと悪党的風格と体臭をかねそなえている。私はフィルポッツの『闇からの声』の犯人の悪党ぶりが大好きだが、『樽』の犯人もそれに匹敵する風格をそなえていると思う。探偵小説においては、探偵の性格も大切だが、犯人の性格もそれに劣らず大切なのである。

好きな推理小説

推理小説を読むたのしさは、やはり健康人のものらしい。

私は昨年ある神経症にかかって入院。それから退院したあとも、大体身体を安静にして、退屈まぎれにいろんな本を読みふけったけれども、推理小説だけには手が出なかった。読もうと思って何冊もまとめて注文するのだが、いざ枕頭に重ねると、なんだかおっくうで手を出す気持にならないのである。読み始めても退屈で、初めの数頁で投げ出すことの方が多かった。

文学作品を読むのと別のエネルギーが、推理小説を読むのに必要だということが、それで判った。神経症が私からそのエネルギーを取去ってしまったのだ。

近頃ではだんだん病状を回復して、推理小説も読めるようになった。その勢いに乗って、今度は書く方に転向したらどうだ、とすすめる人もいるが、読むエネルギーと書くエネルギーはまた違うのである。

「師匠」について――日本流「奇妙な味」

江戸川乱歩

梅崎さんはミステリ文学好きな文壇人の一人である。西洋探偵小説の本格ものを盛んに読まれるが、書く方は本格派ではない。これまで書かれたものも、人生のミステリというようなものが多く、ディテクティヴものではなかったようである。

文壇人で一度でもわれわれの探偵作家クラブの土曜会へ進んで出席された人を思い出してみると、古くは平野謙、荒正人（両氏は初期に数回にわたって出席された）、坂口安吾、梅崎春生、三浦朱門、曽野綾子の諸氏で、梅崎さんはそのごく少ない特志家の一人だったのである。そのとき、わたしは梅崎さんと向かい合って席についていたので、なにかと話をした。それ以来親しみを感じ、会合などで顔を合わせると、必ずそばによって話をしたものである。

もう数年前になるが、ある会合のあとで、梅崎さんがわたしを妙なところへ誘ってくれた。たしか角田喜久雄、長谷健の両氏も一緒だったと思うが、行く先は富士見町の待合だったのである。といっても女遊びに行ったわけでなく、その待合の主人に会って、ビールなどのみながら歓談したにすぎない。その待合の名は「いちまつ」、御主人は森田雄蔵さんといい、梅崎さんの旧友で、文学の同人雑誌を出しておられ、また西洋探偵小説通なので、わたしに会ってみないかというわけであった。同じ席に森田さんの法政大学英文科の同窓で鬼頭恭而《きょうじ》という人もおられ、二人とも卒業論文に探偵小説論を書かれたというので、戦前にもそういう人があったものかと、わたしは懐しくなって、大いに話がはずんだのである。

梅崎さんについては、まだ思い出すことがいろいろあるけれども、余り長くなるので、このくらいにしておく。

そんな縁で、梅崎さんは快く寄稿を承諾して下さったのだが、この「師匠」は枚数はお願いしたよりずっと少なかったけれども、さすがに梅崎さんらしい味があって、人間の無気味さというものがよく出ている。また、サキなどの「奇妙な味」と一脈の通ずるものがあり、わたしは、これを日本風の「奇妙な味」の珍重すべき一例として、読者の御観賞を乞いたいのである。

解説

池上冬樹

およそ四十数年ぶりに、梅崎春生の「桜島」「日の果て」「幻化」「ボロ家の春秋」を読み返したら、やはり面白い。日本文学科の学生時代に読んだときは、ユーモアあふれる「ボロ家の春秋」のほうにひかれたのだが（そのクールな観察は山本周五郎の名作『青べか物語』や小沼丹の『懐中時計』に通じるものがある）、今回は（もちろん「ボロ家の春秋」は最高であるけれど）、梅崎春生の戦争小説のほうにより心ひかれた。ここ十年、ティム・オブライエンの傑作『本当の戦争の話をしよう』（文春文庫）を大学の創作授業のテキストにしていて、毎年のように読み返していることもあり、あらためて第二次世界大戦とベトナム戦争の時代的背景、日本人とアメリカ人による戦争文学の捉えかたの相違など、様々なことを考えるようになった。そして再読して感じたのは、梅崎春生の文学においては戦争体験があったからこそ、人間と社会を見る眼がきびしく、甘さが微塵もないということである。それは犯罪を扱った短篇にもいえることで、理不尽さや残酷な仕打ちなどを説明抜きで提示する。それが世の真実であるかのように見せる。人間性を剝奪する軍隊での体験、凄まじい戦争体験があるからだろう。

では、さっそく個々の作品を見ていこう。

本書の第I部では、シリアス系の短篇がまとめられている。最初の「失われた男」(「個性」一九四八年四月)は、兵隊ものである。前述したように、梅崎春生には出世作「桜島」「日の果て」、戦後日本文学の収穫と名高い「幻化」など兵隊時代を題材にした秀作が何作もあり、『梅崎春生兵隊名作選』(光人社、一九七八年。全二冊)としてまとめられたほど。

本作もそのひとつ。ある海沿いの小さな町のはずれにあった海軍警備隊にいる「ぼく」と芝と三浦という老兵たちの日常(ほとんど上官に殴られる話が多い)が描かれてある。三浦に入院している恋人から手紙が届き、看護休暇を願い出ても却下され、それどころか制裁を受ける。それを受けて三浦はある決意を固める。

ここには濃密な時間が流れている。ある決意をするまでの時間が長いという人もいるかもしれないが、動機が形作られるまでの時間こそ、この小説の主眼だろう。人間性を剝奪する軍隊の中でも確固たる意志をもち自由を獲得しようとする行為。戦争を知らない現代の日本の読者には、軍隊での生活はまるで刑務所でのそれのようにも思えるはずだ。つまり、たとえればこれはプリズン・ノベルであり、囚人がいかに脱獄するかの物語でもある。プロセスには緊迫感がみなぎり、読むものは固唾を飲む。しかし小説としてずしりと重い印象を与えるのは、「ぼく」が、彼らと再会したときのことを考えると、「身体の内側がぎゅっと収縮するようないやな感じに必ずおそわれる」という点だろう。読者も同じように感じてしまうのは、〝奇怪な悪夢〟のような時間が濃密に捉えられているからである。

「小さな町にて」(「小説新潮」一九五一年三月)も、『兵隊名作選』に収録された秀作。小説は、「私」が海沿いのQ町を訪ねる場面からはじまる。連れは一時間前に列車で知り合った保険調査員の風間。いったい「私」は何故ひなびた町に来たのか、風間は何の用事でQ町で降りたのかが、次第にわかってくる。隠された人間ドラマが終盤にあらわになり、胸をうつ。

これは晩年の「幻化」のもとになった短篇といってもいいだろう。列車で偶然一緒になった男とともに町を訪れるという設定、明らかになっていく「私」が抱えている過去の体験などで、「幻化」同様、心にしみいるものがある。悔恨と憎悪をかかえた(だが本人はさほどそれを自覚はしていない)男が、もう一度、生きることをみつめ直す物語といったらいいか。「私」や、「私」が目撃する男、町の住民たちそれぞれに隠された思いがあり、人々は交わり、ときに拒絶し、また近づき、やがて離れる。苦難にみちた過去を思い出しながら、人生の建て直しをはかろうとする人々の営為をしみじみと描いている。本書のベストといっていい傑作短篇だ。

「鏡」(「浪漫」一九四七年十二月)は、小さな会計事務所で働く「私」の視点から語られる犯罪劇。社長もいれて四人しかいない事務所では、帳簿に乗せない札束が次々に金庫にいれられていく。それを管理する老人に近づいて、「私」はさりげなくある提案をする。少しずつ犯罪を教唆していく「私」の心情と観察がクールだが、そこには露顕の恐怖もあり、「私」も老人もふるえるラストが印象的だ。

「犯人」(「改造」一九五三年三月)は、終戦後の数ヵ月間、風見という男が住むギャレージに間借りした「僕」の話。そこにはもうひとり別の男が参加して、男三人の共同生活が始まるのだが、泥棒騒ぎが起きて、追い詰められていく。ミステリとしてみたとき前半が長いけれど、この長さがあるがゆえに、人物が抱えている動機の深さを示すことになる。何を思って、何を考えて、そうした犯罪が行われたのかが、わからない。わからないが、いくらでも想像できる余地がある。戦後の風俗小説としても面白い泥棒譚だ。

「師匠」(「宝石」一九五七年十月)は、日本画家に弟子入りした「僕」が理不尽な目にあう話である。いったいなんで自分が犯人扱いされなくてはいけないのか。何故死者は自分を犯人のように仕組んだのか? という謎が突きつけられるのだが、それは書かれずに終わる。この理不尽さは、戦争観によって解釈できるだろう。「人間だって植物だって、皆意味ありげに生きているが、実は無意味なんだ。人間は理性で動くと言うが、実際にあらわれる行動は、いつもナンセンスの形をとる。戦争がその一等いい例だ」という〝生来のニヒリスト〟である師匠の言葉がヒントだろう。戦争によってニヒリストにならざるをえない体験をもつ者と、もたざる者の対決ともいえるかもしれない。

なおこの作品は、江戸川乱歩の慫慂《しょうよう》を受けて書かれた作品である。「あまり会心のできではなかった。その反対のできであった。果たして評判も良好でなかった」と梅崎春生は述べているが（本書巻末の「推理小説」）、一方で乱歩は「梅崎さんらしい味があって、人間の無気味さというものがよく出て」おり、サキなどと一脈通ずる「日本風の『奇妙な味』の珍重すべき一例」と称賛している（同・江戸川乱歩『『師匠』について』）。乱歩の解釈が正しいだろう。ミステリ作家が書くジャンル・ミステリからは離れているけれど（動機がまず書かれていない）、それゆえに新鮮なのである。梅崎春生が得意とする日常系の話に、さりげなく戦争体験を盛り込んで、計り知れない人間性の一端をきりだしているからだ。

「カタツムリ」（「別冊宝石」一九五八年十二月）は、ほんの小さな好奇心が悪意の芽となり、最後には……という物語である。悪意が別のところで作用し、大きくなり、殺意となっておそいかかる。一歩踏み間違うと不気味で不穏な世界が顔をのぞかせ、痛い目にあうことを実感させるクライム・コメディ。なかなか怖い。

第Ⅱ部はユーモア篇。

「春日尾行」（「オール讀物」一九五三年五月）は、梅崎春生があらためてストーリーテラーであることを知らしめる佳篇で、冒頭から読者をつかむだろう。無理な言いがかりをつけられた主人公が、いかにして他者の話に関わることになるのか、その結末をみたくなるのだ。しかも相手の話は突拍子もなく、なにも主人公とつながらないではないかと思わせて、まさかまさかの展開となり、最初の話ときれいにつながる。計算されたようなストーリーだが、プロットを決めて書いたのではなく、書いているうちに思いつき、繋げたのではないかと思う。

これはある作家から最近聞いた話で、まったくの余談になるが——その人の作品に、ものすごく大きなどんでん返しのある刑務所小説があり、伏線の張り方からみても周到に細部を練って作り上げたのではと思っていたら、最後のどんでん返しは風呂場でふと思いついたものであった、とのこと。あらためて、作家とはよく考えつくものだと思った。

「十一郎会事件」(「小説新潮」一九五五年九月)は、絵画盗難事件がテーマである。タイトルも中身もオーソドックスなミステリに近く、これまでもミステリのアンソロジーに収録されたり、語られたりしたことの多い作品である。若い画家が絵をだましとられた一部始終が淡々と物語られるのだが、何とも憎めないコンゲームのような内容で、ともすれば(語弊があるが)爽やかにも感じられる。最後に語られる感懐、つまり自分の腕が悪いのではなく、世の不景気こそに原因があると考えるあたりもおかしい。

「尾行者」(「週刊新潮」一九五七年一月七日号)は、興信所の調査員が依頼人の奥様に語りかける説話スタイル。これもストーリーテラーとしての資質が光る。ご主人の素行調査の報告で、意外な出来事が待っているのだが、ひとひねりして人情譚にうまくまとめている。「奥様の孤独とご主人の孤独と、お二人のふっくらとした倦怠感」に乾杯する、でも自分は「はかなく、いつ消えそうな形ながら、仕合わせなのです」というくだりが忘れがたい。〝ふっくらとした倦怠感〟という表現がいいし、〝はかなく、いつ消えそうな形ながら、仕合わせ〟という言葉も、実にぴったりと状況と心理を表しているではないか。

「留守番綺談」（「小説新潮」一九六四年十月）は、家の留守番を頼んだ古木君の、過去に失敗した体験談である。人生の苦さをうまく捉えた佳品だろう。主人公が最後に発する冷たい質問（「ふうん。話はそれだけかね？」）がきいている。なぜそこまで冷淡にきくのかと思うかもしれないが、これが梅崎のリアリズムで、その程度の内地での生死の別れなど大したことはない、という戦争体験者の本音だし、女の中にある酷薄さといったものをしかと見据えているからでもある。かるく書かれてはあるが、なかなか読みごたえがある。

第Ⅲ部は奇妙な味／実録物篇。

まずは「鏡――「破片」より」（「文學界」一九五一年一月）。隣に引っ越してきた男が、毎回何かを借りていく。借りたにもかかわらず返さないので訪ねると……という話だ。どこか怪談めいて怖いが、その怖さは、人物の内面を浸食する映し鏡の怖さである。主人公の家にあるのと同じものが他人の家に出現する。あらたに買い込んだはずのものなのに、どこからか湧き出たかのように家の中に並んでいる。では一体どこから、と考えてしまうが、これは主人公の深層意識からといったら突飛だろうか。鏡をモチーフにしたホルへ・ルイス・ボルヘスの幻想短篇を思い出す人もいるかもしれない。

「侵入者」（「新潮」一九五六年二月）は、突然の闖入者《ちんにゅう》をテーマにしている。目的も動機もわからない行為の繰り返し。ただ佇み、質問をするだけの主人公。日常空間がまったく別の意味を持つ空間に変貌する。これは安部公房的世界ではないか。怪談のように見えてしまうが、ある種の不条理劇である。

「不思議な男」（「オール讀物」一九五七年十月）は、息をするように嘘をつく男、根本茂男の話である。小説の中でもふれているが、梅崎は東京新聞に松平という男を主人公にした長篇『つむじ風』を連載した。その余談といえるけれど、それでも根本のキャラクター（不思議な男ぶり）がたっていて面白い。外野としては、もっと主人公（梅崎春生）が窮地にたつとよかったが、そこまで話を大きくはせず、あくまでも淡々とユーモラスに綴る。名作「ボロ家の春秋」の境地ですね（なお、根本には、一部で奇書として語られている長篇『柾《まさ》它《た》希《け》家の人々』があり、竹本健治や皆川博子が称賛したようだが、入手困難で未読）。

本文庫編集部によると、一九五〇年代後半、梅崎春生は、雑誌「宝石」が力をいれた

「文壇（純文学）作家による探偵小説」企画に、曽野綾子、石原慎太郎、小沼丹、福永武彦、中村真一郎らとともに参加して、いくつか短篇を寄稿した。その中には全集に収録されずにおわったものもあり、それらを今回初収録して、梅崎の文芸ミステリのアンソロジーを企画したとのことである。中公文庫では既刊の『ボロ家の春秋』、随筆集『怠惰の美徳』が好調ということもあるようだ。

一九五〇年代後半というと、個人的には、海外ミステリ評論の名作といわれる福永武彦・中村真一郎・丸谷才一の『深夜の散歩』を思い出す。「エラリイ・クイーンズ・ミステリ・マガジン」で連載開始になったのが一九五八年七月号からで、福永→中村→丸谷の順で六三年六月号まで続いた（刊行は早川書房より六三年）。

ちなみに福永は、梅崎と同じく福岡育ちということもあり、かなり親しくつきあっていたようで、長篇『砂時計』（講談社、一九五五年九月）の解説も担当している。梅崎春生の文学の本質は「風俗的ニヒリズム」であり、「ニヒリズム的風俗を描くのではなく、現代風俗の中に、より観念的に昇華されたニヒリズムを探求しようとする」精神がある、と規定したうえで（といわれれば、本書の「犯人」「師匠」ほかにもあてはまるだろう）、『砂時計』を次のように称賛している。

「作者が得意とする現代の陽の翳った風景を、複雑な構成のうちに描き出している。

（略）構成にさまざまの手を打って、全体を緊密に搾り上げている。主要な部分はわずかに二日間の出来事だが、それを微細に、砂時計から零れ落ちる砂のように丹念に描いて行くために、作者は碁の布石のように幾手も先まで読んで、探偵小説的な伏線の張りかたや、映画的なフラッシュ・バックの用法など、技巧的すぎるほどの技巧を凝《こら》している。それはうまくこなれていて野心が露に見えるというものではないが、作者が内心に野心的な試みを持っていたことは疑いを容れない」（『梅崎春生全集 別巻』）

一九五五年当時、福永はまだ『風土』『草の花』などしか出版していなかったが（加田伶太郎名義で「完全犯罪」を発表するのは翌年）、自身、後に〝映画的なフラッシュ・バック〟〝技巧的すぎるほどの技巧を凝している〟〝野心的な試み〟の小説を次々と上梓した。いうまでもなく戦後文学の名作中の名作『忘却の河』『幼年』『海市』『死の島』である（いずれも必読）。戦後の日本文学においてもっとも小説の技法に熱心だった福永が推奨するほど、梅崎春生が技巧をもちえていたことは、本書収録の短篇でもわかるだろう。

巻末のエッセイで梅崎は、好きなミステリとしてF・W・クロフツの『樽』やイーデン・フィルポッツの『闇からの声』をあげ、どちらも犯人の悪党ぶりが大好きと語っている。もう少し長く生きていれば、六〇年代前後に続々出たウィリアム・P・マッギヴァーンの悪徳警官もの（『最悪のとき』）、ジェイムズ・ハドリー・チェイスの『世界をおれのポケットに』などのリアルな犯罪小説に影響を受けて、もっと違った純文学ミステリを書いていたような気もするが、どうだろう。あまりにも死ぬのが早すぎた。

「……河口湖にしては、大へん水が澄んでいて、釣をする人も絵のようにしずかに動かない、うっとりするような真夏の快晴だった。〈こんな日に病気の人は死ぬなあ〉と思いながら車を走らせていたら、梅崎さんが死んだ。涙が出て仕方がない。（略）帰ってきてずっと、ごはんのときも、誰も口をきかない。主人も私も花子も、別々のところで泣く。主人は自分の部屋で。私は台所で。花子は庭で」

梅崎春生の盟友は武田泰淳で、戒名「春秋院幻化転生愛恵居士」も武田がつけた。右の文章はその妻、武田百合子の『富士日記』（中公文庫）からの引用である。梅崎春生は、一九六五年七月十九日に亡くなった。享年五十だった。

（いけがみ・ふゆき　文芸評論家・東北芸術工科大学教授）

初出・底本・注

失われた男　「個性」一九四八年四月／『梅崎春生全集』第一巻、新潮社、一九六六
小さな町にて　「小説新潮」一九五一年三月／同
鏡　「浪漫」一九四七年十二月／『全集』第二巻、一九六六
犯人　「改造」一九五三年三月／『全集』第六巻、一九六七
師匠　「宝石」一九五七年十月／『宝石推理小説傑作選2』いんなあとりっぷ社、一九七四
カタツムリ　「別冊宝石」一九五八年十二月／『春日尾行』近代生活社、一九五五
春日尾行　「オール讀物」一九五三年五月／『全集』第三巻、一九六七　＊文中の「三橋正雄」は当時、米ソの二重スパイ行為が発覚し裁判中の人物。
十一郎会事件　「小説新潮」一九五五年九月／同
尾行者　「週刊新潮」一九五七年一月七日号／『全集』第五巻、一九六七
留守番綺談　「小説新潮」一九六四年十月／『ウスバカ談義』番町書房、一九七四
鏡――　「破片」より　「文學界」一九五一年一月／『全集』第三巻　＊掌篇二篇を組み合わせた連作「破片」中の一篇。
侵入者　「新潮」一九五六年二月／同

不思議な男　「オール讀物」一九五七年十月／『拐帯者』光書房、一九五九　＊文中の『近代文学』に連載された根本茂男の小説は、のちの『柾宅希家《まさたけ》の人々』（一九七五）の原型作品。

恐ろしさ身の毛もよだち……　「別冊宝石」一九五四年十一月
推理小説　「毎日新聞」一九五八年一月十六日／『全集』第七巻、一九六七
『樽』――推理小説ベスト・ワン　「別冊文藝春秋」一九六〇年一月
好きな推理小説　「別冊小説新潮」一九六〇年七月

江戸川乱歩「師匠」について――日本流「奇妙な味」　「宝石」一九五七年十月／新保博久・山前譲『日本探偵小説事典』河出書房新社、一九九六　＊文中の「奇妙な味」は乱歩による造語。広義のミステリでありながら、論理性よりも怪奇性や幻想性を特長にもつ作品で、短篇に多い。乱歩は梅崎春生を招いた座談会「文壇作家『探偵小説』を語る」（「宝石」一九五七年八月／『江戸川乱歩座談』中公文庫、二〇二四）で、梅崎に「あなたには奇妙な味があるよ」と語っている。

編集付記

一、本書は、著者の短篇小説および関連コラムを独自に編集したものです。文庫オリジナル。

一、底本中、旧字旧かな遣いのものは新字新かな遣いに改め、明らかな誤植と思われる箇所は訂正しました。本文中の〔　〕は、本文庫編集部による注記です。

一、本文中、今日では不適切と思われる表現も見受けられますが、著者が故人であること、刊行当時の時代背景と作品の文化的価値に鑑みて、そのままとしました。

中公文庫

十一郎会《じゅういちろうかい》事《じ》件《けん》

——梅崎春生《うめざきはるお》ミステリ短篇集《たんぺんしゅう》

2024年12月25日　初版発行

著　者　梅《うめ》崎《ざき》春《はる》生《お》

発行者　安部順一

発行所　中央公論新社

〒100-8152　東京都千代田区大手町1-7-1
電話　販売 03-5299-1730　編集 03-5299-1890
URL https://www.chuko.co.jp/

DTP　ハンズ・ミケ

印　刷　三晃印刷

製　本　小泉製本

Published by CHUOKORON-SHINSHA, INC.
Printed in Japan　ISBN978-4-12-207588-7 C1193

定価はカバーに表示してあります。落丁本・乱丁本はお手数ですが小社販売部宛お送り下さい。送料小社負担にてお取り替えいたします。

中公文庫既刊より

各書目の下段の数字はISBNコードです。978-4-12が省略してあります。

う-37-1
怠惰の美徳
梅崎春生
荻原魚雷編
戦後派を代表する作家が、怠け者のまま如何に生きてきたかを綴った随筆と短篇小説を収録。真面目で変でおもしろい、ユーモア溢れる文庫オリジナル作品集。
206540-6

う-37-2
ボロ家の春秋
梅崎春生
直木賞受賞の表題作と「黒い花」をはじめ候補作全四篇に、小説をめぐる随筆を併録した文庫オリジナル作品集。〈巻末エッセイ〉野呂邦暢〈解説〉荻原魚雷
207075-2

う-37-3
カロや 愛猫作品集
梅崎春生
吾輩はカロである——。「猫の話」「カロ三代」ほか飼い猫と家族とのドタバタを描いた小説・随筆を中心に編集した文庫オリジナル作品集。〈解説〉荻原魚雷
207196-4

え-24-1
江戸川乱歩座談
江戸川乱歩
森下雨村から花森安治まで、探偵小説の魅力を共に語り尽くす。江戸川乱歩の参加した主要な座談・対談を初集成した文庫オリジナル。〈解説〉小松史生子
207559-7

え-24-2
江戸川乱歩トリック論集
江戸川乱歩
探偵小説にとってトリックとは何か？　全推理ファン必読の「類別トリック集成」ほか、乱歩のトリック論を初めて一冊にした文庫オリジナル。〈解説〉新保博久
207566-5

お-99-1
小沼丹推理短篇集 古い画《え》の家
小沼丹
「私小説の名手」が作家活動の初期に書き続けた、スリルとユーモアとペーソス溢れる物語の数々。巻末に全集未収録作品二篇所収。〈解説〉三上延
207269-5

さ-77-3
不連続殺人事件 附・安吾探偵とそのライヴァルたち
坂口安吾
日本の本格ミステリ史上屈指の名作と、その誕生背景にあった戦時下の「犯人当て」ゲーム。小説とモデル人物たちの回想録を初めて一冊に。〈解説〉野崎六助
207531-3